漫時光 004

且試天下

傾泠月

【下】

高寶書版集團

◆目錄◆

第三十五章　風雲初起緣初聚

相較於青州新王繼位後大刀闊斧地整頓，雍州朝廷一派平穩，除卻幾名老臣的請辭外，雍州的朝局未有多少變化，每日裡昭明殿依然是人才濟濟。

尋安君抬頭看著眼前的極天宮，腳步有些邁不動。

極天宮位於雍王宮的最中心，是歷代雍王所居的宮殿，他站在宮前許久，才抬步踏上臺階，邁過最後一級臺階，便見內廷總管祈源迎了上來。

「尋安君。」祈源行了個禮。

「臣奉召前來，還請祈總管通傳一聲。」尋安君微微抱拳，臉上掛著豐家人獨有的溫和無害笑容。

「主上在東極殿呢。」祈源的態度十分恭敬。

他在這宮裡滾打了幾十年，看了不知多少風起雲湧，對於眼前這位尋安君，他是打心眼裡佩服的。尋安君是先王同母胞弟，先王那樣寡情獨斷的人卻獨獨親近他，如今新王才繼位不久，便數次單獨召見他，滿朝的臣將也只他一人有此殊恩。

「請總管帶路。」

「尋安君請。」

兩人剛穿過偏殿，便見前邊長廊裡走來任穿雨及墨羽騎的喬謹、賀棄殊、端木文聲、任穿雲四將。

「見過尋安君。」幾人向尋安君行禮。

「幾位不必多禮。」尋安君回了禮，目光不動聲色地掃過諸人。除任穿雲臉上略露興奮之情外，其餘諸人皆是面色沉靜，目光平穩，如此年輕卻皆是大家風範，那人用的人果然非同一般。

寒暄了兩句，墨羽四將及任穿雨出宮去，尋安君跟著祈源來到東極殿。

「主上，尋安君到了。」殿前祈源通報。

「請。」豐蘭息淡雅的聲音傳出。

「尋安君請。」祈源輕輕推開門。

尋安君淡淡頷首，踏進殿中，門在身後輕輕闔上，陽光在門外止步，四壁的水晶燈架上珠光燦目，如殿外明晃晃的陽光，照得殿內明亮一片。

殿的正前方端坐著當今的雍王豐蘭息，身前的長案上堆滿摺子，而豐蘭息的目光則落在左側的牆壁上，牆上掛有一幅一丈長寬的輿圖——有著大東帝國全貌的輿圖。

「臣拜見主上。」

「叔父免禮。」豐蘭息起身，親手扶起尋安君，「這裡又沒外人，自家人用不著這些虛禮。」

「禮不可廢。」尋安君恭敬地行完禮才起身，「不知主上召臣來有何事？」

「叔父先請入座。」豐蘭息卻不答。

即刻便有內侍搬來了椅子，擺在案前的左下方。

「臣多謝主上。」尋安君倒也不客氣，大大方方地坐在椅上。

豐蘭息看著自己這位叔父，自他有記憶以來，這位叔父做任何事都是「功薄無過」，在群臣眼中，尋安君是一個平庸而老實的人，可是這麼多年過去，父王處置過很多臣子、親人，那些人中也有過曾得十分寵信的，但只有這位叔父一直站在那裡，時不時地還被父王重用一、兩回。

尋安君眼觀鼻、鼻觀心地坐著，看似平靜，腦中卻在想著袖中的摺子應何時遞上去才最為合適。

「頒詔。」豐蘭息的聲音忽然響起，在這寬廣的大殿中顯得分外響亮。

「是。」一旁候著的內侍捧著一份詔書，走到尋安君身前，示意他跪下接詔，「尋安君。」

尋安君一愣，想著這什麼都還沒說，怎麼就頒詔了？這詔諭內容是什麼？一邊想著，一邊起身跪下。

「天下紛亂，兵禍不止，君不安國，民不安家，孤世受帝恩，自當思報。今願舉國之力，伐亂臣以安君側，掃逆賊以安民生，雖肝腦塗地，唯求九州晏安。然，國不可一日無主，孤掃賊期間，尋安君監國，願卿勿負孤之厚望。」

內侍將詔諭讀完，尋安君頓時呆了。

為什麼是這樣？

他跪在地上，驀然抬首，毫不在意自己此時一臉驚愕的表情盡落雍王眼中，他只是想知道，怎麼會這樣的？

按照他的設想，他的這位侄兒主上應該會先跟他寒暄數語，問問他的身體，問問他的那些堂兄弟，然後再隨意地問問朝事。而他呢，可以一邊作答，一邊不時地咳嗽幾聲，以示年老多病，且答話時儘量口齒不清，說了前言就忘了後語，並不時重複著說過的話，以示他年老糊塗。到這個時候，侄兒主上要麼是以厭惡的心態敷衍他，要麼是很同情地安慰他，而他則或自責或自憐地再說幾句胡話，博得侄兒主上幾句寬慰後，他便可以掏出袖中被體溫焐得熱熱的奏本，順便滴幾滴老淚，最後便可帶著侄兒主上的恩賞回他的尋安君府頤養天年，含飴弄孫……那麼以後所有的風風雨雨便全沾不上身了。

可是……為什麼卻是當頭一道詔諭？

詔諭啊！便是連推託、婉拒都不可以的！

「尋安君？」內侍尖細的聲音響起，提醒著這位看起來似是被這巨大的恩寵震呆的尋安君。

不知道這個時候裝暈能不能逃脫過去呢？尋安君小心翼翼地抬眼偷瞄玉座上的侄兒，目光才一觸那雙漆夜似的眸子，心頭便咚地狠跳了一下，脊背上生出冷汗。

唉……除非此時真的死去，否則他便是千計萬變都使上也騙不得玉座上那人！

「臣叩謝主上隆恩。」尋安君終於伸手接過那道詔書，認命地看了眼玉座上的人。

「叔父，以後還請多多費心，這雍州孤可是託付給你了。」豐蘭息唇角微揚，勾起一抹完美無瑕的笑容，漆黑的眸子晶燦燦地看著此時已顧不得講究禮節、一屁股坐在椅上發呆的尋安君。

哈哈哈……能算計到這頭滑不嘰溜的老狐狸，真是大快人心！

「臣必當盡心竭力，不負主上所托。」尋安君垂首，無比恭順地道，只是那聲音聽在有心人耳中，卻是那麼的不甘不願。

「有叔父這句話，孤就放心了。」豐蘭息笑得無憂無慮，黑眸一轉，又淡然道，「此次請叔父前來，還有一事要商量。」

「請主上吩咐。」尋安君心底裡嘆氣，不知道還有什麼苦差要派下來。

「豐葦知道孤要出征後，每日都進宮來，要求孤帶他一起去。」豐蘭息的指尖輕輕叩著長案，「我是想好好栽培他，只是……叔父也知道，戰場上刀劍無眼，一個不小心便會受傷喪命，豐葦是您最疼愛的幼子，所以請叔父想法勸勸。」

尋安君一頓，然後從椅上起身，躬身道：「君有事，臣服其勞。主上都親自領兵出征，又何況臣兒，且能得主上調教，此乃臣兒之福，臣又豈會阻難。臣兒既想追隨主上左右，還請主上成全，讓他也能為主上稍盡心力。」

「哦？」豐蘭息微微一笑，抬手支頤，神色淡淡地看著尋安君，「叔父不擔心豐葦的安危？須知戰場上可是枯骨成山！」

尋安君抬首看一眼豐蘭息，兩人皆是神色淡然，眼波不驚。

「生死有命，富貴在天。況且臣兒追隨主上，自有主上福佑，若真有萬一，那也是他為主上盡忠，此乃老臣之榮耀。」

「是嗎？」豐蘭息的目光落向尋安君抓著詔書的手，指骨泛白，青筋醒目，看來並不似表面的無動於衷，「叔父有這份忠心，孤又豈能不成全，自當帶上豐葦。不過叔父請放心，孤一向視豐葦如親弟，只要孤在，他自安然無恙。」

「臣謝主上隆恩！」尋安君跪地行禮。

「雍州安然無恙便是叔父對孤的盡忠了。」豐蘭息離座起身，扶起尋安君，手輕輕地拍拍他緊握著詔書的手。

尋安君的手一抖，詔書差點掉落地上，慌忙又抓緊。可這一鬆一抓之後，心頭苦笑，果然還是逃不脫這個人的眼睛！面上卻一派恭敬，道：「臣必不負主上所托。」

「有叔父此話，孤便放心了。」豐蘭息淡淡一笑，言罷輕輕一揮手。

尋安君明白，「臣告退。」

殿門開了又輕輕闔上，內侍也在悄悄退下，寬廣的大殿中便只餘豐蘭息一人，燦目的明珠猶自揮灑著明光，似是向殿中的蟠龍柱炫耀著它的風華。

「不愧是一家人，都是心有九竅，腸有九曲。」殿側密密的珠簾後傳來嘲諷的輕語，珠簾捲起，走出風惜雲。

「我這位叔父可是極聰明之人，連先王都敬他三分。」豐蘭息看了一眼風惜雲，走到牆邊看著牆上懸掛著的輿圖。

「你似乎不大放心他？」風惜雲道。

「有嗎？」豐蘭息眼睛一眨，「整個雍州我都託付於他，這還不夠信任？」

「哼。」風惜雲輕哼，面上一絲淺淺的諷笑，「在我面前你就少來這一套。你若真的信任他，又何必將豐葦帶在身邊？他若真有異心，區區一個人質有用嗎？」

豐蘭息對風惜雲的嘲諷不以為意，「你們青州風氏歷代都只有一個繼承人，這王位之於你們某些繼承人來說，代表的估計不是權力榮華，反倒是一種逃脫不得的負擔。」他轉身，負手看向玉座，「可在我們雍州，每一代為著玉座都會爭個頭破血流、你死我活。」他側首看著風惜雲，臉上依舊掛著淡淡笑容，一雙黑眸卻如寒星閃爍，「尋安君現在沒有異心，但是在我走後，這個雍州便都在他的手中了，日子久了，在高位上坐慣了，那種握生殺、掌萬民的感覺難免不會讓人飄飄然、忘乎所以、戀戀不捨！我帶著豐葦不過是給他提個醒，讓他時時記著，這個雍州的主人是誰，省得他忘了自己，也省得他萬劫不復。」

風惜雲默然。

「況且……」豐蘭息抬首看著牆上的輿圖，「豐葦確實是可造之才，我本就有心栽培他。」

風惜雲搖頭，長長一嘆，「這世間或許本就沒有一人能讓你完全信任的。」

豐蘭息凝眸看她片刻，才道：「完全信任便是可生死相托，這樣的人……太難得了。」

景炎二十七年七月初，雍王、青王以「伐亂臣逆賊」為名，發兵二十五萬，征討「屢犯帝顏」的北州。

同月，冀王以「結亂世，清天下」為名，集冀、幽三十萬大軍，兵分兩路，向祈雲王域和商州進犯。

風雲騎、墨羽騎不負盛名，一路勢如破竹，不到一個月的時間即攻下北州四城，直逼北州王都最後一道屏障——鼎城。

同時，爭天騎、金衣騎也屢戰屢捷。由幽州三位公子，並冀州皇雨、秋九霜兩將所率的金衣騎，一月之間攻下祈雲兩城，由皇朝親率的爭天騎一路如入無人之境，一月之內即攻下商州三城。

八月十日，臨近中秋，月漸圓，桂飄香。

商州的泰城已被冀州爭天騎所占，被戰火灼傷的那些傷口盡掩於幽幽夜色裡，城依然是那座城，人少了一些又多了一些，靜靜地矗立於大地之上，燈火裡，偶爾折射出的一抹冰寒刀光才能讓人想起曾經城破，而城樓上現如今飄揚著冀州皇氏的紫色獅焰旗。

立於城樓仰望夜空，那一輪明月便彷彿是掛在頭頂，伸手可掬，只是它圓得還不夠滿，讓人稍感遺憾，倒是月旁那幾顆淡淡的疏星反讓人記掛，生怕它受不住月輝，便要羞愧地隱遁了。

「無緣，你說那個雪人是不是真的很漂亮？」城樓上，一身鎧甲、腰懸長劍的皇雨問他身旁白衣皎潔的玉無緣。

「你說雪空？」玉無緣目光依然遙視著頭頂的明月，隨意道，「雪淨空靈，當然很美。」

「那你說……那些女人見著了是不是都會喜歡他？」皇雨再問道，手掌微微握緊劍柄。

玉無緣聞言，轉頭看向他，一雙眼睛彷彿吸收了明月的銀輝，光華燦目。

「我問你呢，你看著我幹嘛？」皇雨被那樣的目光看著極不自在，彷彿被他從裡到外看了個透。

玉無緣微微一笑，道：「你擔心九霜會喜歡上雪空嗎？」

「哪有！」皇雨反射性叫道，「那個醜女人，我幹嘛擔心她會喜歡上誰，那關我什麼事！」

玉無緣卻不理會他的叫嚷，依然微笑道：「放心吧，九霜不會喜歡上雪空的。」

「我說過我不關心啊，你沒聽到！」皇雨再次叫道，也不怕城頭的將士們聽見。

「九霜是世間少有的奇女子，很多人都喜歡她的。」玉無緣抬頭，望著夜空中的那輪皓月，「這月雖有些缺憾，但無損於它的風華，晶光如霜，傲灑紅塵，依然是世人所戀慕嚮往的。」

「你在說什麼啊……那女人既不美貌也不溫柔，還言語粗俗，動作粗魯，一點也不像個女人，誰會那麼沒眼光去喜歡她……」皇雨反駁著，只是越說到後面聲音越低，倒像是自言自語。

「能夠喜歡她，那才是眼光奇絕。」玉無緣低頭，微抬手掌，月華下，那雙手閃著如玉般的光澤，乍看之下，幾乎要以為是透明的白玉，十指修長，完美得令人目眩，但瞬間，那手又恢復正常，只是比之常人稍顯白皙。

皇雨卻沒有注意到玉無緣的手，他的目光落在頭頂上那稍有缺陷的明月上，看了半晌，他似有些認命地接受那明月任他怎麼看也不會突然變圓的事實，重重嘆了口氣：「唉！至少是眼光奇絕，也不算虧！」

玉無緣看著他，似有些好笑，又有些羨慕，拍拍他的肩膀道：「她跟雪空不是和你打了賭，看誰能先到蒼茫山嗎？」

「當然是我……王兄！」皇雨脫口而出的話在中途稍稍改了改。

「嗯。」玉無緣看向前方，濃濃的夜色中，前方一片朦朧，就算皎月當空，數十丈外依是一遍晦暗，「蒼茫山頂……皇朝會去的。」

「王兄當然會去蒼茫山頂！」皇雨想也不想地道，看著眼前這個纖塵不染，如月下仙人般的人，不禁有絲疑惑，「無緣，你有喜歡的人嗎？」

「喜歡的人？」玉無緣回首看他一眼，溫和地笑笑，「所有的人我都喜歡。」

「才不是呢。」皇雨卻搖頭，伸手指指他的胸口，「我是說放在心上的人！」

「心上的人？」玉無緣一怔，片刻後淡淡一笑，笑意卻如夜色模糊，那雙月輝所聚的眼眸也斂起所有光華，微微垂首，一縷髮絲落下，掩起了半邊臉。

白如雪的衣，黑如墨的髮，那一刻的玉無緣，淒迷而寂寥，仿如這濃夜中迷離的孤魂，而不再是月中出塵的仙人。

「無緣……」皇雨伸出手，想拉拉他的衣袖，卻不知為何又垂下了手，想喚他，卻不知要說什麼，只知道這樣的玉無緣是他從未見過的，彷彿是自己親手拿了一把刀刺傷了他，讓他從無憂的碧落瑤臺墜入這無奈的萬丈紅塵。

「玉家的人沒有心，無心又何以容人。」玉無緣的聲音清晰平靜，他抬頭望向天際，髮絲垂落，露出那張淡然無緒的臉。

「沒有心，人哪還能活，豈不是早死了？」皇雨喃喃道。

聽到這樣的話，玉無緣不由得轉頭看著眼前這個似是天真又似是聰慧的人，半晌後才淡然道：「或許吧。」

「什麼話！」皇雨聞言卻眼一翻，「你明明活著啊！」他伸手抓住玉無緣的肩膀，這個身體是溫熱的，「你們玉家人號稱『天人』，但你可不是那些摒棄世間愛恨情仇而無欲無求的天人，你是以慈心仁懷，澤被蒼生的天人玉無緣！」

「天人玉家……」玉無緣喃喃著，望著夜空的目光空濛如霧中幽湖，許久後，他抬手掩目，不再說話。月華之中，那微仰的臉白玉般淨美，唇邊勾起一絲淺笑，可那笑卻比那悲傷的哀泣更讓人心酸和心痛。

那一刻，彷彿有什麼堵在胸口，讓皇雨無法呼吸，雙眼酸酸、澀澀的，竟是極想流淚，可他卻不知道為何要流淚。眼前這個人，白衣如雪，飄逸絕塵，如月下飛仙，那應是令所有世人戀慕的，可他看著卻只想哭。

很多年後，皇雨依然無法忘記這一夜的玉無緣，總是會想起他的笑，那彷彿是寂寥了千萬年，也哀傷了千萬年，卻猶是要雲淡風輕的一笑。

那一笑，不論過去多少年，總是讓皇雨心酸得無以復加，每當這時，他總是抱住身邊的愛人，沒頭沒腦地說：「其實比起天人，我們凡人要幸福多了。」

八月十五日，北州王都。

一輪皓月懸於天際，清輝如銀紗瀉下，天地都在一片濛濛的白光之中，桂影婆娑，暗香浮動。今夜乃是中秋，本應是闔家歡度的佳節，可整個北王都卻少有歡笑，拜月祈神後，再無人能提起談笑的興致，心頭都在擔憂著，前方鼎城可有為雍、青大軍所破？

北王宮，夷澹宮的正殿裡，北王白渙靜靜地看著殿中高懸的白氏歷代國主的畫像，看著畫旁記載歷代祖先功業的玉笈，良久後，似是看累了，閉上了雙目。

門口傳來極輕的推門聲，閉著眼睛的北王頓時睜目，「琅華，妳又不聽話了。」話語是責備的，可語氣卻帶著一種無奈的寵溺。

「父王，您幹嘛待在這裡？」銀鈴似的聲音響起，然後一個身著火紅宮裝的少女踏入殿中，仿如一束彤霞湧入，令死寂的夷澹宮平添了一抹朝氣，「宮中一年一度的新月宴您都取消了，是在擔心雍軍會破了鼎城嗎？那也不要待在這裡，這些祖先早都化成灰了，您拜得再多，他們也沒法活過來幫您退敵，還不如率軍前往鼎城，與那雍王、青王決一死戰！」

「琅華，不得對先祖們無禮！」北王呵斥著。

少女卻無所畏懼，「本來就是嘛，您拜這些祖先有什麼用，他們難道還真有神力，能襄助我北州不成？」

少女十五、六歲，生得嬌小玲瓏，瓜子臉上兩彎新月眉，水靈靈的杏眸，微翹的瑤鼻，小小的櫻唇，膚色極其白淨水嫩，在火紅的綺羅裙的映襯下，雪白的肌膚透著淡淡嫣紅，無愧於她「琅華」之名，仿若一朵白生生的琅玕花綻在紅霞中，正是北王的第六個女兒——琅華公主白琅華。

「琅華，」北王有些無奈地搖頭，對於這個最寵愛的女兒，他總是沒法真正嚴厲起來，「妳還不回宮歇息，跑來這裡幹嘛？」

「今夜這麼好的月色，宮中卻無人欣賞，全是一副憂心忡忡的模樣，令人看著便氣悶無趣。」白琅華撇撇嘴道，「父王，我北州也有大軍數十萬，何懼他雍州？您也不要求這些祖先啦，不如派女兒前往鼎城，女兒定退雍軍！」

「妳這孩子，」北王看著愛女躍躍欲試的神情，又是好笑又是好氣，「真是初生牛犢不怕虎。妳一個女孩子家，懂什麼領兵打仗，就知道胡鬧。」

「父王，您怎麼可以瞧不起女兒！」白琅華聞言抱住北王手臂，半個身子都掛在上面，

「女兒雖是女子，但自小即習刀技箭術，熟讀兵書，自問不會比幾個哥哥差。況且女子又如何，那青州的女王風惜雲，那冀州的霜羽將軍秋九霜，她們不都是女子嗎？但她們同樣是威震天下的名將。」

「好、好、好，孤的琅華也很不錯。」北王寵愛地拍拍女兒。

「父王，您還是瞧不起女兒。」白琅華怎會看不出父親的敷衍，伸手扯著北王的鬍鬚，不依不饒道：「父王，您就派女兒領兵去鼎城嘛，女兒定不會讓您失望的！」

「琅華別胡鬧！」北王扯下女兒的手，擺出嚴肅的面孔，「鼎城可不是妳小孩子家去玩的地方！」

「父王……」白琅華不依。

「回宮去！」北王嚴厲聲喝道。

白琅華看看父親的臉色，知道再怎麼說也是無用，心中一惱，甩手離去，「回去就回去！哼！父王你氣死我了，明天我不吃飯了！」

看著氣衝衝走出大殿的愛女，聽著她任性的話，北王搖頭失笑，只是笑容才展開半絲，想起前方戰事，眉頭又鎖在一塊。

而衝出大殿的白琅華，雙足重重地踩在青石板地面上，似要將石地踏出一個大洞來方能解氣，只是踏得腳板都麻痛了，這石地板依然是石地板，並未因為她是琅華公主而乖乖變成石粉地板，於是她手一伸，恨恨地扯著道兩旁的花花草草，一邊扯著一邊狠狠扔出，一路走過，便餘一路殘花。

太過分了，父王老是不相信她！幾個哥哥全都領兵出戰了，兩個去了鼎城，四個去了祈雲王域，偏偏就她困在這王宮裡，日日和父王的那些妃姬們吃飯喝茶，看花嘆月，真是無聊透頂！若能讓她領兵，她琅華公主肯定不輸青州的那個風惜雲！一想到風惜雲和華純然，白琅華便更加氣悶。

想她白琅華，自小即長得玉雪可愛，稍大一點更是眉目如畫，嬌美無匹，十歲時，在世子哥哥的大婚典禮上，她於琅玕臺上獻舞一支，傾倒了萬千臣民，從而博得「琅玕之花」的稱號，再過一、兩年她肯定會長得更美，到時便是整個大東帝國無與倫比的「琅玕花」。可偏偏，幽州幽王為慶祝愛女純然公主的生辰，舉辦了一個什麼牡丹花會，邀請大東的王侯貴族們前往觀賞，而在花會上小小露了一面的純然公主竟讓所有人驚為天人，說什麼牡丹仙子也不及她三分美貌云云，自那以後，大東的人便私自封那個純然公主為第一美人，而忘了她這朵琅玕花。

好吧，不能當第一的美人，那她就發奮讀書，以期博得第一才女的名號，要知道腹有詩書氣自華，那純然公主美有什麼用，還不是徒有其表，等著看吧，她白琅華日後定會成為大東的第一才女。可這意願她才稍稍露了一點，四哥便一句話拋過來，說什麼在她之前，青州的惜雲公主以十歲稚齡已作出〈論景臺十策〉一文，壓倒了青州的一干才子，早就得了「天下第一才女」的稱號，四哥說完還譏笑她孤陋寡聞。

她氣得直哭，哭完想著才女又算得了什麼，手無縛雞之力，若是遇上什麼強盜土匪的，還不是嚇得又哭又叫，儀態盡失！所以她決定習武，並看了大量兵書，立志做名揚天下的女將，英姿颯爽，意氣風發，戰馬上殺敵擒賊，沙場上布陣點兵，攻城掠地，擴土拓疆，讓北州在她手中像冀州、雍州那樣強大。而她便可憑藉不世功勳，受後人景仰，留名於青史，遺芳於萬世……多麼美好的前景啊。

可偏偏……她一本兵書還未看完，就傳來了青州風雲騎大敗幽州金衣騎的消息，一時世人都在議論著那個一手創建風雲騎的風惜雲，說她如何指揮風雲騎西拒爭天騎、南掃金衣騎，又如何用計將雍軍困在幽峽谷三天三夜的……風惜雲的傳說還沒說完，冀州又冒出個什麼秋九霜，一人獨領千軍即奪了商州兩城，帶著五千將士即搶了祈雲王域數百里沃土……

嗚嗚嗚嗚……

她抱著枕頭大哭一場，然後抹乾眼淚，告訴自己不可以洩氣。華純然算什麼，不就是長得美嘛，可空有美貌有什麼用，她又沒有風惜雲的才華與武功！風惜雲又算得了什麼，她便是才華絕代、武功蓋世又如何，她又沒有華純然的絕世容貌，以所有人都從未談論過她的容貌這一點便可知，她絕對容貌平庸，說不定還醜陋無比，有如夜叉再世！她白琅華不但天生麗容，而且還通詩文，善歌舞，再勤練武功，熟讀兵書，她白琅華是有才有貌，有武有德又有藝，十全十美的琅華公主！

『只是……』抬首看著夜空中那一輪皎月，此時此刻依是毫無建樹的白琅華無比幽怨地嘆了口氣。

即算她十全十美又如何，她還是困在這小小的北州，小小的王宮，做她小小的琅玕花！人家華純然依然風光無比地做著大東第一的美人，令天下所有男兒傾慕不已；風惜雲更是名傳天下，不論男女老少提起她來都是滿臉敬仰。而天下四大公子中最尊貴的皇朝公子與蘭息公子，一個娶了華純然，一個與風惜雲訂了婚，只有她，今年都十六歲了，可除了幾個自大自狂的哥哥外，就沒見過別的年輕男子。

哼，這都怪父王，疼愛女兒也不是這麼個疼愛法，竟將這麼優秀的她鎖在深宮裡，讓她見不著世人，也讓世人見不著她，這如何能讓她美名、才名傳遍天下呢？

『所以……』白琅華握緊拳頭。『父王，我已經忍很久了！您不讓我去，難道我就不能自己去？』

第三十六章 鼎城之火沸亂世

北州的查山雖不如大東第一的蒼茫山雄昂挺拔，也不似冀州天璧山險峻清幽，但它卻是一座十分有名的山，它的出名在於它那被一劈為二的主峰。

民間流傳著一個傳說，在遠古的時候，查山的山神因為妒忌，想超越蒼茫山而成為世間第一高山，便偷飲了天帝的琅玕酒。琅玕酒乃是天庭仙樹琅玕結出的珍珠所釀，凡人飲一口便能成為力大無窮的勇士，而山神飲一口即能長高百丈。查山的山神偷飲了一口琅玕酒後，果然一夜間長高了百丈，可在祂想飲第二口時卻被天帝發現了，天帝震怒，不但收回了琅玕酒，還降下雷斧將神峰一劈為二，讓祂永受分裂之痛，以示懲戒。

不管這傳說是真是假，這查山的主峰確是被從中劈開，東西永隔。在滄海變為桑田，草原也化為沙漠時，兩峰之間的間隔也在慢慢擴大，從幽谷變為肥田沃土，從荒蕪到人煙繁盛，天長日久裡，這裡慢慢從戶到村，從村到鎮，從鎮到城。

查山下的小城還盛產一種水果，傳說是當年天帝收回琅玕酒時不小心灑落了一滴，那一滴酒落在查山便化為一棵樹，開著白玉似的花兒，結滿珍珠似的果實，這便是查山獨有的特產琅玕果，小城也因著盛產此果而得以聞名天下。

朝朝代代的更替，歷史長河的滔流，都讓小城越擴越大，並因著它特殊的地理位置，慢慢地顯出了它的重要性，時至今日，它已是北州的咽喉——鼎城。

「這鼎城，你們說說怎麼破吧。」

華麗而舒適的王帳中，豐蘭息淡淡地丟下這麼一句，便端起雲夢玉杯細細地品嘗起人間的仙釀——琅玕酒。

與他並排而坐的風惜雲則是聚精會神地看著她面前那塊荊山玉所雕的玉獅鎮紙，反倒對桌上那幅鼎城輿圖瞟都不瞟一眼，似乎是覺得那塊玉獅鎮紙比這鼎城更有價值。

而墨羽騎、風雲騎的諸位將領們則是散坐帳中各處，形貌不同，神態各異，但相同的倒是都沒有戰前的緊張。

喬謹坐得最遠，認真地擦拭著手中的寶劍；端木文聲背靠在椅上，抬首仰望著帳頂上垂下的琉璃宮燈；賀棄殊在仔細查看衣袍上的塵土，並時不時伸手彈去；任穿雲雙手支著下頷望著兄長；程知揮著一雙巨靈掌努力地搧起絲絲微風以解酷熱，一旁的徐淵則皺眉看著他這失儀之舉；林璣將自己的十根手指玩得甚為有趣；唯有任穿雨和修久容端坐在桌邊查看著輿圖，凝神思索著破城之法。

「這鼎城兩面環山，唯有南北一條通道，易守難攻。」修久容一邊看著，一邊呢喃自語，「而且北王還派了大將軍公孫比重率十萬大軍駐守於此，要想破城實是不易，可是通往北王都卻必經鼎城……」

任穿雨聽著他的話，抬眸看向他，然後溫和又謙遜地道：「依修將軍所說，我們豈不就不能破這鼎城了？」

修久容自不會有他肚裡的那些計較，而是認真地答道：「至少不能強攻，否則城破，我們也會損傷慘重。」

「哦？」任穿雨眸光微閃。

「鼎城東西兩面皆為筆直的山壁，根本無路可通，它北面通往北王都，可源源不斷供給糧草、兵器，我們既不能夾攻亦不能圍困，它要守上一輩子都沒問題，反倒是我們……」修久容目光盯著輿圖，神情十分的苦惱，似乎很想從圖上瞅出一條天路來。

「修將軍怎麼就只想到攻城呢，其實還有其他方法的。」任穿雨和藹地笑了笑，目光狡黠。

「嗯？任軍師有法子？」修久容抬首看向他，一雙秀目睜得圓圓的，很像一個求知似渴的謙謙學子。

任穿雨微笑著頷首，抬手摸摸光滑的下巴，暗想再過幾年，就可以留一把美鬚，到時撫起來肯定風度翩翩，一邊摸著，一邊雲淡風輕地道：「我們幹嘛要耗力氣去攻城，可以誘他們出城來迎戰，然後在城外將之一舉殲滅就是了。」

修久容聞言，頓眼眸一亮。

「怎麼誘敵出城？」遠遠地，喬謹拋過一句話。

「法子可多著呢。」一說到耍計謀，任穿雨頓時精神一振，細長的眼睛亮亮的，「不過以目前的情況來看，都得花一點時間才能讓鼎城那個被我們嚇破膽的公孫比重大將軍從龜殼裡伸出頭來。」

「我們一路過來已連破四城，可謂攻無不克，士氣極其高昂，若鼎城久攻不下，必削士氣。」徐淵很不喜歡這個任穿雨，所以出言打擊。

「徐將軍說得有理。」端木文聲附和。

「這個嘛……」任穿雨摸著下巴沉思，該想個怎樣的點子才能讓公孫比重儘快咬餌呢？

在諸將沉思時，風惜雲的目光終於從玉獅鎮紙上移開，「這裡有一條路。」她伸手以朱筆輕輕在輿圖上一劃，「在東查峰山腰上有一隱蔽的山洞，洞內有一條腹道通往鼎城內的東凡寺。」

她的話頓讓諸將都移過了目光，任穿雨更是一臉驚異，「東查峰上有腹道？這……青王從何得知的？」

想他這些年熟讀萬卷，遍覽群圖，整個大東帝國在他的腦中便是由一幅又一幅的城池圖組城，桌上的這幅鼎城輿圖便是他畫的，他敢誇口，此時掛在守城大將公孫比重議事廳的那幅都不及他的詳盡，可青王隨意一點，便點出一條天下人皆不曾聽聞的祕道，這叫他如何能信服。

「讀萬卷書，不如行萬里路。」風惜雲淡淡掃一眼任穿雨，感覺身後有目光投來，回頭便見豐蘭息搖晃著手中玉杯，似笑非笑地看著她，她不禁垂眸淺淺一笑，笑容裡似有些赧然。

唉！她總不能告訴這些臣將，當年為著飽食一頓不要錢的琅玕果，她強拖著某人做伴爬上東查峰，美其名曰親手採摘沐天然雨露、吸日月精華的仙果必定更為美味。那個某人只要伸伸手就有得吃，當然不甘做這種勞其筋骨的事，所以少不得一路吵吵打打，一個不小心，兩人摔進了一個山洞，更想不到的是山洞內有天然腹道，等他們從摔得渾身痠痛中緩過來後，她便又拉著某人去尋幽探險，雖然腹道曲折陡峭，但難不倒他們。只不過後來她走累了，也餓壞了，便想搶某人最後的琅玕果，少不了又是一番大打出手，最後的結果是，那許是年代太久所以「腐朽」了的山壁，竟然經不起鳳嘯九天和蘭暗天下的轟擊，被擊穿了，所以他們便從那破洞鑽出來，然後便發現到了東凡寺。

「是有一條隱道。」豐蘭息指上的蒼玉扳指輕輕叩響，目光無波地掃一眼任穿雨。

任穿雨收回了看著風惜雲的目光，「既然有隱道可通往鼎城，那要攻城便容易多了。」他眼睛望回輿圖上，沉思片刻，「我們可先派勇士祕入鼎城，然後分兩路行動。」一邊說著，一邊抬指連連在圖上點著，「據探子所報，這六處地方囤著北軍的糧草，燒其必救，可亂民心，而後滿城慌亂便可發兵攻城。」

任穿雨說完，帳中有片刻的安靜，但也僅僅是片刻。

「前往放火突襲的人不如都換上北軍的服裝，放火後還可以北軍的名義趁亂放出謠言，更能讓鼎城內的百姓、將士們潰亂。」修久容最先補充道。

任穿雨及墨羽騎四將皆轉頭看向他，有些意外這個看起來純真羞澀的人竟也會有這等詭計，不過意外之後卻又了然，能成為風雲騎大將的又豈是無知愚善之人。

被這麼多人眼睛一望，修久容的臉頓時紅了，目光不由自主地望向風惜雲，接觸到她含著淡淡笑意的目光，心中大定。

「修將軍所言甚是。」任穿雨點頭。

「那什麼時候行動，人手如何安排？」任穿雲則問兄長。

任穿雨抬眸掃一圈帳中，目光靜靜地落在徐淵身上，微微一笑道：「由東查峰入鼎城，其山路、腹道必是極為險峭，需是身手敏捷之人方可。而放火、突襲之事，則需謹慎行事，萬不可被北軍發現。」說至此，他微微一頓，不動聲色地看了眼風惜雲，然後再落回自始至終一臉沉靜的徐淵身上，「風雲騎的將士個個身手敏捷，武藝高超，要入鼎城自非難事，而徐將軍的謹慎沉著，這一路行來，我們大家有目共睹，所以這入鼎城突襲之事，非徐將軍不作第二人想。」

他的話一說完，任穿雲便看了賀棄殊一眼，見他垂眸看著自己衣襟上的刺繡出神，似乎完全沒有聽到任穿雨的話；而徐淵依舊神色未變，僅將目光移往風惜雲。

風惜雲平靜地看著任穿雨，似乎在等著他後面的話。

任穿雨見無人發言，當下目光一轉，望向自進帳後便忙著搧風擦汗的程知，「程將軍有萬夫莫擋之勇，所以這攻城的主將則非程將軍莫屬。」

這一回，墨羽騎四將的目光齊齊望向任穿雨，但他卻視若無睹，只是轉身面向風惜雲，恭恭敬敬地請示，「穿雨的建議，請問青王以為如何？」

風惜雲淡淡一笑，目光看向豐蘭息，以眼神表達「你們君臣還真像」的意思。

一直擦拭著長劍的喬謹收起了長劍，站起身來，正欲開口，卻見風惜雲的目光無聲掃來，到了口邊的話就這麼給掃走了，他心念一轉，然後暗暗嘆息。

風惜雲目光掃過喬謹，心中也有讚賞。比之墨羽騎其他三將，看起來喬謹似乎不及端木文聲豪爽大氣，也不及賀棄殊精明斯文，更不如任穿雲的俊挺英朗，但他自有一種卓然氣度，令人心生信服，從而成為墨羽騎首將。

她一邊想著，一邊道：「任軍師事事考慮周詳，可行。」

聽了這話，林璣便握緊了拳，看樣子是想起身說話，但風惜雲目光一掃，他便深吸一口氣，坐著不動了。

喬謹沉默地站著，只是望著風惜雲的目光有著淡淡的敬佩。

一直坐在一旁品著美酒的豐蘭息終於飲完最後一口酒，將玉杯輕輕擱在桌上，而後慢慢站起身來。

墨羽騎諸將見之，都站起身。

「主上以為如何？」任穿雨恭聲請示。

「由棄殊入鼎城，領兩百精兵前往。」豐蘭息淡然道。

此言一出，風雲騎四將皆一怔，而墨羽騎四將卻是心知肚明。

他們之中，賀棄殊善襲。

「是。」賀棄殊垂首應道。

「至於兩百精兵的行裝……」豐蘭息目光移向徐淵，「就請徐將軍準備吧。」

「是。」徐淵起身應道。

「棄殊戌時出發，子時發十萬大軍攻城。」豐蘭息目光掃一眼喬謹，「程將軍主攻，喬謹、穿雲左右助之。」

「是。」程知起身應道。他一起身，一串汗珠便落在地毯上，不由得抬手拭汗。老實說，他才不在乎到底誰主攻、誰突襲、誰吃虧、誰占便宜，他只想快點出營帳，比起這樣乾坐著，他寧願上陣去殺敵。

「是。」喬謹、任穿雲也垂首應道。

「這樣安排，青王以為如何？」豐蘭息目光望向風惜雲。

比起任穿雨那一番明顯的私心，他這樣自然是公平的，所以風惜雲點點頭，同樣站起身來：「攻城之時，林璣領神弓隊相助。」

「是！」林璣這會兒心平氣和了。

「那各自回去準備吧。」豐蘭息揮揮手。

「是，臣等告退。」諸將躬身退下。

待所有人皆離帳後，風惜雲才移步走向帳門。

「惜雲。」身後響起豐蘭息溫雅的聲音。

風惜雲腳步一頓，然後轉身回首，「不知雍王還有何事？」

豐蘭息看著她，良久才搖首一嘆，「沒事了。」

「既然無事，那先告辭了。」風惜雲微微一點頭，轉身離去。

走出大帳，兩人同時輕輕一嘆，一個抬首望天，一個垂眸握拳，中間隔著一道帳簾。

走出王帳一段距離後，喬謹叫住前頭的任穿雨，「你今日有些過頭了。」

「有嗎？」任穿雨回首看著喬謹。

「你想做什麼？」一向寡言的賀棄殊也不禁質問，眼中盡是不讚同。

端木文聲與任穿雲雖沒說話，卻也都看著任穿雨。

「也沒做什麼呀。」任穿雨抬手摸摸下巴，「我也就是心疼我們墨羽騎的將士，捨不得他們受傷罷了。」

「哼，那是青王，你以為能蒙混過去？」端木文聲皺了皺眉頭。

「嗯，你這一提醒，我倒是想起來了，那可是天資聰慧又英明神武的青王。」任穿雨摸著下巴連連點頭，「以後我會注意的。好了，晚上還有活要幹呢，你們都回去準備吧，我這就面壁思過去。」說罷，揮揮手轉身走了。

身後四將看著他的背影，最後沉默地轉身回各自的營帳去了。

與此同時，在青王的白色王帳中，風雲騎四將靜靜坐著，沉默地看著案前專心看書的風惜雲。

終於，風惜雲放下手中的書，抬眸望向四將。

「我知道你們在想什麼，但是我告訴你們——決不可！」她的聲音很輕，可語氣卻是斬釘截鐵的，「記住，我與雍王已締婚盟，青、雍兩州自是福禍與共。」

四將聞言，沉默了片刻，才起身道：「臣等遵命。」
「大戰在即，你們都回去準備吧。」風惜雲揮揮手。
「是，臣等告退。」四將退下。
出帳，迎面碰上了回途中的墨羽騎四將，八人目光靜靜對視，不發一言，片刻後，抬步走開。

八月十八日，夜晚，月隱星暗。
「將軍，您還是去歇息一會兒吧。」鼎城城樓上，副將宋參對身前的大將軍公孫比重道。
「兵臨城下，如何安歇？」公孫比重濃眉凝重地望著對面。
如此晦暗的夜色中，他依然能感覺到對面傳來的銳氣，如寶劍斂鞘仍不掩其鋒！
風惜雲、豐蘭息。
這兩位絕世的英才，今日他公孫比重能與之對決，是幸還是不幸？而面對那樣的兩個人，自己能守得住鼎城嗎？
「正因如此，將軍才更要好好歇息，否則何來力氣殺敵。」宋參勸道。
「我交代的事都辦好了嗎？」公孫比重忽然問道。

宋參忙道：「將軍放心，屬下已遵吩咐，挑選了千名精兵保護兩位公子和琅華公主。」

「那就好。」公孫比重嘆了口氣。

主上派來兩位公子，美其名曰助他守城，可實際上是為著監視還是……算了，是怎樣的意思他並不在乎，只是兩位公子一到卻處處掣肘，好好一番守城計畫全被他們打亂，守城的將士更是被他們東調西遣的，如一團亂麻。更讓他頭痛的是……今早來的那位很明顯是偷溜出宮的琅華公主，這位主上的心頭肉，若有個萬一，他公孫比重可是死不足抵！

「將軍還是先回去歇息一下吧，這裡有屬下守著。」宋參勸著公孫比重，看他雙眼布滿血絲，神情疲憊而緊張，頗為擔心，「況且現在都快子時了，對面也沒什麼動靜，想來今夜也會平安過去。」

「好吧，這裡便交給你。」公孫比重拍拍宋參肩膀，最後望一眼對面陣營，轉身離去。

他領著十多名親衛往暫住的都副署走去，可才轉過兩條街，驀然一束火光沖天而起，照亮了半個天空。

「那是……」公孫比重望著火光的方向。

「將軍，那是我們在城東囤糧的地方。」身旁的親衛馬上答道。

「難道是……」公孫比重心一沉，話還未說完，便又是數道火光亮起。

「失火啦！失火啦！失火啦……」

惶恐的叫嚷聲四起，而頃刻間，鼎城已在一片火光之中，夜風掃過，火勢更旺，火苗躍向半空，天空都被映得紅豔豔的。

「哎呀！好像是城西著火啦！」

「城北也著火啦！」

「城東的火勢已燒了整條街了！」

「天哪！到處都起火啦？這是怎麼回事啊？」

霎時，整個鼎城都亂作一團，忙著救火的、忙著搶家財的、忙著呼喊家人的、忙著逃命的……伴隨而起的是各種驚恐的尖叫，慌亂無主的啼哭聲，以及咒天罵地聲……襯著那燒透了半邊天的火光，鼎城內便似一鍋沸騰著的亂粥！

「不要慌！不要慌！」公孫比重大聲呵斥著身邊奔逃的百姓，奈何已無人能聽進他的話。

「將軍，這、這是怎麼回事，怎麼到處著火啦？這……怎麼辦……」望著那沖天的火光，親衛們也一個個慌起來。

「馬上命人救火！」公孫比重大喝道。

「是！」親衛們馬上奔去，可奔不了幾步又跑回來，「將軍……先、先救哪處？」

公孫比重握緊腰間刀柄，臉上肌肉抽動，最後深吸一口氣道：「傳本將軍命令，命曹參將領兵兩千救城東大火，命李副將領兵兩千救城西大火，命謝都副領兵兩千救城北大火，命……」他話還未說完，只聽到一聲驚呼「將軍！」一名親衛撲向他，倒地之時，一支火箭射入他剛才立足處。

還不待他們反應過來，無數的火箭便從四面八方射來，公孫比重扯起那名親衛就地連滾，躲閃著火箭，但有些親衛卻躲避不及，被火箭射中，頓時慘叫聲四起。

不知射了多久，那火紅的箭雨終於止了，公孫比重從街邊屋角爬起來，眼前的景象卻讓他傻了眼。剛才道旁還是完好的一棟棟房子此時已全籠於大火之中，火苗劈里啪啦地越燒越旺，無數的百姓從火中奔逃著、尖叫著……而剛才還站在身邊的十多名親衛此時全倒在地上，身上全燃著火，還夾著淒厲的痛呼……

「將……將軍……」那名僅剩的親侍衛哆哆嗦嗦地爬起來，他已被嚇得三魂六魄失了一半。

「兩位公子要棄城逃回王都，所以放火燒城了！」

「雍州大軍攻進來了！」

「城門已被攻破了！」

「公孫大將軍已殉職啦！」

不知從哪兒傳來的嚷叫隱隱入耳，由遠至近，由小至大，由少至多……不過片刻，這些話語已傳遍全城，響遍全城，那原已被大火燒得驚慌失措的百姓頓時更是一片混亂不堪！

「雍州大軍已經攻進來啦！快逃啊！」

那嚷叫聲此起彼伏，霎時所有的人只知奪路而逃，已顧不得火中的家財，顧不得火中厲哭的親人，顧不得腳下踩著的是活人還是死人……

咚！咚！咚！咚！咚！咚……

猛然，震天的鼓聲響起，蓋住所有混亂的叫聲，一下一下地如雷般驚破鼎城內所有人的心魂。

公孫比重混亂的腦子還不及理清現下是怎麼回事時，一名士兵飛奔而來，「將、將軍，他們……攻城了！」

「攻城？」公孫比重心頭一震。

「……是，宋將軍請您速去城樓！」

公孫比重馬上掉轉頭往城門方向而去，可還走不到幾步，迎面又一名士兵飛奔而來，「將軍、將軍！有奸細！城門已開！」說完最後一字，那士兵便倒於地上，在他身後是長長的血跡。

「公主、公主！」驚恐急切的叫聲伴著激烈的拍門聲驚醒了熟睡中的白琅華。

「不要吵，本公主還沒睡夠！」迷糊中，白琅華呵斥道。要知道她為著溜出王宮，為著躲過父王的追查，已兩天沒好好睡一覺了，今天又被兩個哥哥和那個什麼公孫大將軍嘮嘮叨叨了一整天，現在她只想睡個好覺，其餘啥都不想理。

「公主、公主，快開門啊！」門外，跟隨著白琅華從王宮溜出的侍女品琳依然大叫著。

「再吵本公主就將妳嫁到蒙城去！」白琅華咕噥一聲，翻了個身繼續睡去。

「公主！妳快起來啊！城中已起了大火，雍州、青州的大軍也攻進來了！」品琳此時已是手腳並用地踢打著房門，只求喚醒那個不知大禍臨頭的公主。

「什麼？」白琅華一把跳起，光著腳丫打開門，「品琳，妳說他們攻城啦？」語氣中沒有絲毫驚慌害怕，一雙眼睛反是閃著興奮的光芒。

「是的，公主，已攻進城了，很快便要殺到這兒了，您快跟奴婢走！」品琳一把拖住白琅華便往外走，「兩位公子已準備好馬車，並將護衛的精兵都帶上了，吩咐奴婢叫醒公主立即與他們會合！」

「等等，品琳！」白琅華卻抓住門前柱子不肯移步，「我才不要逃呢！我要趕走他們，為父王立功！」

「我的好公主，這種時候妳就別再胡鬧了！」品琳用力扯著白琅華，「此時城裡已是一片混亂，聽說公孫將軍都殉職了，連兩位公子都要逃，您一個女孩子如何能力挽狂瀾？還是快跟奴婢走吧！」

「我不走！」白琅華卻一把甩開品琳的手，跑回房中，「在這個時候挺身而出才能更顯我琅華公主的厲害！待我擊退了風惜雲，我便一戰成名，從此這天下，我便是最厲害的女子！」

「公主，這可不是鬧著玩的，他們都是殺人不眨眼的！」品琳急了，追進房中，卻見白琅華正到處翻東西，「公主，妳幹什麼？」

「我的盔甲呢？品琳，我們帶來的東西妳都收在哪？噢……找到了！父王特意為我打造的弓箭！」翻箱倒櫃後，白琅華終於找著了想要的東西，「噢，這是我的寶刀！」她喜滋滋地將打造得極為精美巧致並鑲著華麗寶石的弓箭、短刀拿出來。

「公主！」品琳急得滿頭大汗，「妳就……」

「噢，我的盔甲！」白琅華又翻出了一副火紅色的盔甲，「品琳，快來幫我穿上！」

「公主！」品琳聽著外面的叫喊聲，真是心急如焚，趕忙走至白琅華身邊，快速為她穿上鎧甲，畢竟逃命也得穿上衣裳，「等下我們從後門出去，兩位公子的馬車就停在那，我們動作得快點！」

白琅華對她的話卻是充耳不聞，穿好鎧甲，將頭盔戴上，低頭審視一番，嗯，果然是英姿颯爽！刀箭一握，她昂首抬步便往門外走去。

「公主、公主，走這邊！」品琳追著她。

「品琳，妳先隨兩位哥哥回王都去吧，等我擊退風惜雲後再來接妳。」白琅華頭也不回地吩咐道，一雙眼睛熠熠生輝地望著大門外，只要走出這道門，她便可殺敵建功，一想到這她就興奮得想跳起來。

「公主，妳不可以去！」品琳大叫道。

「品琳，不許跟來！」白琅華轉頭喝住她，「這是本公主的命令！」說完她轉身快步奔向大門。

「公主、公主！」品琳看著那個身影越走越遠，急得大喊：「妳回來啊，公主！」邊喊邊追過去。

白琅華一跨出大門，眼前便是一片火海，火舌竄得高高的，天都似給它點燃了，天與地便因這一片火紅而連接在一起。移目望去，到處都是廝殺，刀劍在火光裡折射寒光，遍地的鮮血與屍首，濃稠的血腥味、烈火焚燒的焦臭味，和著夜風滲入城中每一個角落。熾紅的火光之中，一切都似在跳躍，一切都似在扭曲，天地這一刻已不是那個天地！

「嘔！」胃中一陣翻湧，白琅華一把摀住嘴。

這……為什麼是這樣？這跟她想像中的完全不一樣！不，不應該是這樣的！

為什麼會有這麼多的血？為什麼會死這麼多的人？

不應該是這樣的！

應該是……應該是由她領著千軍萬馬馳騁於黃沙滿天的戰場，飛箭射豐蘭息於馬下，揚刀砍風惜雲於腳下，然後以奇兵困敵，以奇陣擒敵，然後不損一兵一卒即大敗風雲騎、墨羽騎，然後她白琅華的威名便傳遍天下，傳誦於萬世！

可是為什麼會是這番景象？這些火、這些死屍、這些鮮血、這些淒厲的慘叫厲嚎……這還是鼎城嗎？這還是那個有著「北州琅園」之稱的美城嗎？

不！這不是鼎城！這是地獄！

第三十七章　琅華夢醒是傾城

噠噠噠噠……鐵蹄之聲傳來，火光裡，公孫比重領著將士們奔來。

「公主恕罪，臣來遲了，讓公主受驚了！」公孫比重跳下了馬背行禮。

「是公孫將軍！」白琅華看清眼前之人後，驚惶的心稍稍安定。

「公主，為了您的安全，請速離鼎城。」公孫比重躬身道，然後轉頭便吩咐身後的副將宋參，「你領兩百精兵護送公主回王都。」

「是！」宋參領命。

「不！我……我還沒有打敗風惜雲呢，怎麼能回去？我要和公孫將軍一起守護鼎城！」有公孫比重及大批的將士在，白琅華心中一安，更不肯走了。

「公主，鼎城已經守不住了，青、雍大軍已攻進來了。」公孫比重慘然一笑，看著眼前這個全然不曉人世疾苦的小公主，無奈又沉痛。

「怎麼……怎麼會？」白琅華不敢置信地瞪大眼睛，「你們……」她目光移向那些將士們，「你們不是都還在嗎？為什麼說守不住了？難道……公孫比重！難道你想獻城投降？」

一念至此，她嚴厲地瞪向公孫比重。

「公主放心，臣不是叛主求榮的鼠輩。」公孫比重苦澀一笑，抬目掃視火光中的部下，這些跟隨他多年一路拚殺過來的親信，今日或將全部歿於此地，「公主快走吧，臣自會與鼎城共存亡。」

「公孫將軍……」白琅華看著公孫比重，不禁為自己剛才的懷疑而羞愧。

公孫比重轉身對著白琅華深深一躬，「公主，請轉告主上，臣未能守住鼎城，有負主上所托，但求以身殉職！」

白琅華心生惻隱，道：「將軍……既然守不住了，你就和我一起回王都吧，我會和父王說情的。」她的話剛落，一陣粗豪的大喝聲傳來。

「公孫比重！你這龜孫子的竟然逃了！還不快快滾出來，和本將再戰三百回合！」

那粗豪的喝聲，在這混亂的廝殺中如雷霆般，直震得在場所有將士心頭驚駭。

公孫比重臉色一變，立時喝道：「宋參，還站著幹什麼，快護送公主離開！」

「是！公主，請隨屬下走！」宋參顧不得身分尊卑，伸手去拉白琅華。

「不！」白琅華卻甩開宋參，看著公孫比重道，「公孫將軍都能至此，我白琅華身為北州王族，豈能棄你們而逃？」

在白琅華掙扎間，粗豪的笑聲傳來，「哈哈哈哈……公孫比重，逮住你了！」

笑聲未止，剎那間便見一員猛將領著銀甲大軍迅速奔來，那樣的快，彷彿是從火海中幻化而出，帶著炙熱的煞氣，以及令烈火也為之而退卻的冷冽殺氣！

「程將軍。」公孫比重看著那領頭的一騎，頓時瞳孔收縮，手不由自主地按上刀柄，緊緊握住。

「是本將軍。」高居褐色戰馬上的魁梧大將揮著手中長刀，「怎麼，你想逃嗎？」

「豈會！」公孫比重躍上戰馬，拔刀於手，「本將今日便與你決一死戰！」

「好！這樣才算得上是當世名將！」程知大喝一聲，雙腿一夾，驅馬攻來，「咱們便三刀定生死吧！」

「好！無論勝負，我公孫比重能與你程知一戰，死亦瞑目！」公孫比重一揮手中的刀，策馬奔去。

刀光雪亮，帶起凜冽的寒風，劃破了半空的火雲。

「公主，快走！」宋參趁機拉起白琅華便往北門跑去。

「不……」白琅華掙扎著，奈何力氣不及人家大，被宋參半拉半拖地往前奔去。

可他們才走不到十丈，一股殺氣襲來，前方無數風雲騎湧現。

「宋將軍，不用再顧忌我，迎敵吧！」白琅華握緊了手中短刀。

宋參看一眼目光堅定的白琅華，然後放開手，恭恭敬敬地行一個禮，「公主，請保重！」說完，他即拔刀在手，領著餘下的士兵殺向迎面而來的敵人。

霎時便是刀光劍影，血雨飛灑。

白琅華握著短刀站在原地，心中不斷告誡自己不可發抖，腿不能發軟，可她胸膛裡一片慌亂，腿僵在原地根本動彈不得，頸後一熱，似乎有什麼東西灑落，黏黏的……她懼怕得想要閉上眼睛，可眼睛也不聽使喚。

那時，前方一騎疾馳而來，一片混亂廝殺裡，那一騎顯得格外的高、格外的耀目，銀色的鎧甲在熾紅的火光中，如萬年雪峰上淬煉的寶劍閃著沁骨的寒光，銀光揮動間，劍芒如雪，猩紅遍地！

這是風雲騎的將領！就是他們攻破鼎城，殺死了北州的將士！

一念至此，白琅華身體裡驀然湧出一股力量，她拿起腰間掛著的弓箭，搭箭，拉弓，瞄準……等著那一騎近來，很快地，那一騎馳近，入目的是半張秀美到極致的臉，白淨得無一絲瑕疵。

是風惜雲到了嗎？

白琅華輕輕一笑，鬆開了手，羽箭離弦的剎那，那一騎似有所覺，轉首望來，頓整張臉映入白琅華眼中——那是五官極致完美卻被生生撕裂的一張臉！

那一刻，白琅華不由自主地抬手按住胸口，只覺心痛難當。

劍光綻起，羽箭落地！

白琅華還未能反應過來，那道劍光已如寒電劃開火焰般直劈而來！

本能的，她拔刀相擋。

叮！手臂一陣劇痛，接著便麻木得完全沒有了感覺，短刀墜落地上，斷為兩截。

茫然中，寒意當頭籠來，似一刹便將墜入冰窖！

她抬首，便見半空上長劍高高揚起，帶起冰冷的劍芒，向她決然揮下，劍光火影中，她看到一雙眼睛，冷厲無情地看著她。

這個人要殺我。

白琅華呆呆站著，眼中一串淚珠無聲滑落。

電光石火中，一個嬌小的身影猛然向她撲來，「小心！」

白琅華摔倒在地上，一陣劇痛讓她回過神，頓時尖叫：「品琳、品琳！」她抱著倒伏在身上的品琳，觸手是殷紅的血，「品琳！」

「公主……」品琳吃力地抬頭，聲音微弱，「兩位公子都……都走了……公……公主，妳也快逃吧……」說完她頭一垂，倒在白琅華懷中。

「品琳、品琳！」白琅華搖著懷中的侍女，「妳這個傻瓜……」她眼中淚珠止不住地落下，猛然抬首，隔著朦朧的淚光狠狠地看向前方，就是那個人，就是那個人殺了品琳！她放下品琳，伸手抓向落在地上的弓箭，她要為品琳報仇！

「久容，你真不懂憐香惜玉，看把人家小姑娘給弄哭了！」一道譏誚的聲音從後面傳來，白琅華還未站起身，頸後一痛，然後所有的知覺便慢慢模糊了。

「嘖嘖，刀呀箭呀鑲了這麼多寶石，可要費不少錢呢，真是佩服，竟有人拿這種玩意兒來殺人……」那譏誚的聲音還在說著。

『本公主的刀箭才不是玩意兒……』白琅華很想這樣反駁，奈何那沉重的黑暗將她整個淹沒，然後便再無知覺。

鼎城的火還在繼續燃燒，廝殺卻近尾聲，地上遍是屍首與鮮血，半空之上，白色的鳳旗飛揚於火中。

這一覺似睡了很久。

白琅華睜開眼睛時，只覺得眼睛刺痛，不禁抬手掩住，待眼睛適應後再慢慢睜開，卻發現周遭全然陌生，看著似乎是在一個營帳中。

她坐起身來，便覺頭腦一陣眩暈，全身軟軟的無一絲力氣，只是心中的疑團未解，她強撐著下了床，往外走去，掀開帳簾，簾外又是一重天地。

天空藍藍的，飄浮著游絲似的絮雲，地上則紮滿了整齊的營帳，一眼望去，都望不到邊，還佇立著標槍似的士兵，遠處傳來一陣陣吆喝聲、喝彩聲……

「小姑娘，妳醒啦。」

驀然一道帶著笑意的聲音響起，聽著有些耳熟，很像那晚嘲笑她刀箭的聲音。

白琅華轉首，便見數名身著銀色、黑色鎧甲的將領走來，形貌不同，神態各異，她卻一眼就看到了其中一名身形修長的年輕將領，全身一震。她猛然向那人衝過去，伸手便掐向那人的咽喉，「你殺了我的品琳！你這個壞人，我要殺了你為品琳報仇！」她一邊掐著，一邊想也不想地張口便咬了過去，實因品琳之死令她恨這人入骨。

「妳……」修久容大為吃驚，趕忙伸手想扯開幾乎掛在身上的嬌小身軀，驀然頸上便被咬了一口，忍不住輕哼一聲，轉頭想要避開。

他身旁其餘諸將見之，都很有默契地後退數步，以免遭受魚池之殃。

「林璣……你快拉開她。」修久容想要拉開白琅華，奈何白琅華卻是下了死力，他又不敢過於用力傷人，所以希望林璣能伸手相幫。

可林璣看著眼前的一幕——一個嬌小美麗的女孩兒像隻小貓似的掛在修長秀美的修久容身上——實在是有些捨不得這等好戲，於是再退後幾步，「你說什麼？讓我不要管？好的，我不會對女人動手。」

「你……都是你帶回的……咳咳……」修久容此刻脖頸被白琅華掐著，還時不時湊上來要咬一口，真是前所未有的狼狽兼手足無措，扯了半天還沒將人扯開，一張臉已是漲得通紅，「姑娘再不放手，我……我就不客氣了！」

白琅華此刻卻早失了理智，尖尖的指甲徑往修久容的脖子抓去，「你這壞人，我要為品琳報仇！」

「不可理喻！」修久容被逼得沒法，當下手一伸，便扣住了白琅華的雙手。

白琅華兩手被修久容扣在了腰側不能動彈，想也不想便抬足踢了過去，修久容立時腿一抬，便將白琅華的腿夾住，如此這般便算是將這隻張牙舞爪的貓兒給制住了。

只是……他們兩人還沒覺得，可周圍看著的人卻頓時瞪大了眼睛。

「他長這麼大從沒近過女色，害我一直以為他有什麼毛病，如今看來……」程知眼睛睜得圓鼓鼓。

「嗯，我們的小弟弟終於長大了。」林璣則一副頗為欣慰的樣子。

徐淵聞言掃了兩人一眼，然後移目看向修久容與白琅華，並沒有絲毫上前拉開的意思。

「這……也還蠻好看的。」任穿雨則摸著下巴道。

其餘諸將亦都點頭，眼前這美男雙手兩腿緊圈小美人的場面還是挺賞心悅目的。

「壞人！我要咬死你，我要為品琳報仇！」白琅華身子不能動彈，猶是掙扎著伸長了脖子要去咬修久容。

修久容則後仰著腦袋躲避。

「久容，你就讓她親一口嘛。」林璣戲謔的聲音響起。

確實，眼前的情景落在不知情的人眼中，倒真像是白琅華要親修久容，而修久容在拚死躲避著。

一直不吱聲的徐淵看著修久容越來越後仰，終是忍不住嘆了口氣，「會親到的。」

他的話一落，修久容便一個重心不穩，砰地倒在地上，緊接著便聽到一聲「啊！」的驚呼，修大將軍終於被琅華公主親到……呃，不，是咬到了。

「怎麼了？」

諸將看戲看得正歡，驀然身後傳來一道淡雅的嗓音，頓讓幾人一僵。

「修將軍？你這是——」豐蘭息看著地上正糾纏著的兩人，詫異地拖長了聲音。

「雍王。」躺在地上的修久容仰首看到豐蘭息，頓時死命地推開壓在他身上的白琅華。

「壞人，賠我的品琳！」白琅華卻不肯放過他，仍是湊過去要咬他。

「妳快起來。」修久容卻急得不行，只想推開白琅華。

於是，一個要撲過去，一個要推開來，兩廂只是糾纏得更厲害了。

豐蘭息看著，忍不住輕輕笑出聲來。

他的笑聲一出，地上的白琅華驀然一呆，只覺得這笑聲如歌般清雅，令人迷醉，忍不住抬起頭來，目光望去，滿目的銀甲、玄甲中只有一道墨色身影是如此的不同，那一刻忽然間懂得了什麼叫「鶴立雞群」。明晃晃的陽光下，那人墨衣黑髮，卻比那些身著鎧甲的將軍更為明耀，墨色的瞳眸望來，光影交錯間似能將人的魂魄吸入，一時間她只呆呆看著，耳邊只有他的笑聲，拜以前所的詩文的薰陶，那刻她腦中閃過一句很優美的話：「在高之臺，有子如玉。容且美兮，氣且華。語若蘭兮，笑如歌。」

豐蘭息也在打量著地上趴著的嬌小女子，身上穿著一身火紅的軟甲，白嫩的小臉上沾染了塵土，嘴唇上還沾著紅豔豔的血跡，嗯，就像一隻剛伸爪抓過人的漂亮小貓。當下他淺淺一笑，道：「這位漂亮的小姑娘是？」

眼看得這人沖自己微笑，白琅華只覺得心怦怦跳得厲害，耳中若有雷鳴，頭腦一陣昏沉，「我叫琅華。」聲音弱如貓吟，然後便是一陣眩暈，她頭一垂，便昏了過去。

白琅華後來真的名留青史，卻不因為她是北州白氏的公主，也不是因為她的美名、才名、藝名……而是因為豐蘭息。

《東書．列傳．雍王蘭息》中記載豐蘭息的容貌時有這麼一句：「其容美氣華，曾一笑傾琅。」

「琅華？」豐蘭息一怔，想起了自己養的那隻白貓，然後再一次淺淺笑開，「原來是北州的琅華公主呀，真是好名字，還真是有些像呢。」最後一語輕如呢喃。

眼見白琅華不動了，修久容趕忙爬起來。

而在場的諸將此刻卻看著地上的人有些發愣，想著剛才還張牙舞爪的人，這會兒竟然暈倒了。然後再一致將目光移向猶自優雅微笑的豐蘭息，還真不愧是名驚天下的雍王，一笑竟是如此厲害。

豐蘭息彎腰細細看了白琅華一眼，道：「看來她是餓暈了。」他的話說完，遠遠地傳來號聲，「哦，開始了。」目光轉向諸將，只是這一回，他的目光卻不及幾人動作快，眨眼間，剛才還佇立一處的人便全都飛身遠去了，不過……總算還有一個反應稍慢的。

被豐蘭息目光一望，修久容才邁開的腿便頓住了。

「孤怎麼能讓青王久等，所以修將軍，你便負責餵飽這位琅華公主吧。」說罷，豐蘭息優雅地轉身，施施然地離去了。

留下的修久容看看地上躺著的人，忍不住抬手摸摸脖頸，觸手是一排凹凸的牙印，耳中聽著傳來的號鳴，一時竟不知如何是好。

「噢噢噢……噢噢噢……」將士們演練的熱烈吼聲傳來，修久容原本猶疑的眼神頓時變得冷靜，抬手招來一名士兵，「去找六韻大人，請她安置這位琅華公主，並將那位受傷的姑娘與她安排在一個帳裡。」

「是！將軍。」士兵應道。

修久容吩咐完畢，轉身疾步而去。

風雲騎、墨羽騎互為對手演練了半日，本是各自散開歇息，可寬廣的空地上，卻圍著無數的士兵，玄甲如墨，銀甲如霜，黑與白鮮明的對比，白與黑分明的對壘。

在空地的中心，兩道人影正纏鬥一處，難分難解，烈日之下，所有人皆全神貫注於場中的兩人，眼睛一眨也不眨，捨不得錯過每一個精彩瞬間。

場中比鬥的兩人乃徐淵與喬謹，兩人皆持長劍，你來我往，飛騰跳躍，鬥了近半個時辰了，卻還是不分勝負。可兩人精湛的武藝卻讓所有的士兵看得眼花繚亂，熱血沸騰，恨不能自己便是其中一個，有那矯健的身手。

場中兩人越鬥越勇，毫無罷手之意，出招越來越快，劍光時如匹練，劍鋒時如芒刺，時擊時絞，冷厲的劍風掃向四周，稍靠得近的士兵不由自主地後退，悄悄地摸著肌膚上一粒粒的疙瘩。

「真是厲害啊！」隨著場中的驚嘆聲，兩人已從地上鬥到半空。

半空中兩道身影時分時合，時落旗杆，時翔高空，寶劍揮動間，熾芒閃爍，仿如兩輪小驕陽，炫得人目眩神搖。

「喬將軍！喬將軍！」

「徐將軍！徐將軍！」

不知何時，場中的將士們不約而同地高呼助威，頓時場中氣氛變得高昂激烈。而半空中交戰的兩人，此時對於周圍一切已全然不覺，完全沉浸於與旗鼓相當的對手決戰的興奮中。

「啊呀！」將士們猛然驚叫，只見半空中劍光忽然大熾，如兩道烈虹，帶著耀目的絢麗光芒，夾著劃破長空的決然氣勢，直貫而去。

所有人都知道，這定是兩人最後一擊，這一擊不但關乎他們各自的榮辱，也關乎風雲騎、墨羽騎勝敗之局。那一刻，原本激昂的士兵們，皆不由自主地屏住呼吸，緊張地看著半空中那兩道絢麗而絕烈的劍光。

白琅華到來時，看到的便是這樣激烈而又讓人窒息的情景。儘管驕陽刺目，可是她依然睜大了眼睛，緊緊鎖住半空上的兩道劍光。

如此絕烈的一劍之後，那兩個人會如何？

在場的人都在這樣想，只聽到「砰」的一聲巨響，震得所有人耳膜一陣嗡鳴，而後塵土散去，劍光斂去，眾人便見空地上原來矗著的一塊巨石已然碎裂，地上還留下了一道又深又長的溝，如同被雷劈電擊過。

眾人還在震驚時，半空中兩道人影落下，卻是喬謹、徐淵，兩人並肩而立，手依舊直直伸著，手中依然握著長劍，但兩柄長劍卻被一根白綾緊緊縛在一起，然後一道白影如輕羽般無聲飛落。

場中靜悄悄的，雖千萬人而無一絲聲響。

「若是兩劍合璧，自是無堅不摧，無敵不克；若兩劍相刺，不過落得個兩敗俱傷！」一片安靜中，一道清冷的嗓音如和風拂過，「同理，若風雲、墨羽兩軍同心協力，自是普天無敵；若兩軍異心相拚，便是玉石俱焚。」

場中依舊一片安靜，所有的將士都在細細品味青王方才的話，然後，所有的將士，不論是風雲騎還是墨羽騎，全都跪地，齊聲高呼：「謹遵青王教誨！青王萬歲！」

那歡呼聲響徹雲霄，激起陣陣迴響。

「她便是風惜雲嗎？」白琅華呆呆看著萬軍中心的那道白影。

地上有千萬人跪拜，她只是靜靜垂手而立，卻似驕陽所有的光芒都灑落於她一身，如鳳凰獨立，傲然絕世。

「天姿鳳儀……天姿鳳儀，原來就是這樣的。」白琅華喃喃輕語著。

「好厲害的女人。」周邊瞭臺上，任穿雨輕嘆，「此番比試，若風雲騎勝，則墨羽騎不服；若墨羽騎勝，則風雲騎不服。便是打成平手，只怕雙方都心藏暗刺，可她卻只是輕輕鬆鬆一舉，隨隨便便一言，就令風雲騎、墨羽騎所有人臣服。」

「否則她豈配稱鳳王第二。」一旁的賀棄殊也由衷讚嘆。

「你那些謀算，在她面前都不值一提。」端木文聲讚嘆之餘，不忘諷刺一下身旁這個自負智計超群的人。

「我只是沒想到你們竟然不能全勝風雲騎四將。」任穿雨聳聳肩，目光掃過身邊三人，頗為失望的模樣，「穿雲與林將軍一個長槍、一個神箭，各有所長，打成平手；文聲贏了程將軍，可布陣棄殊卻輸給了修將軍。這最後一場，喬老大和徐將軍也只能算是個平手，所以風雲騎、墨羽騎誰為天下第一騎，嗯……還是個未知數。」

「剛才這一劍，若是雙輪……」賀棄殊看向任穿雨，略帶嘲諷，「你怎麼辦？」喬謹、徐淵最後一招，幾乎是互毀的招式，若沒有青王的阻止，兩人不死也要重傷。

「雙輪麼？」任穿雨抬手摸摸下巴，「也就是兩個都沒命，嗯，失策，失策呀，都怪我對你們太過高估了。」一邊說著一邊搖頭，半分反思的意思都沒有。

賀棄殊白他一眼，然後轉頭不再理會他。

端木文聲眉頭微皺，抬手指向下方氣氛熱烈的將士們，「兩軍同心共志難道不好？真弄不明白你腦中那些鬼想法。」

「我當然也希望看到兩軍同心共志，只不過……」任穿雨目光掃向場中那道白影，「那是鳳凰，青州鳳王之後。」後面的話他說得極低，便是站在他身邊的三人也未聽得清楚。

「哥哥，青王不同於你以往所遇到的任何人。」任穿雲則是提醒著兄長，「她也不同於主上身邊以往的任何人。」

「我知道。」任穿雨輕輕頷首，轉頭目光深思地看向遠處的豐蘭息。

他們的主上依舊從容淡定，只不過……剛才那山呼海拜也不能令他有一絲警覺嗎？能令千萬人俯首的人，豈能立於人後。

他微微一笑，笑得狡黠而得意，誰說他無所得，這不就是他的所得嗎？

一列列銀甲、黑甲的將士自身邊走過，所有人都是目不斜視，不曾因這漂亮小姑娘的出現而有絲毫異樣，踏著整齊的步伐昂首挺胸走出，人人都面容嚴謹，目光銳利。

這就是名震天下的風雲騎與墨羽騎嗎？

白琅華默默感嘆，轉頭便見兩道身影並肩行來，身旁擁簇著部將，身後旌旗飄揚，彷彿是從遠古神話中走來的王者，步履優雅，意態雍容，陽光下，兩人額間的玉月熠熠生輝，盈盈光華輕輕攏住兩人，白衣墨裳，如此分明，卻又和諧如畫中白山黑水。

「這是北州的琅華公主，妳還沒有見過吧？」

白琅華聽到那個俊雅無倫的男子微笑著向那個清俊絕逸的白衣女子介紹她，她知道這兩人就是雍王豐蘭息、青王風惜雲。

「琅華？」風惜雲重複這個名字，目光望向白琅華，而後淺淺笑開，笑得意味深長，「琅華，果然是個美人。」說著她側首看了豐蘭息一眼。

聽到這樣的讚美，白琅華臉上微微一熱，隨即衝口而出，「我是北州的白琅華，我來是要打敗妳的。」

她話一出口，猛然摀嘴，那一刻，不用攬鏡自照也知臉上一片火紅，白琅華不禁低頭，再不敢看面前的兩人，只是頭才一低下，便想她又沒做錯什麼，於是便又抬頭，一抬頭便望進一雙略有詫異卻溢滿笑意的眼睛裡，那刻，她想，原來世上還有好看得會說話的眼睛啊。

第三十八章 珠聯璧合定婚盟

「打敗孤？」風惜雲笑盈盈地看著眼前的小美人，忍不住在心中嘆息。

衣衫似火，膚白如雪，粉嫩的臉蛋上不曾有悲苦憂愁侵襲的痕跡，水靈的杏眸未曾被名利權欲沾染過，純淨嬌美如東查峰頂上的琅玕花，反不似王侯貴女。

許是風惜雲的笑令得白琅華放鬆了，便不由自主地說出了她的宏圖大志，「我……我都立志七年了，每天習武，還看了很多很多的書……就為著有一天能打敗妳！」

「噗哧！」此言一出，兩王身後的諸將皆忍俊不禁。

「哦？」風惜雲眉頭一挑，「孤有什麼值得妳立志七年要打敗的？」

「妳……妳竟然這樣說？」白琅華頓時氣憤了，雪嫩的臉漲得紅彤彤的，水靈靈的杏眼睜得圓圓的，那可愛的模樣愛煞眾人，「這麼些年來，天下人一提起『公主』兩字，必然先說到妳，我白琅華才不要做妳的陪襯！」

聞言，風惜雲愕然，實沒想到這麼個理由，看著白琅華，半晌後她戲謔道：「那……琅華公主打敗了孤以後要如何？」

「打敗了妳？」白琅華看著風惜雲，想起若是能打敗眼前這個風華絕代的女子……光只是這樣一想，她的嘴角便抑制不住地勾起，眼眸晶亮，「我若是……若是打敗了妳……」她全身都因著這個念頭而興奮起來。若是打敗了她，若是打敗了她……要怎樣呢？目光無意識地移動著，一道俊逸雍雅的身影映入眸中，迷迷糊糊裡腦中一念閃過，衝口而出道，「我若是打敗了妳，就可以招一個像他這樣的駙馬了！」

此言一出，眾人皆是一呆，待明白她說了什麼，目光齊齊看向豐蘭息，片刻後，諸將全都低頭看著地面，只是肩膀卻都在抖動著，還有幾聲收不住的悶笑響起。

「啊！」白琅華這刻也醒悟起自己說了些什麼，頓時懊悔不已地捣住臉。

怎麼……怎麼會說出這種話？她不是應該義正詞嚴地回答道：「若打敗了妳，那便證明天下間出色的女子並不只妳一個風惜雲！」

風惜雲聞言亦是一怔，然後目光移向豐蘭息。難道他又使了什麼手段？卻見豐蘭息也是一臉驚訝，當下揶揄地笑笑，然後上前幾步，伸手拉開白琅華捣臉的手，「琅華公主是中意雍王當駙馬？」

「才不是！」白琅華反手抓住風惜雲，結結巴巴地解釋道，「我……嗯……我沒那意思……他是妳的丈夫，我才不會要呢！我只是、我只是打個比方，想招個像他這樣出色的駙馬而已！」

「哦。」風惜雲一派了然地點點頭，手指憐惜地撫摸著白琅華臉上被按出的紅指印，「原來琅華公主是想招一個出色的駙馬。」她目光一轉，眸中流光盈溢，清如鏡湖折影，「那公主看這幾位將軍如何？他們可都是青、雍兩州最出色的男子，皆是相貌堂堂、文武全才，公主可中意？」說著，她側身指向身後諸將。

白琅華卻呆呆看著風惜雲，臉上被她清涼手指撫過的地方生出了一陣酥麻之感，頓時全身發熱，腦中便有些迷糊。

風惜雲卻似沒發現她的異樣，只是牽著她轉過身，將除程知以外的七位將軍全部都介紹一遍，然後回頭問白琅華，「公主中意哪位？」

白琅華此刻腦中嗡嗡作響，哪裡還聽得清她說了什麼，身子都不似自己的，根本動彈不得，滿心滿眼只有咫尺之間的這個女子，只覺得她目若清泉，聲如幽吟，一笑一語都令她神往，恍然間似乎聽到問話，於是不自覺地點頭，「嗯。」

風惜雲見她點頭，頓目光看向諸將，眼見他們個個臉色僵硬卻不敢逃走，心中暢快，目光掃視一圈，落在修久容身上。他與白琅華的事她自是了然於胸，心中一動，於是指著他道：「這位修將軍琅華公主喜歡嗎？」

「嗯。」白琅華恍然中照舊點頭。

諸將頓時望向修久容，神色各異。

「那麼孤便將妳許婚與修將軍吧。」風惜雲輕輕淺淺道出，看向白琅華的目光蘊著某種深意。

「嗯。」神魂仿已遊離身外的白琅華再次點點頭。

「主上！」被這從天而降的「喜訊」砸傻了的修久容終於在諸將同情的目光中回神。

「嗯？」風惜雲回眸看著修久容。

被她目光一望，修久容心頭一窒，頓說不出話來，只能以目光表達意願。

脫離了風惜雲的目光與聲音，白琅華終於醒過神來，「我剛才……」

「公主剛才已選了修將軍為駙馬。」風惜雲回頭笑盈盈地看著她，「你倆才貌相當，一對璧人，孤很高興。」

「我……選了駙馬？」白琅華看向諸將，在諸將的目光中得到確認，頓時尖叫，「怎、怎麼可能？」

「難道北州的琅華公主是一個出爾反爾、不守承諾的人？」風惜雲頓時面色一寒。

聽了這話，白琅華立時反駁，「本公主才不會說話不算話！」

「那就好了。」風惜雲的臉上再次綻出柔和的微笑，「剛才公主已承諾許婚，在場諸位都是證人，待戰事結束，便擇吉日為公主與修將軍完婚。」

「我……」白琅華剛要開口，卻在風惜雲目光望來時，將話吞回了肚裡。

「公主與久容可有什麼話要說？」風惜雲溫和地問道，目光看一眼白琅華，再看一眼修久容。

「我……」白琅華與修久容同時開口，眼見對方開口，又同時收聲，目光相對，修久容趕忙移開，臉上瞬間爬滿紅雲；白琅華看著他秀美的臉上那道撕裂他的臉的傷疤，頓時心頭一痛，彷彿那道傷口是劃在她的心上。

「若沒有什麼要說的，此事便定下了。」風惜雲頗為滿意兩人的反應，然後從腕間褪下一串粉色的珍珠手鏈，又從腰間取下一塊蒼山雪玉佩，「這兩樣便作為孤賜你們的婚約信物。」說罷將那珠鏈套在白琅華的手腕上，陽光下珍珠顆顆圓潤，煥發著絢麗光芒。

「很好看。」風惜雲看著白琅華的手腕笑了笑，轉頭看著修久容，攤開手掌，「久容，這是孤賜予你的。」掌心裡躺著一枚橢圓形的玉佩，雪白的玉佩中部一點朱紅，如同蒼玉赤紅的心，又似蒼玉滴下的血淚。

修久容抬首，深深看一眼他的主上，然後恭恭敬敬地垂首接過，「久容謝主上所賜。」眼見著這樣就定下了一樁婚事，風雲騎諸將還好，墨羽騎諸將卻是驚異萬分。

「這也太兒戲了吧？」端木文聲喃喃自語。

「你們覺得兒戲，那是因為沒見過昔日的白風夕。」任穿雲此時想起了當初戲弄六州群英的風夕。

將北州的琅華公主許配給青州的修久容，這決不是兒戲。任穿雨撫著下巴深思起來，一邊想著，一邊轉頭往豐蘭息看去，卻發現他的主君對於眼前的事似乎毫不意外，只是一臉的從容淡笑。

「六韻，好好安置琅華公主。」風惜雲吩咐陪白琅華過來的六韻。

「是。」

事情已罷，風惜雲便向豐蘭息告辭，「孤有些疲乏，先去歇息了。」

「青王請便。」豐蘭息雍容回禮。

風惜雲領著風雲騎四將離去，而後豐蘭息看了看還有些呆愣的白琅華，臉上浮起一絲耐人尋味的笑意，便也離開了，任穿雨幾人自然也跟隨而去。

一時間，原地只留了白琅華依舊呆呆站著，頗有些不知今夕何夕，此身何在的茫然。

當夜，疏星淡月，眼見著子時將近，青王的王帳裡依透著燈光。

「夕兒，這麼晚了怎麼還未睡？」久微踏入帳中，見風惜雲正坐桌前，手握紫毫，似在凝神思索著什麼，忽然手腕揮動，玉帛紙上霎時墨蹟淋漓。

倚天萬里須長劍，中宵舞，誓補天！
金戈鐵馬，爭主沉浮。
如畫江山，狼煙失色。

天馬西來，都爲翻雲手。
握虎符，挾玉龍，
羽箭射破、蒼茫山缺！

道男兒至死心如鐵。
血洗山河，草掩白骸，
不怕塵淹灰，丹心映青冥！

久微看著她下筆，一字一字輕輕念出，當最後一字收筆時，他雙眉聳動，抬首一臉驚嘆地看著風惜雲，「好氣勢！」

風惜雲淡淡勾唇一笑，將筆放回筆架上，抬眸看向久微，「這麼晚了，你怎麼也還未睡？」

久微沒有答她的話，伸手取過桌上的紙，再細看一遍後道：「這闕〈踏雲曲〉還未寫完吧？」

風惜雲目光微凝，看著久微手中那張紙，慢悠悠道：「你若想看，便寫完了與你看。」說著她鋪開另一張玉帛紙，提起紫毫繼續寫道：

待紅樓碧水重入畫，喚纖纖月，
空谷清音、桃花水，
卻總是、雨打風吹流雲散。

久微看著，半晌無語，許久後才長長嘆息著喚一聲，「夕兒。」

風惜雲卻拾起桌上的紙，雙掌一揉，那紙便化為粉末灑落，「不過是閒來無聊之作，你何必在意。」

久微看著她，慢慢將手中的紙放回桌面，然後道：「聽說妳將北州的琅華公主配婚給了修將軍。」

風惜雲眼中浮起一抹狡黠，「其實不算我配的，是她自己選的。」

「妳要護著她？」久微直接問道。

風惜雲抬眸看一眼久微，略有感慨地笑了笑，「久微看出來了。」

「看出來的不止我。」久微嘆一口氣，「這琅華公主值得妳這般嗎？」

風惜雲想起那個火霞似的人兒，臉上綻出微笑，「琅華公主人如其名，如同一朵純白無瑕的琅玕花，未曾染上絲毫塵俗之氣，單純得實在令人不忍心傷害。」

「這不像妳會做的事。」久微搖首，「他們兩個願意嗎？」

「久微放心。」風惜雲在椅上坐下，「那朵琅玕花喜歡久容，從她看久容的眼神就可知道，她看著久容時，眼中總是流露出痛楚。」

「哦？」久微眉頭一挑。

「久容臉上的傷讓她心痛，她是在為久容而心痛。」風惜雲微微一嘆，「有這樣無瑕的心，我豈能不成全。」

「修將軍呢？」久微卻問道，「我聽說攻破鼎城時，修將軍差點殺了她。」

「久容……」風惜雲臉上的笑容微斂，垂眸看向腰間，那裡掛著的玉佩已不在，她伸手按著空空的腰際，片刻才道，「這朵琅玕花以後一定會開在他的心上。」

久微看著她的神色，沉默了片刻，才道：「他們這樣的身分，妳便是想成全，卻也不知能否圓滿。」

琅華公主誠然純真可愛，修久容誠然英姿不凡，但一個是北州公主，一個是青州大將，他們此時此刻還是對立的，甚至日後還可能是滅國毀家的仇人。

風惜雲淡淡一笑，「我能做的，就是給一個機緣，最後是成仇人還是親人，他們自己把握。」

久微深深看她一眼，「那麼……妳與雍王呢？」

風惜雲垂眸，斂去所有情緒，「我與雍王在萬千臣民眼前定下婚盟，那是生死不毀的約定。」

「夕兒……」久微欲言又止。

「久微，我餓了，想吃你煮的麵。」風惜雲不想聽久微的未盡之語。

「好吧。」久微無奈，轉身出帳。

「我和你一起去。」風惜雲這刻不想待在帳中。

兩人出帳，走出好遠，隱隱地聽到一縷歌聲傳來，仿如夜神縹緲的幽吟。

聞君攜酒踏月來，吾開柴門掃蓬徑。
先偷龍王夜光杯，再採雪山萬年冰。
猶是臨水照芙蓉，青絲依舊眉籠煙。
捧出蒙塵綠綺琴，挽妝著我石榴裙。
啟喉綻破將軍令，綠羅舞開出水蓮。

兩人聽著這幽幽歌聲，不禁停步。

風惜雲輕嘆，「這麼晚了，鳳姑娘竟然也未睡啊。」

久微凝神認真地聽著歌聲，「這是妳的那曲〈醉酒歌〉。」

風惜雲抬首仰望夜空，神情微有些恍惚，似乎是望向某個遙遙的記憶時空，「那是很久以前的醉歌了。」

顯然，這一夜晚睡的人不止他們，兩軍營陣的後方，一座小營帳裡，住著白琅華與品琳主僕，品琳因為傷勢，服藥後便睡下了，而白琅華卻睜著眼睛看著帳頂出神。

當一切的震驚與激動都沉澱下來後，她想起了鼎城，想起了北州，想起了父王，也想起了自己此時此刻所處之地。

被風惜雲讚嘆的純真瞳眸，染上了痛苦與憂愁。

八月二十一日，風雲騎、墨羽騎拔營啟程，分道而行。

青王率風雲騎向厝城而去。

雍王率墨羽騎直逼北州王都。

八月二十二日卯時，雍州墨羽騎抵北王都城下，但雍王並未立時揮軍攻城，反下令全軍紮營，休整三日。

同日辰時，青州風雲騎抵厝城。

同日巳時，青王下令攻城，至申時末，厝城破，鳳旗高高揚於厝城城樓。

而在東南方，冀州爭天騎與幽州金衣騎同樣發動了大規模的攻占。

蕭雪空、秋九霜與幽州華納然、華經然、華紼然三位公子各領五萬金衣騎分頭攻取祈雲王域的甾城與昃城，而皇朝則與皇雨各領十萬大軍從巽城出發，分別奔向晟城與鑒城。

鑒城城外爭天騎主帥帳，皇雨獨坐帳中，看著面前那張畫有大東帝國全域的輿圖，東、南兩方已大部分為朱筆所圈，那代表已盡歸冀州皇氏所有。

「將軍，有急報！」帳外響起急切的聲音。

冀州的臣民都習慣稱呼皇雨為「將軍」，以「公子」相稱的只有世子皇朝，當然，現今他們都改口稱「主上」了。

「進來。」皇雨的目光從輿圖上移開。

「將軍，幽州的大公子請求派兵前往昃城支援！」一名年輕將領大步入帳，奉上信函。

皇雨眉頭一皺，接過信函略略一看，然後置於案上，「李顯，守昃城的是誰？」

「是東殊放大將軍之子東陶野。」李顯答道。

「東殊放大將軍的兒子呀。」皇雨沉思，「大東王朝最後的忠將之子看來還是有點能耐的。」

「祈雲王域能維持到今日，東大將軍功不可沒。所謂虎父無犬子，這位東陶野不辱其父威名，僅一萬五千守軍，卻抵禦幽州三位公子五萬大軍的四次攻城，而且最後還以火雷陣大敗金衣騎，斬首近二萬。」李顯平靜地道，但語氣中不難聽出對東陶野的讚賞及對幽州三位公子的鄙視。

「東陶野，這名字本將記住了。」皇雨揚起眉。

「將軍要派何人前往救援？」李顯問道。

皇雨卻不理會他的話，目光移向懸掛著的鑒城地貌圖，看了良久後，負手轉身道：「昃城之左為甾城，右為鑒城，蕭將軍與秋將軍既已往甾城，那麼不日即可破城，等本將軍攻下鑒城，到時再與蕭、秋兩位一起左、右夾攻昃城，那昃城自是囊中之物。」

「但那時……三位公子可能已被東陶野……」李顯語氣有些猶疑。

皇雨揮手打斷他的話，「替本將軍修書給三位公子：『本將分身乏術，暫時無法前往增援，乃請稍緩攻城，待本將軍奪取鑒城後即刻前往，再助諸位奪取昃城。』」

「將軍？」李顯一臉的不解。這樣的決定實在不像是出自這位以率直熱情著稱，有著冀州「雷陣雨」之稱的皇雨將軍之口。

要知道此時金衣騎對戰東陶野已完全處於劣勢，東陶野肯定不會放過此等良機，必會乘勝追擊，金衣騎連敗之時士氣低落，不堪一擊，不但有全軍覆沒之危，幽州華氏的三位公子更有性命之憂，皇雨不可能不知，卻依然沒有派兵救援，難道是……一念至此，李顯全身打了個激靈，一股寒意自腳底升起。

「就照本將軍所言修書。」皇雨斂眉肅容道。

「是。」

待李顯離去後，皇雨摘下腰間掛著的寶劍，這是出征前王兄皇朝親手所賜的朝日寶劍。輕輕抽出，燦亮的劍光霎時閃現，照現他低垂的眼眸，也將眸中那一抹陰霾照得清清楚楚。

「朝日。」皇雨仿若喚著友人一般輕輕吐語，以指彈劍，劍身震動，隱若龍吟。

王兄，臣弟此生只對你一人盡忠！

以君願為吾願！

臣弟定盡已身所有助你握住這個天下，即算……做我不喜歡做的事！

第三十九章　輕取王都覆北州

「主上，天色已晚，窮寇莫追。此番我們已追出兩百里，士兵們已是疲累，若商軍掉頭襲擊，他們二萬之眾，而我們僅八千騎，這於我們極為不利，不若先回晟城。」

夕陽的餘暉漸漸收斂，陰暗的暮色浸染大地。一望無垠的荒野上，如紫雲飛逝般的萬千鐵騎中，一名年輕將領緊追著一直馳騁於最前方的一騎勸說著。

但那一騎卻如若未聞，依舊縱馬疾馳，身後將士自然是揮鞭急追。

「主上！」那年輕的將領叫喊著，卻被身後飛馳而過的騎隊所淹沒，他的話自然也就沒於雷鳴似的蹄聲中。

「停！」猛然，最前方那一騎勒馬。

霎時，八千騎齊齊止步，戰馬嘶鳴，聲震四野。

佇立於千騎之前的是一匹赤紅如烈焰的駿馬，馬背上一名身穿紫金鎧甲的偉岸男子，正是冀州之王皇朝。

「主上！」那名年輕的將領奔至皇朝身邊，「是否回城？」

皇朝側耳傾聽，片刻後，他微微一笑，自信而驕傲，「商州的這位丁將軍也不過如此，以為這樣就可以殺個回馬槍嗎？也太小看孤了。」

兩個時辰前，冀州爭天騎攻破商州晟城，晟城守將丁西在城破之時率領兩萬殘兵直往商州王都逃去，皇朝得知後即領八千鐵騎追擊。

「主上，商軍真要掉轉頭來襲擊我們？可此時我們才八千騎而已，他們……主上，不如我們退回昃城吧？」他身邊的那名年輕將領黎緒聞言不禁擔心地皺起眉頭。

皇朝看一眼身旁這位年僅十九歲的都尉，然後轉頭遙望前方，「黎都尉，有時人多並不一定代表勝數多。」

「主上……」黎都尉絞盡腦汁地想說出些能勸動他的主君不要身陷險地的話語，奈何想了半天還只是一句，「主上，您還是先回晟城吧，待集結大軍後再追殲商軍不遲。」

皇朝聞言卻是淡淡一笑，那是一個已掌握全勝之局的高明棋手，對旁邊棋藝不精、反被棋局所惑的觀棋者，發出的一種居高臨下的王者之笑。

他環視四周，暮色漸深，朦朧晦暗之中依稀可辨，他們現在身處一片平坦的荒原，極目而去，唯有前方十丈處有一高高的山丘。

「我們去那裡。」他手一揮，遙指前方十丈遠的山丘，縱馬馳去，八千鐵騎緊跟其後。

山丘之上的塵土剛剛落下，隱隱的蹄聲已從遠方傳來。

「舉槍！」皇朝的聲音極低，卻清晰地傳入將士的耳中。

頓時，八千騎的長槍同時放平伸向前方。

前方，密雨似的蹄聲伴著陣陣吆喝聲接近，待奔至山丘下時，商軍忽然止步。

「將軍？」一名副將模樣的男子疑惑地看向下令停軍的主將——晟城守將丁西丁將軍。此時大軍好不容易有了回襲敵軍的勇氣，正應乘此良機，回頭殺爭天騎一個措手不及才是，何以還未見爭天騎的影子，卻又下令停軍呢？

商州的這位丁將軍已是從軍三十年的老將了，向來以謹慎行軍而著稱於世。他曾三次領軍襲侵王域，每戰必得一城，只是此次面對爭天騎卻毫無還手之力，眼睜睜看著晟城的城門被攻破，一世英名也在皇朝的霸氣中灰飛煙滅，唯一能做的是領著殘兵逃命而去。只是總是心有不甘的，臨走前必也得給爭天騎留一點教訓，否則即算逃到王都，又以何面目去見主上。

「將軍……」身旁的副將喚著他。

丁西揮手打斷，躍下馬，身手仍是矯健的。

他蹲下細細查看著地上，只是沒有星光的夜色中，難以辨認地上的痕跡。

「快燃火！」副將吩咐著士兵，很快便有無數火把燃起，荒原上浮起一條緋紅的火龍。

藉著火光，丁西看清了地上的痕跡，當確認那些是鐵騎蹄痕時，一種從未有過的恐慌忽然湧上心頭，他猛然站起身來。

「將軍，怎麼啦？」副將見他如此神態不禁問道。

「他們到了這裡，可卻不見了，難道……」丁西喃喃地道。

然而他的話還未說完，一個清朗如日的聲音在這幽暗的荒原上響起：「丁將軍，你果然沒讓孤失望啊。」

那個聲音令所有的商軍皆移目望去，但見高高的山丘上，朦朧的火光中折射出一片銀霜，在所有人還在驚愣之中時，那個聲音再次響起，帶著無與倫比的傲然決絕，「兒郎們，衝！」

話音落下的那一刻，響起八千鐵騎雄昂的吼聲，伴著雷鳴似的蹄聲，爭天騎彷如紫色的潮水撲天捲地而來！

「快上馬！」丁西慌忙喝道。爭天騎的勇猛他早已見識過，而此刻他們借助山丘高勢，從上衝下，那種猛烈的衝勢，便是銅牆鐵壁也無法抵擋！

可那紫潮卻是迅速捲來，眨眼之間即已沖到眼前，那些下馬的商州士兵還未來得及爬上馬背便淹沒在潮水之下；而那些還在馬背上的士兵——紫潮最前方尖銳的銀槍，刺穿了所有阻擋潮水去勢的屏障，錚錚鐵蹄雷擊般踏平地上所有阻擋紫潮奔流的障礙，頃刻間，紫潮裡泛起赤流。

「快退！」丁西斷然下令。不能說他懦弱，不敢迎敵，而是他清楚地知道，在爭天騎如此銳利、洶湧的衝勢之下，迎敵也不過是讓更多的士兵喪命而已。

有了主將的命令，那些本已被突然現身的爭天騎驚得膽戰心寒、被那銳不可當的殺氣嚇得魂飛魄散的商州士兵頓時四散逃去，顧不得刀劍是否掉了，顧不得頭盔是否歪了，顧不得同伴是否落馬了……只知道往前逃去，逃到那紫潮追不到的地方。

「逃？」皇朝冷笑一聲，高高揚起寶劍，「兒郎們，這一戰速戰速決，回去後孤賜你們每人美酒三罈！」

「喝！」震天的回應聲掩蓋荒原。

在雄渾的吼聲裡，那最高最偉的一騎，在晦暗的夜色中，挾著烈日的炫芒與長虹貫日的沖天氣勢從那高高的山丘上飛馳而下，一路飛過，手中無雪寶劍冷厲的寒光平劃而去，一道血河靜靜淌開。

「將軍，快走！」副將呼喚著雖下令撤退，自己卻靜立原地的丁西。

「姚副將，本將已沒有退路了。」丁西回頭看著催促著自己的副將，這一刻，他的神情平靜至極。

「將軍……」姚副將看著主帥那樣的神色，一股不祥的感覺在心頭升起，那種陰涼的感覺比眼前強大的敵人更為可怕。

丁西靜靜地拔出腰際的佩刀，輕輕撫著這柄伴隨自己征戰了數十年的寶刀，神情眷戀。

「本將無妻無兒，唯一有的便是這把刀。」丁西微微用力握住刀柄，移首看向跟隨自己三年的副將，「姚副將，待會兒本將親自迎敵，那時爭天騎必會為本將所引，到時你領雷弩隊百弩齊發！記住，決不可有絲毫猶豫，不論弩前是商州士兵還是本將！」

「將軍！」姚副將聞言驚呼。他此舉不啻以自己為餌，與敵同歸於盡。

丁西擺擺手，移目看向前方，千萬騎中獨有一騎高高凌駕於所有人之上，那傲岸的身影，那彷佛隻手握天的氣勢，淡淡火光中，那個人的光芒卻是絢麗而熾烈的，仿如朗日重返九天。

「能與這樣的人死在一起，也是榮耀！」

丁西那雙已然渾濁的眼眸此時卻射出灼熱而興奮的光芒，「百弩齊發後，不論前方勝敗生死，你即刻帶著他們速速離去，能帶走多少人便帶走多少人！你們不要回王都，主上決不會容你們！你們去牙城找拓跋將軍，或還能苟存一命！」話音一落，他高高揚起寶刀重重拍在戰馬上，霎時戰馬嘶鳴，展開四蹄，飛馳前去。

「雷弩隊準備！」看著決然前去的老將軍的背影，姚副將輕輕閉上眼，斷然下令。

八月二十五日，風雲騎攻破北州俞城。

同日，北州王都外一直靜駐的墨羽騎也終要有所行動了。

「主上，據探子來報，北王都內現有五萬兵馬，憑我們的兵力要攻破此城，倒也並不難。」王帳中，任穿雨指尖輕輕在輿圖上一圈，似這北王都已被其納入囊中。

「北王都之所以僅有五萬兵馬，那是因為北州的兩位公子各領大軍屯集在祈雲王域宛、宇、元、涓四城，若其領軍回救，我們便不會那麼輕鬆了。」賀棄殊給任穿雨潑了一盆冷水。

「那兩位公子決不會也決不敢在此時領軍回救。」任穿雨卻不在意地笑笑。

端木文聲看了一眼任穿雨，移目看向玉座上的豐蘭息：「主上，此次我們是強攻還是圍城？」

此言一出，其餘四人也皆移目看向一直靜坐不語的主君。

「不必強攻。」豐蘭息抬起一根手指輕輕一晃，僅僅是這麼小的動作，卻是優美無比，彷彿他並不只是晃動了一根手指，而是以指拂開美人額間的流珠，那樣的溫柔多情，「我們圍城，而且只圍三面。」

聽到這話，任穿雨眼睛一亮，看向豐蘭息，霎時心領神會。

「圍三面？為何還留一面？不怕北王逃了嗎？」任穿雲疑惑。

「唉，獵人捕獸時也要網開一面，何況吾等仁義之師，又豈能趕盡殺絕呢。」豐蘭息長長嘆息，滿臉的憂國憂民情懷，「所以這一戰中北王若逃，孤決不追擊。」說罷移目看一眼諸將，意思很明白，孤都不追，你們便也應該乖乖聽話才是。

端木文聲與任穿雲面面相覷，他們可是跟隨主上十多年的人，才不相信這個「仁義」的理由呢！

賀棄殊垂首微微一笑，不再說話。

喬謹則將手中把玩的長劍收回鞘中：「若北王不逃呢？若他死守王都，誓死一戰呢？」

「他當然會逃。」答話的卻是任穿雨，白淨的臉上浮起狡猾而得意的笑，「他肯定要逃呀。」

喬謹眉頭一挑，看一眼任穿雨，片刻後似對他話中的自信認可一般，不再說話。

而端木文聲則又皺起濃眉看著任穿雨，每當他臉上露出這種笑時，便代表著又有某個陰謀成功。他是四將中性格最為耿直的，對於任穿雨所有的陰謀詭計，他因站在同一方所以從不加以苛責與反對，但要他喜歡這些計謀卻也是不可能的。

而對於端木文聲的目光以及他目中所表露的含義，任穿雨卻只是隨意一笑。

「此次最好不要有太大的傷亡，不論是孤的墨羽騎，還是北王的將士。」豐蘭息忽然又發話道，墨黑的眸子移向任穿雨。

「主上請放心，此次攻取北王都，臣定竭盡所能達成主上之願。」任穿雨躬身向他的主君保證道。

「嗯。」豐蘭息淡淡頷首，「那就這樣吧。」

「是，臣等告退。」五人躬身退下。

在墨羽騎營帳的最後方一個較小的營帳裡，住著鳳棲梧。

「鳳姐姐，妳唱歌給我聽好嗎？」嬌嬌脆脆的聲音中帶著一絲脆弱的祈求。

帳中，一身青衣的鳳棲梧正坐在榻上以絲絹擦拭著琵琶，而一身紅裳的白琅華則席地倚在榻邊，仰首看著鳳棲梧。

風雲騎、墨羽騎分道而行時，按理，作為修久容未婚妻的白琅華應該跟隨風雲騎在一起才是，可青王卻將她送至鳳棲梧的帳中，只說了一句：「和鳳姑娘做伴吧。」

這一路，白琅華內心惶恐又焦躁，鳳棲梧見著，總會彈一曲琵琶或唱一曲清歌，每每那時，白琅華的心境便會變得安靜，倚在鳳棲梧的身邊，如同一隻貓兒。

「鳳姐姐，唱歌好不好？」白琅華扯著鳳棲梧的衣袖。

「每天都要唱歌給妳聽，妳又不是睡不著覺的孩子。」鳳棲梧淡然道。

「可是……」白琅華眼神一黯，「姐姐，我心裡慌慌的，我父王他……父王他……」斷斷續續的卻是沒能說完。

鳳棲梧擦著琴弦的手停下來，目光望向白琅華，紅裳雪膚，如同彤霞裡裹著的白玉蘭，卻一臉的憂傷黯然，她不禁心頭輕嘆，卻也無可奈何。

「鳳姐姐，我父王他……他會死嗎？」白琅華嚅嚅半晌，還是說了出來。一個「死」字出口，眼中便一串淚珠滑落，趕忙又抬白生生的小手拭去，「鳳姐姐，我害怕，這一路上我每天都在擔心。」

鳳棲梧抬手輕輕撫了撫白琅華的頭，「不用擔心，雍王不會殺妳父王的。」

「真的？」白琅華眼睛一亮。

「真的。」鳳棲梧點頭，不想繼續這個話題，便道，「修將軍走了這麼些天，妳是不是也在擔心？」

「才沒有！」白琅華立時反駁，一張小臉瞬間紅得像身上的衣裳。

鳳棲梧繼續擦拭琵琶，「修將軍本領高強，妳確實不用擔心。」

「我才沒擔心他，我只是擔心父王和兄長們。」白琅華再次反駁，只是那紅彤彤的臉、水漾漾的眸卻洩露了她真實的心意。

看著她嬌羞的、似喜似嗔的神情，鳳棲梧冷豔的臉上也綻起一絲淺淺的笑容，平添一分柔麗，「修將軍會是很好的夫君，妳很有福氣。」

「他……」白琅華很想說幾句狠話來表明自己並不在意那個修久容，可當腦中閃過那一張臉時，心頭便有些痛，不由自主地抬手捣住胸口。

看一眼白琅華，鳳棲梧微微搖頭，丟開手中帕子，指尖輕輕一挑，淙淙的輕響在帳中響起，「妳想聽什麼歌？」

「啊？」白琅華自茫然中回神，「就唱……妳上次唱的那個偷龍王杯採萬年冰。」

「那是青王的〈醉酒歌〉。」鳳棲梧眼中蕩起一絲微瀾。

「是青王所作？」白琅華杏眸一亮，流露出崇拜的光芒，「那姐姐快唱，可好聽了！姐姐，我們要不要也喝酒？品琳，快去端酒來！」

看著眼前眨眼間又雀躍不已的人，鳳棲梧輕輕一笑，不再說話，纖手輕拂，啟喉而歌：

聞君攜酒踏月來，吾開柴門掃蓬徑。
先偷龍王夜光杯，再採雪山萬年冰。
猶是臨水照芙蓉，青絲依舊眉籠煙……

叮叮的琵琶和著冷冷的歌聲散於帳中，品琳端著美酒進來時，那歌兒便自掀起的帳簾悄悄飛出……

北王都王宮，夷澮宮緊閉的宮門被輕輕推開，大殿裡靜立著有如木雕的北王。

「主上。」內廷總管葛鴻輕手輕腳地走進大殿。

「還沒有消息嗎？」北王頭也不回地問道。

「暫時還未收到兩位公子的消息。」葛鴻垂首答道。

「哼！」北王冷冷一哼，「只怕永遠也不會有消息了！」

「大公子和四公子許是路上有什麼事情耽擱了，也許明日兩位公子便率領著大軍回到王都了。」葛鴻依然垂著頭。

北王聞言卻是沉沉嘆息一聲，「你不用安慰孤，那兩個孽子是不會領軍回救王都了。孤明白，王都現被雍王圍著，眼見不保，他們怎肯捨了性命跨進來。」

「主上。」葛鴻抬頭，這一抬頭便發現主君消瘦得厲害，兩鬢如霜，眼眶深凹，原本合體的王袍此時也鬆鬆地掛著。

「唉，祖先的基業，孤竟然未能守住。」北王目光在殿中白氏歷代國主的畫像上掃過，然後抬手掩目，苦苦嘆息，「孤九泉之下也愧見祖先啊！」

葛鴻看著北王，卻不知要如何安慰他，想著城內城外的情形，也是憂心如焚。

「可有琅華的消息？」北王忽然問道。

「還沒有。」葛鴻答道，看到北王那失望憂心的目光，不禁勸慰道，「主上不用太過擔心，雍王要博仁義之名，便決不會妄殺王族之人，況且公主那麼可愛，是人都不忍心傷害。」

「但願……但願上蒼保佑孤的琅華！」北王無奈地嘆息，末了眼神變得狠厲，咬牙斥責道，「那兩個沒用的孽子，竟然只顧自己逃命，把妹妹丟下不管！孤……孤、咳咳……」一陣急怒攻心，頓時咳個不停。

「主上，請保重身體。」葛鴻慌忙上前扶住北王。

「孤不中用了。」待緩過氣來，北王倦倦地道。

「主上……」葛鴻張口想說什麼，卻又咽了。

北王轉頭看一眼他，「你有什麼話就說，過了今夜，也不知孤還能不能聽到。」

葛鴻想了想，鼓起勇氣道：「主上，現今王都裡謠言四起、人心渙散，王都只怕是不好守。」

北王聞言面露震怒，頷下長鬚顫動，便要發作，但最終他卻控制住自己的情緒，以儘量平和的語氣道：「你都聽到了些什麼？」

「青、雍大軍自起兵之日起，一路而來連得七城，吾北州已大半入其囊中。其雖以戰得城，但深得安民之道，百姓皆不以國破為恥，反以能棲其羽下為安。北州境內，時傳雍王之仁、青王之威，百姓不畏，反心生敬盼。今午時，城西即有強求出城，願投雍王帳下者，守將勒止，反激民憤，後雖得以鎮壓，但此舉已令吾等大失民心。而連日圍城，我軍如緊繃之弦，身心俱疲，長此以往，則無須雍王攻之，吾等自敗也。」

葛鴻的回答卻似背書一般，抑揚頓挫、滔滔而出。

北王眼中閃過一道厲光，滿臉寒霜，「誰教你說的？」

「奴婢該死。」葛鴻噗通跪下，從袖中掏出一本摺子雙手捧上，「只因主上已三日未曾上朝，常大人才托奴婢向主上進言。」

北王目中光芒明滅不定，良久不語，殿中一片窒息的靜默。

地上跪著的葛鴻額上已布滿汗珠，不知是因為炎熱還是因為緊張。

「拿來。」良久後，大殿中響起北王低啞的聲音。

「是。」葛鴻慌忙跪行至北王面前，將手中摺子高高捧至頭頂。

北王接過摺子，殿中又是一片死寂。

又過了許久，直到葛鴻雙膝都跪麻了，才聽到頭頂傳來北王不帶一絲喜怒的聲音，「起來吧。」

「謝主上。」葛鴻叩首起身。

而北王的目光卻看向歷代先人的畫像，然後又落回手中摺子，呢喃如自語：「挾天子以令諸侯……」

葛鴻一驚，悄悄抬眸看向北王，卻見他似失神一般地盯著大殿的正前方，那裡懸掛的畫像是北州的第一代國主——白意馬。

八月二十六日晚。北王領著五萬大軍，攜帶宗室、臣將，乘夜悄悄逃離王都，前往滇城。

八月二十七日，王都百姓打開城門迎接仁德兼備的雍王。

就這樣，墨羽騎不流一滴血，便將北州王都納入掌中。

此消息傳出，天下莫不震驚訝異。

「此事於雍王，不過平常。」星空之下，玉無緣平靜地道。

「能不傷一兵一卒即取一城，這等智計，孤也不得不佩服。」皇朝說出此話之時，手撫上胸前箭傷。

而得到消息的風雲騎四將卻不似他們的對手那般稱讚著雍王。

「讓北王逃走，豈不後患無窮？」四將疑惑。

而風惜雲卻微笑搖頭，「你們難道忘了我們起兵之時的詔諭嗎？」

此言一出，四將赫然一驚。

「伐亂臣以安君側，掃逆賊以安民生。若這天下都沒什麼『亂臣逆賊』了，那我們還有討伐的理由嗎？若這通往帝都的橋斷了，我們又如何走到帝都去呢？」風惜雲溫言點醒愛將，四將醒悟，無不頷首。

「北王棄城而逃，此舉也算合情合理，他大約也有著他的打算。」風惜雲又道，「外，有不論是兵力還是實力都遠遠勝於己方的墨羽騎虎視眈眈；內，則民心潰散，軍心不穩，便是豁出去一戰，也不過是一場慘敗。所以不若棄城，保存兵力，再會合兩位公子屯於祈雲王域的大軍，向帝都而去，若能挾持著皇帝，便可號令諸王……」說至此，風惜雲微微一頓，仰首望向天際，「只不過帝都還有一位東殊放大將軍，大東王朝之所以還有這個名，皇帝之所以還能坐於金殿上，全都有賴這位大將軍。所以北王的夢，終是要落空。」

「主上所說有理。」四將深以為然。

風惜雲輕輕一笑，回首目光望向四將，「以後，你們大約可看到史上從未有過的奇景，而且你們還能親身參與並創造這一段歷史，這是幸還是不幸，非我所能斷言。但不論是北王還是東殊放，他們終究都只是別人掌中的棋子，而掌握這些棋子的人雖從未上馬殺敵，可那些萬夫莫擋，殺敵成山的勇猛大將也不敵他輕輕一指。那個人即算不披戰甲，他依舊是傾世名將。」

這番話說完後，風惜雲的臉上浮起令人費解的神情，似笑似嘆，似喜似憂，似讚似諷。日後，風惜雲的這段話與冀王皇朝、玉無緣的話皆載入史書。

史家評曰：玉公子之語，盡顯玉家慧見之能；冀王之語，則顯英雄重英雄的胸懷氣度；青王之語，則表露了其「參與並創造歷史是幸還是不幸」的矛盾，以及作為王者所具有洞徹世事時局的目光。

是以，後世論到亂世三王，雍王有令天下拜服的仁君之質，冀王有令天下俯首的霸主之氣，而青王雖有帝王之能卻獨缺王者心志，是天降於世的一曲空谷清音。

第四十章　醉歌起意話真心

八月二十九日，青、雍大軍重會於北王都。

九月一日，青王、雍王親自犒賞大軍，並下令大軍於城外休整，不得擾民。

九月六日。

北王宮的寫意宮前，一眾宮女、侍從、侍衛看到前方走來的人，忙跪地行禮，「拜見青王！」

「平身。」風惜雲擺擺手，「雍王在宮中嗎？」

「主上在舞鶴殿。」一名內侍恭聲答道。

「嗯。」風惜雲微微頷首，直往舞鶴殿去，身後跟著久微。

才踏入宮門，便有歌聲傳來——

……猶是臨水照芙蓉，青絲依舊眉籠煙。

風惜雲聽著，卻眉頭微皺，「鳳姑娘這麼喜歡〈醉酒歌〉嗎？」

「或許人人心中都想要醉歌一回吧。」久微淡然道。

禮。

穿過長廊，轉過假山，舞鶴殿便在眼前，殿前侍立的宮人、內侍皆靜悄悄地向青王行

拂塵重彈綠綺琴，挽妝著我石榴裙。
啟喉綻破將軍令，綠羅舞開出水蓮。

典雅中帶著幾分隨意的舞鶴殿中，冷豔無雙的歌者正啟喉高歌，而大殿的中央，紅裳如火的舞者正婆娑起舞，高高的玉階上，豐蘭息身子微斜地倚在玉座中，手持玉杯，黑眸半睜半閉，不知是為美酒而熏醉，還是為眼前的歌舞而沉醉。

紅顏碧酒相映憐，流波欲醉意盈盈。

琵琶清音仿如澗間竄出的淺流，歌聲如風中輕叩的鈴鐺，清越中猶帶一絲多情的祈盼。舞者隨著曲歌輕盈地旋飛著，一襲紅衣翻飛時如一朵燃燒著的彤雲，旋繞時似綻在碧荷之上的一朵紅蓮，綺豔嬌媚。

久別不知秋雲暗，縱歡不記流水光。
何處飛來白玉笛，折柳聲聲碎芙蓉。

豐蘭息半閉的眸子忽然睜開，直射向大殿門口，這細微的舉動引起了鳳棲梧的注意。琵琶聲息，清歌且休，移目看去，殿外佇立的人影或因背著光，看起來竟有幾分陰霾。

曲歌突止，猶自舞著的舞者便如失了靈魂的木偶，不知下一步動作。

「拜見青王。」鳳棲梧懷抱琵琶盈盈下拜。

「拜見青王。」嬌媚的舞者趕忙跟隨行禮。

「都起來吧。」風惜雲跨入殿中，「鳳姑娘的歌聲可以讓人忘憂，而這位姑娘的舞姿也美得讓人失魂。」

「多謝青王誇獎，棲梧先行告退。」鳳棲梧又是盈盈一拜後即轉身離殿。

那名舞者眼見鳳棲梧離去，忙也跟著道，「多謝青王誇讚，奴婢先行告退。」

等鳳棲梧與舞者離去，風惜雲看著斜倚玉座的豐蘭息，再回想方才的畫面，心頭驀然生出一種荒謬之感，以至她忍不住輕輕笑了起來，只是笑聲裡有著她自己也未曾察覺的尖銳。

「孤來得不是時候，打擾了雍王的雅興。」

「那青王認為什麼時候來才是好？」豐蘭息自玉座上起身，慢慢踱步從王階上走下，手中依舊端著玉杯，目光平靜地看著殿中的人。

風惜雲看著慢慢走近的人，有那麼片刻的怔神。同樣的舉止，玉無緣是出塵的飄逸靈動，皇朝是王者的傲岸霸氣，而他自玉階走下，只是隨意的幾步，卻一派寫意瀟灑，無論是臉上的微笑，還是握杯的姿態，無不透著一種流暢如畫的優美。

「又或是夜深人靜時……」一步之隔，豐蘭息微微低頭，墨黑的眸子如不見底的深潭，卻因著光線的折射，反襯出幾許幽光，「青王願攜美酒踏月前來，找孤煮酒論英雄？」說罷，他的目光似無意地瞟一眼風惜雲的身後。

那一眼讓一直安靜站著的久微心頭微凜，他垂下眸光，無聲一笑，默默退出大殿。

風惜雲看著豐蘭息，眉頭微挑，「雖長夜漫漫，但雍王應不缺品酒夜談之人。」

「可是，能與孤對飲千杯而不醉的，卻只有青王呀。」豐蘭息輕輕一笑，眼角微揚，漆黑的眸子裡晶光閃爍。

「哦？」風惜雲長眉一揚，略帶諷意地笑笑，「我看雍王今日倒有些醉了，還是說……酒不醉人人自醉？」

「孤沒有醉，只不過……」豐蘭息舉起玉杯湊近鼻端，嗅了嗅，有些惋惜地搖頭，「這是今年才釀的蘭若酒，怎麼聞起來有些酸味了？」說著，他上前一步，低頭，微帶著酒香的氣息便吐在風惜雲的頰邊，「青王可有聞到呢？」說話的同時，手腕一移，那玉杯便到了風惜雲唇邊。

無端地，風惜雲臉上一熱，垂下眼簾，退開一步，可豐蘭息卻如影隨形地踏近一步，玉杯依舊停在風惜雲的唇邊。

見此，風惜雲抬眸，有些微惱地瞪著眼前的人，「雍王真是醉了，這酒香得很，沒有酸味。」

「是嗎？」豐蘭息輕笑。

風惜雲不自在地低頭，眼前一暗，帶著酒香的鼻息便吹在鬢邊，「青王也要嘗嘗才能知道。」低沉的嗓音在耳邊響起的同時，她只覺得腰間一緊便動彈不得，唇上一涼，一股清流自玉杯灌入口中。

「你……」她才開口，唇上一熱，便再也說不得話。

豐蘭息手一甩，玉杯飛落，同時衣袖拂起，殿門無聲閉合，他長臂一伸，便將眼前的人攬入懷中，「孤只願與青王同醉，青王也只可與孤同醉！」輕淡的話語中卻帶著絕對的霸氣，「所以，青王以後要醉歌一番時，只需唱與孤聽！」

回應的是一聲極輕的嚶嚀聲，然後殿中一片靜謐，卻盈溢著滿室蘭若酒的清香與甘甜，偶爾響起似略有些急促又仿若嘆息一般的呻吟。

許久後，殿中才響起風惜雲的喘息與低語，「真不像你。」

「惜雲，」豐蘭息輕輕地喚著，指尖托起她的下頷，許是美酒的薰染，雪玉冰頰上如抹淡淡的胭脂，櫻唇紅盈欲滴，清眸秋波流溢，「紅顏碧酒相映憐，流波欲醉意盈盈……」他俯首，額頭相抵，鼻息相纏，「以後的憐與意，都只屬於我。」

「真不像你。」風惜雲還是那一句話。頭微微後仰，想要看清眼前這個人，抬手輕撫這張近在咫尺的臉，眉眼依然俊雅清貴，唯有那雙以往深沉如海的眼眸變得有些不一樣，漆黑的瞳眸裡閃爍著星芒，點點星芒裡漾著瀲瀲柔情，那一刻，她有些怔然，「我們……」輕輕開口，可話到嘴邊卻又收了，然後是悠悠的長嘆，唇邊綻起一絲微笑，笑如幻夢縹緲。

殿中又恢復了靜謐，那兩人在相識十多年後，第一次靠得那麼近，第一次頭頸相交……在這個殿門掩起的舞鶴殿中。

花園的涼亭裡，鳳棲梧抱著琵琶默默坐著，低垂著頭，似乎出神地想著什麼，冷豔的面孔上卻不曾流露絲毫情緒。

「鳳姐姐。」

嬌脆的聲音喚醒了沉思中的鳳棲梧，她抬頭，便看到白琅華站在眼前。

「找到修將軍了沒？」鳳棲梧淡然道。

「我找不到他，也不知道要去哪裡找他。」白琅華在鳳棲梧面前坐下，曾經一張不知憂愁為何物的小臉如今已是愁思遍布，「除了在青王身邊可見到他外，我真不知道哪裡還能找到他。」說到最後，聲音漸說漸低，彷彿只是無意識地呢喃。

鳳棲梧看著她，心中忽然湧出一絲同情與一抹感同身受的自憐。

兩人坐著，亭中一片安靜。

「我討厭我自己。」白琅華驀然道。

鳳棲梧一驚，看向白琅華。

「我討厭我自己，真的討厭！」白琅華雙目無神地呆呆看著前方，「這裡是我自幼生長的王宮，現在卻已成為別人的；我安然坐在這裡，可我的父兄卻在逃亡；我是北州白氏的公主，可此刻不但是階下囚，還不思復仇……」

「琅華……」鳳棲梧輕輕喚著，卻不知要如何勸慰眼前的人。

白琅華卻似沒聽到，目光依然呆呆地看著前方，「我自負美貌才智，總是滿腦子妄想，覺得我比純然公主更漂亮，比惜雲公主更聰明，卻到今日才知道自己是何等的愚昧無知、自不量力……連我都討厭這樣的自己，別人又怎麼會喜歡？」

聽到白琅華的這些話，鳳棲梧心頭生出憐憫。還記得當初看到她的第一眼，那樣的天真明媚，而眼前的她，眼中有了迷茫，臉上有了淒苦。磨難讓人成長，可成長後，那朵無瑕的琅玕花終是會消失。

「琅華，」鳳棲梧將琵琶放在桌上，伸手輕輕握住白琅華的手，「妳或許沒有純然公主的傾國之顏，也沒有惜雲公主絕代才智，但是妳身上也有著她們沒能擁有的。」

「我有什麼？」白琅華睜大迷茫的眼睛，仿如一隻迷路的小白兔，無助地看著眼前的人。

「妳只要像以前一樣，笑著過每一天，總有一日妳會從別人的眼中明白。」鳳棲梧卻沒有明說。

白琅華疑惑地看著她。

「來，先笑一笑。」鳳棲梧拍拍她的臉。

白琅華扯唇微笑，雖有些勉強，卻驅散了一臉的憂苦，那朵漸漸捲起，花瓣萎去的琅玕花又重新綻放了。

「看，妳一笑，他不就來了嗎？」鳳棲梧忽然指向她的身後。

白琅華趕忙回頭，便見遠處走過身著銀甲的風雲騎四將，她一眼便看到走在最後的那個身影，心頭頓時怦怦直跳，臉頰發熱，趕忙轉回頭看著鳳棲梧，垂首有些不好意思地笑了。

「妳再害羞，人家可要走遠了。」鳳棲梧勾唇綻一抹淺笑。

「啊？」白琅華趕忙回頭，果不然，那四人已要轉過長廊，再走幾步就要看不到了。

她馬上起身，可腳下卻移不開步，正焦急中，卻見那四人停下腳步，修久容身旁的林璣側首對他說了什麼，修久容便轉頭往這邊看來，頓時與她的目光對個正著，她的心跳更是猛然加快，似要跳出胸膛。

似乎猶疑了片刻，然後修久容往這邊走來，而其餘三將站在原地，皆是面帶微笑地看著這邊。

隨著修久容越來越近，白琅華一張晶雪似的臉龐染上一層紅豔豔的彤霞，水靈靈的杏眼此時更是水波漾漾，便是一旁看著的鳳棲梧也不禁為她此刻的明媚嬌豔而讚嘆。

奈何修久容卻似木頭人般，對著眼前的如花美眷毫無感覺，走到涼亭前，看了一眼亭中的兩人，見她們都看著他，頓時紅著臉低了頭。

涼亭前一片靜寂，誰也沒有開口說話，白琅華看著修久容，修久容看著地上，鳳棲梧看著兩人。

又過了片刻，修久容終於抬頭看向白琅華，臉上的紅雖然未褪盡，但一雙眼睛卻是堅定清澈，「琅華公主。」

「啊？」白琅華還有些呆呆的。自他們定下婚約以來，這是他們第一次站得這麼近，這也是他第一次和她說話。

修久容看著眼前這個似朝霞般嬌豔的未婚妻，看著那雙澄澈無瑕的眼睛，那嬌柔中微帶一絲祈盼的神情，心頭不知怎的便生出一絲愧疚，「公主，明日久容就跟隨主上離開了。」

「啊？」白琅華眨眨眼睛，似有些不明白他說了什麼。

「戰場不適合公主，請公主留在王宮。」修久容再一次說道。

「你要我留下？」白琅華盯著他，眼睛一眨也不眨。

「這是主上和雍王的意思。」修久容道。

「那你是希望我去還是希望我留下？」白琅華問道。

修久容聞言，秀氣的眉頭微微一動，看著白琅華清晰地說道：「久容希望公主留在王宮。」

「那好，我留下。」白琅華一口應承。

修久容想不到她應承得這般爽快，不禁一愣，但他隨即垂首，鄭重道：「那就請公主多多保重。」說罷他轉身離去。

「等等。」白琅華脫口喚道。

修久容止步轉身。

白琅華卻又不知道要說什麼，嚅嚅了片刻，才道：「你……你會回來嗎？」

修久容看著一臉羞意的白琅華，心中微有感動，目光掃見她手腕間戴著的風惜雲賜給她的珠鏈，凝視片刻，道：「公主可以送久容一件禮物嗎？」

「可以！」白琅華想也不想地答道，「你要什麼？」

「可以把這串手鏈送給久容嗎？」修久容指指她腕間的珠鏈。

一旁靜默地看著的鳳棲梧聞言心頭一動，看著修久容的目光便帶了深思。

「好！」白琅華褪下珠鏈，走出涼亭遞給修久容，眼睛看著他，「那你也應該回贈我一件禮物吧？」

看著掌中的珠鏈，修久容輕輕合掌，抬眸看向白琅華，「久容回來時，定贈公主一件禮物。」說出此話時，他的語氣平靜，眼神認真。

鳳棲梧微微鬆了一口氣。

「嗯。」白琅華點頭，「那我等著。」

「公主保重。」修久容轉身離去。

待修久容走遠後，鳳棲梧走出涼亭，看著依舊癡癡凝視著修久容背影的白琅華，輕聲道：「那串珠鏈是青王賜予你們的婚約信物，你為何不換一樣送給修將軍？」

「你回來要把你的劍送給我！」白琅華忽然大聲叫道。

前方修久容的背影已從長廊裡消失，也不知是否聽見。

「你回來時一定要把你的佩劍送給我……」白琅華喃喃地輕語。他的佩劍，在鼎城時曾經差一點取了她的性命，可她就是想要那柄劍。

鳳棲梧輕嘆一聲，不再說話，望著白琅華的目光帶著憐愛。這麼單純的一朵琅玕花，想來不會有人狠下心來傷害，但願……但願剛才只是她多心了。

「鳳姐姐。」白琅華伏在鳳棲梧的肩上，眼中滴下淚來。

「修將軍是一個有擔當的男人。」鳳棲梧想起修久容最後的眼神，「他若……他回來之後，一定會娶妳為妻，妳一定會非常幸福的。」話雖是這樣說了，可想起他要走的那串珠鏈，卻又有些憂心。要什麼不好，為何獨獨要走青王賜予的信物？但她相信修久容最後的話，他會回來的，回來後一定會娶琅華，並對她一心一意的好。

「我不知道他是個什麼樣的人，可是……可是我看見他，這兒就會痛，我若看不見他，這兒就更痛。」白琅華手撫著胸口喃喃道。

肩頭一片濡濕，浸得鳳棲梧心頭酸酸的，「他會對妳好，妳會幸福的。」

「嗯。」白琅華點點頭，然後抬頭看著鳳棲梧，「久容會對我好，那姐姐呢？」

「我……我只要能給他們一輩子彈曲唱歌就心滿意足了。」鳳棲梧淡然道。

「姐姐。」白琅華忽然抱住鳳棲梧。

鳳棲梧任她抱著，仰首看天，眼中無淚。

九月八日，墨羽騎、風雲騎自北王都啟程，墨羽騎前往湞城，風雲騎則往末城。已逃至湞城的北王卻不待墨羽騎趕到，留下一些守軍後，即往宛城而去。

九月十二日，墨羽騎攻破湞城。

九月十四日，風雲騎攻破末城。

墨羽騎攻破湞城後即往宛城進發。

北王此時已集宛城、涓城兩處大軍，從宛城出發，直取祈雲王域的棣城。

九月十八日，北王攻破棣城。

九月十九日，墨羽騎攻破宛城。

九月二十二日，墨羽騎從宛城出發直往棣城；同日，北王領軍從棣城出發攻向祈雲王域之津城。

這是歷史上絕無僅有的奇特一景。北王不斷地攻占祈雲王域，雍王卻每每在他剛剛得城後便緊追而來，然後北王趕忙領軍逃去，再向祈雲王域進發，而他剛剛攻破的城池便落入雍王手中。

很多年後，有人說起這一段歷史時，說北王便好比一頭饑餓的狼，但在他的身後卻有隻緊追著獸中之王的猛虎——雍王。為了不成為別人的食物，北王只好一直往前逃，沿途不斷捕捉一隻又一隻的羚羊以補充體力，但卻還不及吃，猛虎已至，於是丟下才啃一口的羚羊，再逃……北王反復攻城、棄逃，而雍王則是反復追擊、得城，其間高下已然分明。

還有人將這一段歷史比喻成貓鼠之戲。雍王已掌控全域，卻欲擒故縱地玩弄著那隻早已膽戰心寒的老鼠，可是抱頭鼠竄的北王又何嘗不明白，但他別無他法，只有不斷地往前逃竄而去，只想抓住一件可以打敗貓的武器——帝都的皇帝。

所以北王每離一城之時，皆將城中所有糧草與財富全部帶走，不能帶走的便付諸一炬，想以此切斷雍軍糧草的補給。但很顯然，他這一舉動未起到絲毫作用，雍軍不但糧草、武器充足，而且每到一城還會發糧救濟城中難民，幫助百姓重建家園，結果不過是讓雍王的仁義之名傳得更遠更廣罷了。

「北王難道不知道，他便是燒到碧涯海去，我們的糧倉依然是滿滿的。」任穿雨如此自負地說道。得到地宮中青州風氏累積了數百年、足抵十個幽州的財富，再加上雍州自身盈足的國庫以及豐蘭息十年江湖所得，此話並非虛言。

「主上能得青王為后，益有九九，唯一不好，而這唯一的不好卻是要命的不好。」

任穿雨說這話時，身邊只有墨羽騎四將，當時四將皆嗤之以鼻，但日後發生的事卻是一語成讖。

在墨羽騎追擊著北王之時，風雲騎則縱向攻往宇城、元城、涓城，至九月底，祈雲王域這三座曾被北州白氏攻占的城池，已全部納入青王掌中。

十月四日，青王以北州四公子殘黨逃入焉城為由，發兵攻城。

同日，焉城破。

焉城過去便是青州的量城。至此，青州、雍州、北州三州遼闊的疆土盡在豐蘭息、風惜雲腳下，大東帝國已近半數握於豐蘭息、風惜雲掌中。

另一邊，幽州金衣騎在秋九霜、蕭雪空兩將的率領下，已攻占祈雲王域六城，再聯合攻占商州鑒城的皇雨，兩邊夾攻昃城，昃城守將東陶野在敵眾我寡的情況下，無奈棄城而去。

在此之前，幽州三位公子領五萬金衣騎進攻昃城，但為東陶野大敗，幾乎全軍覆沒，三位公子戰死。昃城攻破後，秋九霜、蕭雪空便暫停攻勢，於昃城休整，皇雨則領軍前往與皇朝會合。

至九月底，冀州爭天騎在皇朝、皇雨的率領下，已將商州除王都、牙城外所有城池攻下。

十月初，皇朝命皇雨領軍攻往商州牙城，此城的守將為拓跋弘，而他自己則領軍向商王都進發，必要一舉攻克商王都，將商州完全納入掌中，但此舉卻遭到反對。

「王兄，您留在合城養傷，待臣弟攻克牙城後，定給您拿下商王都！」皇雨勸阻兄長。

在攻克晟城後，皇朝領軍追擊丁西，被商軍暗中以雷弩弓射中了右胸及左肩。那雷弩弓的勁道非一般弓箭可比，若非皇朝有內力護體，換作他人，只怕早被弩箭穿體，當場斃命。

而皇朝當時受傷卻並未休戰療傷，只是斬斷箭羽，即繼續戰鬥，直到得勝回到昃城，見到了玉無緣，他一口氣鬆下來，當場昏過去，一身紫甲已成血甲。

之後他又不肯好好養傷，三天後即領軍攻往婁城，再攻往綸城、裕城……至昨日，在與皇雨比試時，傷口再次崩裂。

「你的傷至少要好好調養半年，否則後患無窮。」一向淡然的玉無緣此時也少有的凝重。

「我沒有時間養傷。」皇朝卻斷然拒絕。

「王兄！」一直以來對兄長唯命是從的皇雨此刻也少有的硬氣起來，「商王都隨時都可以攻下，但您的傷卻耽誤不得！」

「這點傷算不得什麼。」皇朝起身踱至窗前，金色的日暉從開啟的窗照射在他的身上，便好似那光是他自身發出來的，那身影顯得格外的高大，「他們都快到帝都了，我豈能落後於他們！」

身後的玉無緣聽到他這樣的話眉頭微斂，看著那個佇立窗前，目光卻只望九天的人，心中長久以來的那一點隱憂終於化為現實。

「你即算不休養半年，至少也得休養半個月。」玉無緣盡最後的努力勸說，「半個月的時間，他們並不能將整個天下握於掌中。」

「是啊，王兄，您至少休養半個月，半個月內臣弟必將牙城攻下，然後再取商王都！」皇雨保證道。

「半個月對於他們來說，足夠取下千里沃土了。」皇朝的聲音低低的，卻十分堅定，「我怎麼可以在他們奔跑著的時候停下來休養？蒼茫山……我是一定要去的！」

那一刻，皇雨看著他的兄長，只覺得從他身上傳來一種迫切的渴望，可是那一刻他卻分不清，王兄到底是渴望能儘快將這個天下握於掌中，還是渴望能儘快見到他的對手。

「皇朝，你不是銅皮鐵骨，所以不能一直只看著前方奔跑，也得停下來休息，回頭看看身後左右。」玉無緣無奈而憂心地看著皇朝。

「我的身後有你，左右有兄弟，有雪空、有九霜，我無須回顧。」皇朝未曾回頭，玉無緣話中的憂心他聽得明白，可是他不能停下來，「我只要往前去，盡我最大的能力跑到最前最高的地方，與他們相會，然後將這個天下握在掌中！」

那語氣是決然無改的，沒有人再說話，皇雨只是無言而心痛地看著兄長，然後將乞求的目光移向玉無緣。

房中最後響起的是玉無緣深深的嘆息。

第四十一章　古都日暮王氣衰

十月四日，皇雨攻克牙城，牙城守將拓跋弘城破自刎。

十月六日，皇朝大軍圍攻商王都。

十月七日，商王布衣出城，捧著屬於商州南氏王位象徵的玄樞，向冀王皇朝俯首稱臣。

十月八日，皇朝賜商王「誠侯」爵位，並遣人「護送」誠侯及宗室四百餘人往冀州安頓，隨幽州三位公子出征的柳禹生主動請命護送。

帝都，六百七十二年前，威烈帝在此稱帝，建宮殿築城牆，封文臣賞武將，詔告天下大東帝國的建立，開啟了大東帝國最為輝煌壯麗的一頁。

六百多年過去了，仿如雄獅俯瞰整個中原大地的帝都，在威嚴與霸氣、富貴與綺麗、權力與謀算、奢侈與糜爛裡沉沉浮浮，百年滄桑歷盡，到而今，它只是一座古老且有些許暮氣的都城，昔日輝煌與壯麗已被一條名為時間的長河慢慢沖洗而去。

帝都皇宮，定滔宮。

「臣參見陛下！」洪亮的聲音響起，定滔宮的南書房中，一名鬚髮全白的老將向書案前正專心繪畫，身著便服的男子恭敬行禮。

「東將軍來了，快快請起。」正在作畫的男子示意旁邊侍候的內侍扶起地上的老將軍。

「謝陛下！」老將軍卻無須人攙扶，自己站起來，動作敏捷。

這位老將軍便是大東王朝的東殊放大將軍。在這個群雄割據、紛爭不止的亂世中，他卻是忠心耿耿地守護著大東皇室，雖已年過六旬，但從外表看去，除去那霜白的鬚髮，只看端正如刀刻的面容與高大壯闊的身材，倒像一個四旬左右的壯年人，揮手間便似能力撥千斤，每一個人看到他，浮現腦中的想法定是「這個人一定是個大將軍」！

「愛卿來得正好，看看朕臨摹的這幅〈月下花〉如何？」作畫的男子興致勃勃地指著案上幾近完工的作品。他便是大東王朝當今的皇帝，年約四十出頭，中等身材，白面微鬚，神態間沒有帝者的霸氣，反有一種學者的儒雅之態。

「臣乃粗人，不通文墨，又如何能知陛下佳作的妙處。」東殊放並未上前去看那幅畫，只是微微躬身答道。

「哦。」景炎帝略有些失望，目光從東殊放身上移回畫上，看著自己的畫，目光便慢慢產生變化，慢慢地變得溫柔，變得火熱，慢慢地，整個心魂都似沉入了畫中，那模樣便如男人看著自己最愛的美人一般，專注而癡迷。

「寫月公子的這幅〈月下花〉朕已臨摹不下數十遍，以這次最佳，只是……」景炎帝腳下移動，目光從自己的畫移向掛在書案正前方的一幅畫上，然後再移回看向自己的畫，如此反復地看著，喃喃自語聲便不斷溢出，「不妥，不妥！寫月公子此畫情景一體，令人見之便如置畫中，實是妙不可言。看看這月，似出非出，皎潔如玉，偏又生朦朧之境；這花似放非放，含蕊展瓣，實若羞顏之佳人……妙、妙，實在是妙！難怪被稱為『月秀公子』，朕又豈能比得上他。」話一說完，手一鬆，筆便墜在他自己所畫的畫上，一幅還未完工的〈月下花〉便就此毀了。

而一旁看著的東殊放，眼中是怎麼也無法掩飾的失望與憂心。

「陛下！」他驀沉聲喚道。

「嗯。」景炎帝轉過身面向身前這名忠心耿耿的老臣，「東愛卿有什麼事？」

「陛下，您乃一國之君，應以國事為重，不可執迷於……這些閒雅之事。」東殊放儘量措辭委婉。若上面這位不是皇帝而是他的子孫或部下，以他的性子，怕早就放聲大罵並揮拳狠揍了。

大東王朝現在雖然名存實亡，但只要皇帝還在，只要帝都還在，那麼王朝便在。而這位景炎帝，自登基以來，就從未將心思放於朝政上，所有的事都託付於東殊放一人，完全不害怕會被取而代之。他也不似他的前幾位先輩那樣好酒好色好財好戰好殺……他的愛好是比較風雅溫和的，他只愛書畫。對於書畫，他有著莫大的熱情，整日裡便是臨摹各代名家的畫作，自己卻從未畫過一幅屬於自己的畫。

對於東殊放的勸諫，景炎帝依舊是滿不在乎的，「有愛卿在，朕不用操心那些閒事。」

東殊放聞言哭笑不得。縱觀歷史，大概也只有眼前這位皇帝會把朝政視為閒事，而把寫字畫畫當為正事。面對這樣的皇帝，他該如何是好？嘆了口氣，東殊放將心思放回這次進宮的目的上，「陛下，逆臣白氏已領軍至商城，再過交城便到帝都了，而那位打著『肅天下』之旗的雍王緊跟其後，形勢已是十分危急，請陛下……」

東殊放腹中放了一夜的話才說了個開頭便無法再繼續，只因他面前本應是聞言而悚的帝王此時卻露出了笑容，這一笑卻是這麼多年來讓他第一次覺得眼前這個人是一位皇帝，是至高至尊的皇帝。

景炎帝淡笑著看著眼前滿臉憂慮的臣子，他是在為這個苟且殘活的大東王朝而憂心著，只可惜啊……他的眼中不由自主浮現出嘲弄，但一看到老臣那焦灼卻又不失堅毅的眼神，嘲弄便化為感激與嘆息。

「東將軍，朕登基已二十多年了。」景炎帝淡淡開口，並不想精確地計算自己到底做了多少年頭，「自朕登基以來，便將所有的事都推給將軍，而朕卻躲在這定滔宮裡寫字畫畫，看書聽曲。」說著他自嘲地笑笑，「說來朕真是昏君一名，這麼多年來，真是苦了將軍。而將軍一心輔佐著朕，一心護佑著大東帝國，數十年如一日，這一份忠貞可謂千古難有。」

「這些都是臣的本分。」東殊放恭敬地道，心裡卻有些奇怪，皇帝此時怎麼說起這些話來。

景炎帝搖搖頭，目光穿過東殊放，悠悠地落得很遠，彷彿是在看著前方什麼景色而出神。

「你剛才說雍王已快到商城了是嗎？好快，不愧是昭明蘭王的子孫。那被稱為鳳王第二的青王又到了哪裡？還有焰王皇氏的子孫，他又到哪兒了呢？」

「青王在奪了焉城後即移駕至涓城，而冀王已將商州拿下，並攻占了王域六城，現已至呈城。」東殊放答道，說話間眉頭不由自主地鎖起，眼光也是鋒利而不屑的。

這些亂臣賊子！

「嗯，都不錯。」景炎帝聞言點頭，「他們都不辱其祖的英名，只有朕這等不肖子孫卻未能承繼先祖的雄風……唉，也不知他們誰會最先到達帝都。」

「陛下！」東殊放猛然叫道。

「呵呵。」景炎帝似有些無趣地笑笑，看著他的這位忠心老臣，目光清明如鏡，不復以往的漫不經心。

東殊放不由得有些驚奇而又敬畏地看著皇帝，難道陛下終於想起為國之君的重任了嗎？

「東將軍，我們還有多少人？」景炎帝問道，看到東殊放有些疑惑的眼神，便再加一句，「朕是說，我們還有多少兵力？」

「回稟陛下，臣麾下有十萬禁衛軍一直守護於帝都，再加上其他各城的守軍，我們至少還可集齊二十萬大軍。」東殊放答道。

「哦，原來還有這麼多人呀。」景炎帝似有些意外，略略沉吟，然後道，「那麼東將軍便領八萬禁衛軍前去討伐青王吧？」

「討伐青王？」東殊放以為自己聽錯了，瞪大眼睛看著景炎帝，「陛下，這怎麼可以？」他已顧不得說話是否會衝撞了皇帝，「若此時臣領禁衛軍前往討伐青王，那帝都怎麼辦？北王與雍王可都有數十萬大軍，帝都的兩萬禁衛軍如何能抵擋得了？到時……」

景炎帝卻是不在意地擺擺手，「東將軍剛才不是說了嗎，若集各城守軍，至少可有二十萬大軍，那朕便從各城調集大軍來守衛帝都便是。只要東將軍將青王拿下，然後再從涓城繞至雍王身後，到時與朕兩面夾攻，雍王便如甕中之鱉，自是手到擒來。將雍王拿下，大將軍再揮軍征討冀王，將冀王打敗，這天下便平定了不是嗎？」

「這……」東殊放啞然，皇帝此言似是極有道理，只是事情真有這麼簡單、順利嗎？

「難道東將軍沒有把握可以勝青王？又或是東將軍不信朕能守護得了帝都？」景炎帝的聲音忽然透著一種銳利。

「老臣不敢！」東殊放趕忙垂首道。

「那就好。」景炎帝的聲音又恢復如常，「那麼東將軍後日即啟程去討伐青王吧。」

「陛下，大軍伐敵不是一日即可成行，還需做各種戰前準備……」東殊放剛一開口，卻為景炎帝所打斷。

「怎麼？大將軍難道害怕了？」景炎帝忽冷冷道，那目光似也帶一些輕蔑，「看來大將軍真是老了，那青王風惜雲聽說這些年來名頭極響，文才武功皆是不俗，其麾下的風雲騎更是彪悍無敵，想來大將軍是不敢與之一戰了。」

「臣……」東殊放看著皇帝良久，然後跪地，頭垂得低低的，聲音裡難掩悲憤，「臣謹遵陛下旨意！」

「嗯。」景炎帝滿意地點點頭，「朕這有一道聖旨，你帶了去，若能招降青王，那最好不過，畢竟她是我大東的臣子，朕豈能不給她回頭之路，而且這也可昭示朕的寬宏大量。若她歸降了，那雍王、冀王說不定仿效行之，那朕便不費一兵一卒就平定了天下。」他隨手抽出一張紙，提筆寫字，想來詔書內容並不長，不過片刻即完，然後示意內侍取來綾袋封好。

東殊放接過內侍遞來的綾袋，抬首看一眼皇帝，然後又垂下頭，掩起那一絲苦笑與滿懷的失望，「陛下如此仁慈，但願逆臣能體察聖心，早早歸降，盡忠於陛下！」

「好了，你去吧。」景炎帝揮揮手。

「臣告退。」東殊放躬身退下，離去的背影此刻顯得蒼老而疲憊。

定滔宮內又恢復了寂靜，景炎帝的目光落回風寫月的那一幅〈月下花〉上，看著良久，然後輕輕笑起來，譏刺與冷嘲全夾在這一笑中，隱帶一絲讓人無法理解的解脫，「東愛卿，一個人若是軀體都腐爛了，那便是頭腦再清醒、再聰明，也是無救啊。這麼多年你還沒弄明白嗎？」

商城，府衙。

賀棄殊望著案上剛送來的信函喃喃道：「真是麻煩！」

「什麼事麻煩？」門口傳來輕笑聲，任穿雨輕輕鬆鬆踱著方步進來，「什麼事竟能讓精明的賀將軍也感到麻煩？」

「哼！我之所以會這麼麻煩還不都是因為你。」賀棄殊皺著眉頭看著任穿雨，「若不是因為你心上長了毒瘤，歪了方向，主上至於把糧草籌備的事交給我嗎？這些麻煩瑣碎的事本來全是交給你這個四肢不勤之人做的！」

「哦？」任穿雨摸摸下巴，對於賀棄殊毒辣的指控毫不在意，「難道不是因為賀將軍聰明能幹，所以主上才對你委以重任？」

「我的聰明才幹要用也要用在明刀明槍的戰場上殺敵建功，不似某人專用於那些陰槽暗溝裡。」賀棄殊出言可謂毫不留情。墨羽騎四將中論到口才，也只有賀棄殊的毒辣可與任穿雨的詭辯一爭長短。

「棄殊。」眼見一場唇舌之戰即要展開，卻被門口大步而入的人打斷了。

「糧草為何還未運到？城中糧草僅餘五日之量。」喬謹問向賀棄殊，身後跟著端木文聲與任穿雲。

「唉！」賀棄殊重重嘆一口氣，「帕山連日大雨，山上沖下的泥石將路堵住，糧草無法運過來。」

喬謹聞言眉頭一皺，看著賀棄殊，「空著肚子的士兵可沒法打勝仗的。」

「我知道。」賀棄殊煩惱地揉著頭，「但要糧草運到，必要先疏通道路，而商城的糧草若省著用，再加上從亦城運來的，應該可以支撐十天左右，到那時糧草應該也可以運到了，只是……」他抬頭看向同僚，「北王現已逃到了交城，再過去便是帝都了，所以我們不可能在此停留十日，這兩日肯定要啟程的，可若糧草不到，大軍如何成行？」

「真是麻煩。」端木文聲不知不覺地重複賀棄殊的煩惱，「大軍啟程可是不能耽擱的，北王攻打帝都可以的，但可不能讓他真的將皇帝給抓到手。」

「難道沒有其他辦法？」任穿雲問道。

「有啊。」賀棄殊似笑非笑地看一眼他們中間最小的穿雲將軍，「去搶啊！你願不願意領著士兵去搶百姓的？」

任穿雲聞言白眼一翻，「若去搶我倒是沒什麼不好意思的，可我們主上可不能答應我去做這種毀他清譽仁名的事情。」

「此時可不是開玩笑的時候。」喬謹揮揮手，看著賀棄殊，「有沒有其他法子？」

「有啊。」賀棄殊點點頭，在有幾人還來不及欣喜時，他掂了掂手中的信函，「不過我也是剛才收到此消息，所以辦法暫時還沒想出來。」

「是不是要等到大軍空著肚子出發時你才能想出來？」端木文聲道。

「唉，只不過是這麼一件小事，就讓你們如此煩惱。」一旁靜默的任穿雨搖頭嘆息。

「哥哥，你有法子？」任穿雲眼睛一亮。

「當然。」任穿雨撫著下巴點點頭，「可以修書拜託青王啊，反正在帝都拿下之前，風雲騎應該不會輕易出戰，必是在休整。所以我們可以按照計畫啟程前往交城，而糧草就請青王從涓城先撥部分給我們，再請其派兵前往帕山疏通道路，然後護送糧隊趕上我們，這不就行。」

四將聞言一怔，任穿雨的辦法似乎不錯，只是仔細想想……

「我一直很疑惑。」賀棄殊盯著任穿雨，「似乎從一開始，還不曾見過青王起，你便處處針對於她，針對於風雲騎，為什麼？你明知道青王與主上間不只是有婚盟這麼簡單，他們江湖相識十年，其間情誼非一般人能比，而青、雍兩州更因他二人才可如此融合，兩軍聯兵也才能如此迅速地將北州拿下。可你為何偏偏要做些離間兩王、兩軍之事？你這個自負聰明才智只在主上一人之下的人，為何老是做出一些不明不智之舉？」

賀棄殊此言一出，其餘三人也轉首看向任穿雨，這也是一直存於他們心中的疑惑。

「唔，似乎總是好人難做啊。」任穿雨被四人目光一望，不禁有些苦澀地笑笑，「難道在你們眼中，我任穿雨就真是一個小人？」

「你是不是小人我不知道，不過你決不是君子。」端木文聲道，「但我們從未懷疑過你對主上的忠心。」

「哦。」任穿雨聽了，只是不辨喜憂地笑笑，目光定定地看著一旁劍架上的寶劍，良久後他才開口問道，「你們覺得青王如何？」

四人沉默片刻，最後還是喬謹開口：「天姿風儀，才華絕代。」

這是天下廣為傳誦的讚言，以前或許覺得有些過頭，但此刻他們卻是真正地從心底裡折服，覺得她實至名歸。

任穿雨點頭，也有同感，「自古有兩類女子，為天下傾慕，但同樣也可傾天下。」

四人聞言，皆是心頭一震，這一句話似叩開了一扇門，一些以前他們從未想過的事便從那門裡飛出來。

「一類，是容色傾國。」任穿雨目光依然定在那柄寶劍上，「此類女子皆有著美豔絕倫的容貌，可以迷人目、傾人心、惑人魂、蕩人魄，以致人人為之魂迷神癡，捨身拋命、離親叛友、賣家棄國……便是墮入阿鼻地獄也在所不惜，只為求一親芳澤，此為紅顏禍水。」

「另一類，則是才智傾國。」任穿雨目光移動，灼亮地望向喬謹，「此類女子皆聰慧絕倫，在野，可令群英折服；在朝，則群龍俯首，天下也玩於股掌。這樣的女子，必也自負才智，野心勃勃，必不甘於人下，輕者握一家一邦，重者必握天下於掌中。」

四人聞言，皆神色凜然。

「青王，她不但有容色。」任穿雨忽然笑笑，笑得無限感慨，「她還有才、有智、有德、有武，更甚至她還有國、有財、有民、有兵，有一群忠心於她的文臣武將，並繫著青州萬千民心。這樣的女子，她能立於人後嗎？」

房中一片靜寂，無人出聲，皆是各自思索著，想著那個清豔高雅、才智絕代的女王，看似平和，可往往她只要一眼，卻令他們深感敬畏。

「她與主上已有婚盟，待與主上大婚之後，她自是立於王之身後的王后。」端木文聲沉聲道。自古便是如此不是嗎？

「這一點更讓人擔心。」任穿雨眸中閃現隱憂，「為迎接青王而鋪下的花道，為和約之儀而築的息風臺，為她而種八年的蘭因璧月……這些你們難道看不出來？」

「這有何不妥？兩王情意深厚，只會更利兩州盟誼。」端木文聲反而很高興看到主上能為某人做點事，這樣的主上看起來才有些人情味，而不是完美卻無情得不似血肉之人。

「哼！情誼深厚，能令兩州更融一體？你們想得太簡單了。」任穿雨冷冷一笑。

「王道便是一條孤道嗎？」一直不吭聲的任穿雲看向兄長，有些沉重地嘆道。自小即與兄長相依為命，兄長心中所思，或也只有他這位弟弟能知一二。

「是的，王道是孤道，是一條一個人走的路！」任穿雨悠悠長嘆，眉頭籠起，「自古以來任何一位帝王，他絕對立於最高處，走在最前頭，沒有人可以和他並肩同步，沒有人可站在他的身前，所有的人都只能追隨他，立於他的身後。」

四將心頭一窒。

「一位帝王，在他心中處於首位的永遠只能是江山社稷，任何人與事都不能逾越！否則便會是羈絆，只會阻擋他登上至高之位。」任穿雨微微握緊雙拳，「威烈帝，以一介布衣而得天下，何等的雄才偉略，可是今天，大東王朝四分五裂，諸侯爭霸，戰亂連連，民不聊生……這個局面卻是威烈帝一手造成的！封王授國，便是裂土分權，當年的七將忠於他，可百年後七將的後人還會忠貞不二？威烈帝他難道會不知？可他卻還是要封王授國！而他為何如此？還不就是為了鳳王！為了一個女人而置國家若此，這樣的帝王其實根本不是一個合格的王者，根本不配為君！」

這一番話，如冷刀利刃刮面而來，直令四將膽戰心寒。

任穿雨目光如蘊刀劍，「你們難道想看主上走威烈帝的老路？想要我們以血肉性命拚回的這個天下也落得今日這個下場？」他抬眸，目光穿越四將，窗外射入的陽光被寶劍的銅鞘一折，點點落在他的眸中，卻無法給那雙眸子加溫，那雙眸子是冷絕的，那聲音也是無溫的，如冰落寒潭，「你們皆有目睹，風雲騎和青州的百姓都只忠於她，臣服於她，若有一日拔劍相對，她便是我們、便是主上最大最危險的敵人。所以，要麼削弱她的力量，要麼她就不能留著，因為我們誓死效忠的只有一位主君！」

窗外豔陽高照，十月的天氣雖已不算炎熱，但決不冷。可房中，這一刻卻是寒意森森，靜靜佇立的四人，內心卻掀起洶湧濤浪。

當風惜雲看到墨羽騎送來的信函時，並沒有猶豫與疑惑。

「程知，從城中撥出一半糧草，你領三千人護送給墨羽騎。」

「徐淵，你領五千人前往帕山疏通道路。」

「是！」徐淵、程知領命而去。

看著他們離去的背影，修久容卻心中一動，道：「主上，數月來連番攻城，我們傷亡雖小，但也折去近千多人，而受傷者也有兩千多人，再加上攻占各城後留下的守軍，此時再派出了八千人，仔細算來，城中能參戰的人不足三萬。而墨羽騎有二十萬大軍，難道連撥出一萬人運送糧草也不能？北軍可不是爭天騎。」

「不用在意，久容。」風惜雲淺笑安撫著愛將，「反正在雍王拿下帝都前我們都會留在這裡休整，所以幫他們運糧草也沒什麼。」

在此刻，他們都不知道東殊放奉命率領八萬禁衛軍正往涓城而來。

風惜雲雖是用兵如神的名將，但她並不是先知。她以兵家的頭腦來思考，冀州爭天騎正忙著將王域的域土城池納入掌中，而北軍忙著逃命還來不及，帝都此時更應是忙於準備抵擋北王、雍王大軍，實在想不出如非她主動出兵，還會有什麼戰事找上門來。也就因為她是用兵家的頭腦來想，所以她沒能想到帝都那位根本不懂用兵的景炎帝的天外一筆，以致日後落英山中無數英魂以鮮血與刀劍奏出一曲壯烈的斷腸悲歌。

如若他們能預測到以後的事，那麼任穿雨會更開心地發出信函，而風惜雲，她絕對寧願兩軍分裂，也不會派兵運糧。

只是如果他們預測得更遠些，任穿雨或許一開始便不會針對風惜雲，他或許一開始便會將之如神靈菩薩般供奉著。

而風惜雲，如若能得知日後的種種，她還會與豐蘭息訂婚、與雍州結盟嗎？還會如此毫無私心地助豐蘭息征戰天下嗎？

第四十二章　問信與誰留心待

「將此信以星火令傳給齊恕將軍。」

「是！」

一道敏捷的身影在夜空中一閃而逝。

「星火令？夕兒，發生了什麼事嗎？」久微將一杯熱茶遞給風惜雲。他知道星火令乃是最快的傳信方式。

「沒什麼。」風惜雲啜一口茶，甘霖入喉，清香繞齒，不禁長長嘆息，「久微，你泡的茶就是比六韻泡的香。」

「既然無事，那妳為何以星火令傳信？」久微卻依舊心存關切。

風惜雲輕輕晃一晃茶杯，目光追逐著杯中沉沉浮浮的翠綠茶葉，「今日久容說，城中此時能參戰的人不足三萬，我在想……或許應該做些準備才是。」

「哦。」久微不再追問。

「久微……」風惜雲放下茶杯看著他，欲言又止。

「怎麼？」久微看著她，奇怪她此時的踟躕。

風惜雲抬手托腮，目光定定地看在某個點上，沉思良久後道：「我在想，這世上……」

說到此忽又斷了，片刻後才聽到她低不可聞的呢語，「可不可以信？會不會信呢？」

話說得糊塗，但久微卻明白了她的心思，只不過他無法回答她，也不好回答她。

「晚膳想吃什麼？我去做給妳吃。」他只能如此說。

十月十八日，對於涓城的百姓而言，這一天跟平常沒有什麼不同，太陽一早就高高掛起，秋風微帶涼意地掃起地上的黃葉，山坡上的野菊正爛漫多姿地鋪滿了一坡，大人們開始一天的忙活，孩子們聚在野坡上開始他們的遊戲……涓城似乎除了主人換成青州那位美麗高貴的女王外，其他的並未有什麼改變。

而一大早，那位涓城百姓眼中美麗又可親的女王正在官邸裡悠閒地享用著久微做出的既美觀又美味的早膳，可聽到部下的稟告時，也不禁略略拔高了聲音，「東大將軍率領八萬禁衛軍正往涓城來討伐我？」

「是的，據探子所報，東大將軍的前鋒已離涓城不到五日路程。」林璣答道。

修久容則靜靜站在一旁。

「哦。」風惜雲淡淡地應一聲，不再說話，然後專心地解決起未吃完的早膳——一碗浮著幾朵淺黃色菊花的粥，一碟小小形似蓮花的包子，當然，她此時的吃相絕對是優雅而斯文的，維持著她女王的端靜儀容。

林璣搬了一張椅子在久微身旁坐下，以只有兩人才能聽到的聲音小小地打著商量，是不是可以打破只為主上做飯的原則，發發小善心，哪天也做頓如此漂亮又可口的膳食給他們吃？但沒有得到回答，因為久微只是面帶微笑地看著正吃得津津有味的風惜雲。而修久容則就在林璣的椅旁盤膝席地而坐，目光似有些茫然失神地盯在牆壁上的一幅山水畫上，而瞭解他的人自是知道他此時是在沉思著。

用過早膳後，眾人移駕書房。

「這位東大將軍可不同於一般的武將。」風惜雲開口的第一句話便是對於對手的肯定，「若幽王來，那他便是領十萬爭天騎也沒什麼好怕的，可若是這位東將軍，他便是領五萬金衣騎那也絕對是可怕的敵人。」

「主上，是否要將徐淵和程知召回來？」林璣問道。此時城中能上陣殺敵的風雲騎不過三萬，再加上兩員大將外出，而敵人卻有八萬之多，若要守住此城，實是有些艱難。

「時間不夠。」修久容卻道，「在他們回來之前，東將軍早就到涓城了。」

「嗯。」風惜雲點點頭，「他們也快到帕山了，不可半途而廢。」

「如若這樣……主上，涓城城牆又薄又矮，難以堅守。」林璣道，「而且城中糧草又運走一半，算來我們的糧草也不過剛夠支撐二十天。」

「所以我們並不一定要死守涓城的。」風惜雲揮揮衣袖瀟灑起身，「東將軍雖為名將，但這十年來已很少踏出帝都。」她目光掃向部將，淺笑盈盈，「而對於長輩，我們這些晚輩應該以禮相待，遠道相迎才是。」

「主上是說？」林璣與修久容眼睛一亮。

「我們如此這般……」而後，風惜雲白皙修長的手指在輿圖上輕巧地移動著，淡紅的唇畔吐出一道又一道命令。

「臣領命。」房中兩將衷心拜服。

風惜雲欣慰地點頭，「這一戰能否全勝，關鍵在於墨羽騎，所以，林璣你即刻派人送信給雍王，不過東將軍定也料到我們此舉，所以送信之事你需特別安排，而且必須親自交到雍王手上。」

「是！」林璣領命。

「你們去準備吧。」風惜雲揮揮手。

「臣等告退。」

兩將躬身退去後，久微依留在房中，從頭至尾，他都只是靜靜地看著、聽著。

風惜雲負手身後，仰首看著屋頂良久，最後長長嘆息，那一聲嘆息似是一種看破了某事而生出的憂患，又似是為終於下定了一個本不想下的決定而無奈。

「久微，」風惜雲將目光移向一旁靜坐的久微，手臂微抬，長袖滑落，袖中的手是緊握著的，張開五指，墨色的玄樞現於掌心，「這東西我現在交給你。」

「這是代表妳青州之王的玄樞。」久微看著她掌心顯露的那面令符，疑惑地問道，「妳為何交給我？」

「因為……」風惜雲走近久微，附首於他耳邊，以低得只有他一人能聽到的聲音說了一句話。

久微聞言，睜大眼睛，驚愕無比地看著風惜雲，似是不敢相信剛才所聞，震驚得久久不能言語。

「你都如此驚訝，何況是他人。」風惜雲微微一笑，卻是苦澀而略帶自嘲的，「這是我不到萬不得已決不能走的一步，所以……久微，你一定不能在我跟你說的時間之前行動，必須且一定得在之後。」

「可是，夕兒，若是那樣，你們……妳可是十分凶險的。」久微眉心緊皺，眼中全是擔心，「妳既已考慮到這一步，那必是對他不能放心，既然如此，那又何須顧忌，不如直接……」

「不行！」風惜雲卻斬釘截鐵道，「決不可以在我定的時間之前，如果可以的話……」微微停頓片刻，然後幽幽長嘆，「如果可以的話，我希望你無須動用玄樞，要知道，你此步一走，便決無退路，而那之後……」她目光朦朧地望著某點，「真是無法想像啊。」

久微聞言，目光帶著深思地看著風惜雲，然後淡淡一笑，那笑卻是帶著某種刺探，某種深長的意味，「是不敢想像？還是害怕他的反應？」

風惜雲的目光卻落得遠遠的，似整個心魂都在遠處飄蕩著，在久微以為她不會回答的時候，她卻開口了，「久微，風雲騎、墨羽騎之所以還能如此相攜相助地走到現在，除了共同的目的之外，最重要的一點是因為兩軍的主帥——我和雍王——我與他在兩州將士、百姓眼中是一體的夫妻。而我們倆能走到今天，是因為時局所致，也是因為我與他有著十餘年情誼。人生的十年並不多，非親非故的兩個人人生中最好的一段歲月牽扯在一起，不論我們如何不願承認，事實上……卻是真的有許許多多的東西是連接在一起，是沒法分割捨棄的。」說至此處，她抬起手，五指輕輕攏住眉心，臉上的神情卻是略帶苦澀，「十餘年，按理說，本應是相知相惜的知己才是，可是……」五指微微抖動，眼眸微閉，唇角的那絲苦意更深，「可是我們，久微，就如他所說的，那種以命相許的信任太難了，我們似乎都未許給對方。不能……也不敢。」

「夕兒，」久微垂眸看看手中的玄樞，又抬首看著她，看著她臉上那種複雜的神情，心底沉沉嘆息，「其實妳是喜歡他的，是嗎？所以才會如此的矛盾，才會有如此複雜的感覺，也因此妳才會如此的……」

「久微，」風惜雲抬手撫住臉，第一次，她的聲音是如此的脆弱，只因裡面承載太多太多的東西，「這便是我們的悲哀。我與他都不是彼此理想中的人，我們都不想，可是……偏偏我們都是如此的不甘心，可又是如此的無可奈何。」

久微無言地看著她，那雙靈氣凝聚的眼眸悲哀地看著她，心頭一遍又一遍地長長嘆息，一遍又一遍地無可奈何地嘆息。

「久微，這世上我最希望能信任的人就是他。」風惜雲回首看著久微，那雙清眸仿如狂風掃過的湖面，波瀾起蕩，「可是我卻是如此的沒有把握，所以我必須有那一步。只是一步走出，我們這十餘年的情誼，或都要在這一步中灰飛煙滅。到那時，不單是我與他，便是墨羽騎與風雲騎，青州與雍州，更甚至這個天下……」

「夕兒，若真到那時，妳當如何？」這一句話久微本不想問，可是他卻還是問出口了，因為那個答案，他希望的答案。

但風惜雲這一次沒有回答，她微微仰頭，目光穿透房門，似看向那不可知的未來，可眸中的那種驚濤已漸漸平息，臉上的神情已漸漸恢復鎮定從容。

「當那一步踏出時，成，便是雙贏；敗，便是雙輸！」最後一字落下時，她的手負於身後，五指緊握，雙目中射出雪劍似的光芒，身形仿如凌雲蒼竹，無形中透著一種冷然的決絕。

久微看著她，白衣似雪，長髮如墨，仿如一則黑與白的剪影，遺世立於高峰上，單薄而堅強，寂寥又驕傲。他輕輕走上前，伸出手將那個朝堂上冷肅果斷，戰場上氣勢萬千的女王、此時又是如此孤峭的孩子圈在懷中。

「夕兒……」他低低地喚著，不知道要說什麼話，也不知道能說什麼，唯一能做的便是敞開自己的懷抱，讓她稍稍棲息，稍得一絲溫暖與撫慰。

只是……眼前卻閃現昔日那個閃著一雙快活清亮的眼睛，在炫目熾日下張狂無忌地飛入落日樓搶他手中烤雞的那個神采飛揚的身影。白風夕，再也無法回來了嗎？只是，他知道，眼前這個肩負著千斤重擔卻堅定孤峭的人，才是最重要的。

「久微，我知道我可以信任你的，是可以以命相托的信任。」風惜雲將頭伏在久微肩上，閉上眼，輕輕地，安然地嘆息，「第一眼看到你我就知道的，我們……是親人。」

「妳果然知道。」久微並不詫異，抬手輕撫肩膀上的那顆腦袋，從頭頂順著那柔滑的青絲輕輕撫下，帶著無限疼愛與憐惜，還有著一份濃濃的寵溺與感動。

「我當然知道。」風惜雲伸手抱住久微，嘴角浮起一絲淺淡的笑容，「久微，我之所以會走上這個戰場，其中也有我要實現你願望的原因。當我與他將這個天下握於手中時，我便可以實現你的願望，那也是我們青州風氏六百多年來都未曾遺忘的承諾。」

「我知道，我知道。」久微喃喃輕語，眸中隱有水光浮動，聲音隱帶一絲顫音，「所以我來到了妳的身邊，我要看著妳實現這願望與承諾。夕兒，我會守護著妳的，我起誓！」

他輕輕捧起風惜雲的臉，拂開她額間的髮絲，露出光潔的額頭，額間的那一彎玉月瑩雪依舊。他右手移向她的眉心，尾指隱約透著淡淡的青氣，指尖輕輕點著她眉心，然後俯首，兩額相觸，眉心相印，剎那間有一縷青光在兩人眉心一閃，但眨眼即逝，幾疑幻影。

「這會讓我知道妳是否平安。」久微輕嘆一聲，依舊將風惜雲攬入懷中，長臂在她的身後交握，似為她圈起一堵厚實的牆壁，「夕兒，我但願不會用到此玄樞。」

只是，世事總不會沿著人們所希望的路線發展的，想要達成所願，必是要有一定的付出，更甚至是無法計算的代價。

「大將軍，以我軍行進速度來看，三日後我們即可抵達涓城。」

平日杳無人煙的荒原上，現今旌旗飄展，萬馬嘶鳴。

「嗯。」高居戰馬之上的東殊放聽到副將的稟告，卻只是淡淡地點點頭，放眼瞭望這一望無際的荒原，腦中所想的卻是大軍離都時皇帝的話。

『愛卿，此次必得大勝而歸！』

這似乎只是簡單的一句囑咐，但細細想來，卻是「不擊敗風雲騎便不能回來」。

為什麼此次陛下會有如此行為？這麼些年來，諸侯爭戰，亂軍四起，被視為帝顏一般尊貴的祈雲王域也時受侵襲，他也曾數次請命討伐逆臣，但陛下卻從未准奏，每次皆以「帝都需大將軍坐鎮」為由而不允出兵，任由王域被諸王吞併。只是為何這一次皇帝卻如此堅定地要他前來討伐青王？如此堅決地下旨非勝不歸？

「駱將軍此時在何處？」

「回稟大將軍，駱將軍所率先鋒領先半日路程，現離落英山不足百里。」

「嗯。」東殊放再次點點頭，「記得每隔一個時辰即與前鋒聯繫一次。」

「是！」

八萬大軍這樣龐大的隊伍要一起行動是十分不便的，因此東殊放派遣他一手調教出的禁衛副統領駱倫領一萬禁衛軍為前鋒先行，他自己則領四萬大軍居中，而另一禁衛副統領勒源率領著餘下的三萬禁衛軍延後半日行進，一為押運糧草，二則是若帝都有事也能在最快的時間回都救駕。由此也可看出，這位東大將軍的領兵風格是嚴謹而穩重的。

先鋒駱倫，今年不過二十七歲，在這個年紀便坐上禁衛副統領的位置，這其中雖不能說與他身為東大將軍的弟子全然無關，但他也確是有幾分才幹的。在他二十四歲時，曾領五千禁衛軍橫掃王域境內十一座匪寨，在他手下斬首的盜匪不計其數，一時令王域境內所有盜匪聞風喪膽。而帝都也有不少人預言，當東大將軍退下來時，能競爭大將軍之位的必是駱將軍與東大將軍之子東陶野，這其實是對他實力的一種肯定，但駱倫卻並不以此為榮。在他的理念裡，要官拜大將軍應該是在他領軍平定六州亂臣、掃清天下逆軍之時，所以對於此次出兵討伐青王，他不似大將軍那般諸多猶疑，反而十分期待能與青王一戰。

「將軍，前面便是落英山。」奔馳的萬騎中，一名副將放馬靠近駱倫，指向前方那隱約可見的遠山，「繞過此山，若以全速前進，一日便可抵涓城。」

駱倫一拉轡繩，日已偏西，黃昏將近，極目看去，一座形狀有些奇怪的山靜矗於遠方，「一日便可到嗎？」這話並非問話，只是一種自語，片刻後下令道，「傳令，全軍休息半個時辰！」

「是！」

傳令兵傳下的命令讓辛苦奔波了一天的士兵如奉綸音，全部停步下馬休息。

「將軍，那是？」

才剛下馬，還未來得及喝口水，隨著副將的驚呼，所有人皆不禁移目看向前方。

但見前方忽然塵土飛揚，傳來急劇的馬蹄聲，隱隱夾雜著喊叫聲。

難道是風雲騎前來突襲？只是如若是大軍襲來，聲勢又太小了點，所有的士兵不假思索地伸手按向兵器。

馬蹄聲越來越近，奔在最前方的約有十來騎，而距其後五十米左右則有數百騎，但從那些人的服裝看來，應該是普通百姓，而非穿著銀甲的風雲騎。

「救命！救命！」

跑在最前方的十來騎猛然看向前面有許多的士兵，卻也顧不得許多，慌忙揚聲呼救。這十來人雖顯狼狽，但其衣著卻是十分華麗，背上全都背著長長鼓鼓的包袱，而在後面追趕著的人臉上一律蒙著黑布，口中不斷吆喝著粗言粗語，手中揮著大刀縱馬追趕。

「將軍，請救救我們！我們都是山尤來的商人，後面是搶劫的強盜！請將軍、請將軍救救我們！」那些商人大聲呼救。

「哼，強盜！」駱倫目中射出冷芒，「上馬！」

嘩啦嘩啦的鎧甲聲響起，頓時，一片褐色的波浪湧起，萬名身著褐色鎧甲的騎兵片刻間已全坐於馬上，手中的刀槍對準了前方。

「停！」前方的盜匪中猛然響起了喝令聲，「有官兵，快逃！」

話音未止，那數百壯漢已馬上掉轉馬頭，往回逃去。

「追！」駱倫的手斷然揮下，話音一落，他已領先追去。

在他的身後，士兵們紛紛縱馬追出，這一萬騎之中差不多有一半是曾跟隨著駱倫掃蕩過匪寨的，他們深知將軍對盜匪深惡痛絕，見之必殺，因此命令一下即放馬追殺。而另一些人或不知此因，但既有將軍之令，當是無一不從，而且難得的休息竟被這些盜匪斷送了，自是滿腔怨怒，正好殺幾個以泄心中怒火，而且又可立功。所以這一萬名禁衛騎兵霎時便如一股褐色的潮水衝向前方，追逐著剛才還氣勢洶洶，此時卻抱頭逃竄的盜匪。

褐潮過後，留在原地的便是那十來名商人，遙望著前方，盜匪們雖說是惶惶逃亡，但他們的騎術卻十分精湛，與追兵的距離時遠時近，但總是有驚無險，而禁衛軍的統領駱倫一馬當先，手中寶劍已幾次即要砍中盜匪中那似是頭目之人，卻總是被其險險避過。

「主上所料，果然不差！」為首的商人臉上露出輕鬆而譏誚的笑容，然後將背上包袱解下，露出長弓，其他商人也紛紛解下包袱取出兵器。

前方的追逐還在繼續，已有數名盜匪被禁衛軍追上，但那些盜匪武藝頗高，竟連斬數名士兵，然後繼續前逃。如此一來更是惹怒了駱倫，目如炙火一般盯著前方的盜匪，揚鞭狠狠揮馬，霎時戰馬如箭一般飛出，手中長劍揮起，一名盜匪的腦袋便被斬下，墜落馬下。

「將這些盜匪全部斬殺！」駱倫冷冷地喝道，手中帶血的寶劍又向前方一名盜匪揮去，頓時又有一人落馬。

「殺！」見將軍如此英勇，士兵們士氣大增，快馬加鞭地全力追殺著盜匪。

霎時，只見一股褐色的旋風捲起黃塵向前方襲去，那些盜匪此時便似被嚇破膽一般死命往前狂奔。只是……那馬蹄下的黃塵漸漸少了，代之而起的是飛濺的泥漿！

可在奔馳著的禁衛騎兵卻未在意，只知揮鞭追趕，直到前方的盜匪忽然棄馬徒步奔逃時，他們才發現，戰馬奔跑的速度越來越慢，竟連徒步奔跑的人也追不上！

「這……」騎兵們垂首看時，才發現此時竟置身一片沼澤地中，戰馬每踏出一步便深陷泥漿之中，每跨一步都是十分艱難吃力。

正當數千騎兵身陷沼澤難以動彈之時，徒步逃跑的盜匪忽然全都停下，轉身面對他們，而前方的山坡上忽然湧出一大片白雲，那雲在快速地移動著，頃刻間便至眼前——那是身著短裝勁服、徒步奔來的風雲騎！

「啊，是風雲騎！我們中計了！」頓時，沼澤之中四處響起慌亂的叫聲。

那驚呼聲還未落下，風雲騎的大刀長劍已揮砍過來！

禁衛騎兵皆是身著厚實沉重的鎧甲，便是連戰馬也披著護甲，這若是在乾地對決，無疑是十分有利的，但在這潮濕鬆軟的沼地之中，不過是增加彼此負擔的累贅，令戰馬四蹄深陷泥池，有的騎兵即算躍下馬徒步作戰，可身上笨重的鎧甲卻令他動作遲緩，往往才舉起大刀，敵人的長矛已刺穿自己的胸膛。

身著輕便武服的風雲騎手中大刀靈活地砍向戰馬的腿，馬上的騎兵便被馬兒掀下，不是摔斷了脖子便是被隨趕而來的風雲騎砍下腦袋；持長槍的狠狠地刺向馬背上騎兵的臉部；握劍的則飛快地劃向地上敵人的頸脖……無數的士兵在慘嚎，無數的戰馬在哀鳴，不斷地有斷臂橫飛，不斷地有人頭飛落，沼澤地上的淺水已化為暗紅色，西邊掛著的太陽似也為之渲染，仿如一輪血玉，灑下緋紅的光芒，籠罩著整個天地。

在後面未陷沼澤的數千騎兵則遭受了箭雨的攻擊。在他們的身後，風雲騎的神弓隊早已悄悄繞至，瞄準敵人的眼睛與敵人的咽喉，每一陣箭雨射出，便有一大片騎兵從馬上倒下。

前有沼澤不可行，後有箭芒不可退，於是有的騎兵便往兩邊逃去，可是那裡也早有風雲鐵甲騎兵在等待著他們。

奔行了一天，又加上剛才的急追，十分力氣已消耗了八分的禁衛軍如何是養精蓄銳，且實力更在他們之上的風雲騎的對手！更何況，他們此時早已喪魂落魄，軍心搖散，毫無鬥志……這一戰的勝敗在禁衛軍追出第一步時便已註定，到此時，這已是一場單方面的屠殺！

不同於部下的狼狽，駱倫卻是勇猛不可擋。每一劍揮出，便有一名風雲騎士兵倒下，他從泥濘的沼澤中殺開一條血路，當暮色來臨之時，他已踏上乾地，漸漸地靠向前方高坡，他的目標在那裡。

高坡上有舞在風中的鳳旗，旗下一匹白馬，馬上端坐著一名銀甲騎士，靜靜的仿如一只棲息在旗下的銀鳳，即算是這陰暗的暮色也無法遮掩她的耀目光芒與凜然傲氣。

青州的女王風惜雲嗎？可是為何要裝成強盜？不可原諒！

駱倫握緊手中長劍，抬起濺滿泥水的雙足，向高坡上一步一步踏去。

「久容。」

修久容剛拔劍在手，風惜雲便制止了他，望著那個滿身泥汙與鮮血卻疾步奔來的人，唇際綻出一抹似是嘲諷似是感嘆的笑容，「他要來便讓他來。」

約相距三丈遠的地方，駱倫停下腳步，目光炯炯地盯住白馬之上的銀甲女王，而圍在她身旁的修久容以及那些侍衛他全未看進眼內。

未見她有絲毫動作，人已輕盈優雅地躍下馬背，有如梧桐枝上的鳳凰雍容飛落。

駱倫最後一次回首，不論是沼澤還是乾地上，已遍地倒著身著褐甲的禁衛軍，戰鬥已近尾聲，一萬部下此時已是寥寥無幾。轉首，他目光鋒利地盯向那靜然立於對面的對手，手中帶血的長劍高高舉起。

「喝！」一聲低吼，駱倫人如猛虎撲向風惜雲，手中長劍挾畢生力道以決然無悔之勢直劈而去。

「氣勢很強。」風惜雲輕輕呢喃。

駱倫手中一柄普通的青鋼劍此時仿如上古神兵一般擁有力劈山河的力量，勇猛不可擋地掃向風惜雲，額前的髮絲已被凜冽劍風掃起，全身被籠於那狂風駭浪般的劍氣之中，身後的侍衛不禁驚呼，紛紛拔刀於手，緊張地注視著前方，只有修久容卻是一動也不動地注視著。

突然，一道銀光劃破茫茫暮色，隱約中似挾著一抹淡淡殷紅，在所有人眼前綻出絢麗無比的光芒，雙目似不可承受一般微微閉起，耳際傳來輕輕的劍鳴聲，然後所有人皆目睹那威烈無比的青鋼劍被震飛落向十丈之外，然後那如虎猛撲的人在一瞬間散去了所有的力量，緩緩地倒在地上。

「這是我今生第一次用鳳痕劍，你是死在我劍下的第一人。」風惜雲微垂劍尖，眼眸靜然無波地看著倒在腳下的駱倫，平靜地，不帶絲毫感情地道出。

駱倫張張口似想說什麼，但最後他卻什麼也未說出，嘴角微微一勾，一縷淡不可察的淺笑浮上，眉心的血不斷湧出，可他卻察覺不到痛楚，目光渙散無焦地看向天空，然後他嘴角的笑意微微加深了。

「蕊兒……」他伸出手，虛空中有一道纖弱的人影，不同於以往滿身的汙濁與鮮血，這一次她是身著她最愛的粉紅羅衣，懷抱純白的水仙花兒，溫柔地微笑著向他伸出手。

「將軍，除逃走約一千人外，所有禁衛軍已全部殲滅。」一名都尉向林璣稟報，「請問將軍，是否要追擊？」

「不用了，此戰我軍已大獲全勝，逃走的人便讓他們逃吧。」林璣淡然道。

目光掃向戰場，看著地上倒著的無數屍體，心頭雖略有沉重，但更多的是對他的主上的敬服。

『東大將軍與他的禁衛軍已近十年未曾出過帝都，對於帝都以外的地方，除了從輿圖上瞭解外，並未曾親自察看過，所以這是我們的勝數。』

回想起那日的話，林璣的目光移向高坡上的那道修長白影。整個大東王朝的山山水水大概全印刻在王的腦海中了吧。

「駱倫可謂勇將，以他這些年的功績來看，也並非有勇無謀之人，只是，他對於盜匪過於執著，這便是他的心結。當人對某一事物抱有不同尋常的執著時，那便成了他的弱點。如皇朝的驕傲、玉無緣的仁慈……」風惜雲淡淡地對著身邊的修久容道，目光無喜無悲地掃過屍身遍布的戰場，「只是有一個人，至今我都未看到他的弱點。」

第四十三章　以史為鏡鑒前程

「王兄，都這麼久了，為什麼你一次也不讓我上戰場？」

王帳中，豐蘭息與豐葦正在對弈，只不過棋還未下至一半，豐葦忍不住又舊話重提了。

「王兄。」豐葦見豐蘭息的目光只凝視著棋盤，似根本未聽到他的話一般，不禁再次喚道。

「哦？」豐蘭息稍稍將目光移至豐葦身上，但他的心思似乎不在豐葦，也不在棋局。

「你每天就是讓這兩個人守著我，根本就不讓我上戰場去，這樣下去我怎麼殺敵建功，到時回家了，爹爹問我可有為王兄分憂，難道你叫我回答：『我每天都待在帳中看書、練劍，再加吃飯、睡覺，其餘什麼也沒有做』？」豐葦委屈地道，頗有些怨氣地指指侍候在一旁的雙胞胎兄弟鍾離、鍾園，「王兄，你讓我上戰場去嘛，我一定將那個北王活捉到你面前的！」

「我不是說過了嗎，只要你的劍法可以勝過鍾離，你的兵法可以勝過鍾園，我就讓你上戰場去。」豐蘭息眼光又落回棋盤上，漫不經心地開口道。

豐葦聞言不禁洩氣，目光無限幽怨地射向那對長得一模一樣的雙胞胎，心中又惱又羞，想他堂堂侯府公子卻連這兩個侍童也勝不了！

「真是讓人討厭啊！」這樣的話語就脫口而出。

至於面對著豐葦怨怒目光的鍾離、鍾園卻是紋絲不動地立著，只是當豐蘭息目光移向茶杯時，鍾離趕忙將香茶奉上，鍾園則將銀盤托起，當豐蘭息飲完茶手一轉時，那茶杯便落在銀盤上。

「對了、王兄，王嫂什麼時候回來啊？我好久沒看到她了。」豐葦很快便擺脫了自卑鬱悶，興致勃勃地談起了另一件事，「我最近寫了篇文章，正想給她看看，她一定會誇讚我的！」

豐蘭息聽著這聲「王嫂」，覺得頗為悅耳，於是回答了豐葦，「她嘛……想來時，便會來的。」

「唉，好想她啊！」豐葦雙手托腮，側首遙想，目光朦朧，「王嫂笑起來最好看了，棲梧姐姐都比不上，而且她武功又高，文才又好，說話又風趣，穿著白色王袍時風姿絕豔又高貴雍容，穿著銀色鎧甲時英姿颯爽又風神俊逸，唉……若她不是王兄的王后就好了……」他說著說著聲音漸漸低如自語，臉上也浮起癡癡的傻笑。

「哎喲！」冷不防額頭上被拍了一巴掌，「王兄，你幹嘛打我？」豐葦摸著腦門。

「小小年紀就滿腦子想著女人，長大了豈不是要成為紈褲子弟，為兄當然得好好教導你。」豐蘭息溫和地笑笑，「你今日的功課就是將《玉言兵書》抄寫一遍，將『射日劍法』練習一百遍。」

「啊？」豐葦頓時慘叫，「《玉言兵書》有四百九十篇，我怎麼可能抄完？『射日劍法』一共八十一招，要我練一百遍，我的手豈不要斷掉？」

「是嗎？」豐蘭息身子微微後仰倚，抬手撥弄著榻邊一盆青翠欲滴的蘭草，無限的悠閒與愜意，面上掛著可傾天下的雍雅淺笑。

豐葦看著這樣的豐蘭息，心思又轉移了，暗想王兄長得真好看，與王嫂真是世所無雙的絕配。

「那你就將《玉言兵書》背誦一百遍，將『射日劍法』的口訣默寫一百遍。」豐蘭息的話輕描淡寫地落下。

反應似乎慢半拍的豐葦在片刻後終於弄明，「不要！這根本就沒有變啊！王兄，不如改成讓我上戰場殺一百個敵人好不好？」他懇求著，目光不忘投向鍾離、鍾園，盼著他們也能略施援手，奈何，雙胞胎卻似沒收到他傳達的求助之意，只目不斜視地關注著他們的主君。

「豐葦，不要以為我不知道你每天都做了些什麼。」豐蘭息看著豐葦，面上帶起少有的嚴肅，「你與其每天挖空心思地想著怎麼從鍾離、鍾園眼皮底下溜出去，不若在兵書、劍法上下下功夫。鍾離、鍾園與你年紀相當，卻可當你的老師，你若再如此下去，那一輩子也別想超越他倆，更遑論封將掛帥。」

「不公平、不公平！」豐葦聞言卻連連嚷著，半點反思的想法都沒有，「王兄你什麼事也沒做，可是你卻什麼都知道，什麼都會，為什麼我努力了還是趕不上你？」

豐蘭息料不到他有此言，一時啼笑皆非，「我什麼都不做？」

「本來就是！」豐葦肯定地點頭，目光崇拜熱切地看著豐蘭息，「在王都時，王兄你養蘭花的時間比花在政事上的時間還多，可是雍州卻是六州之中最強盛的！現在出征了，可是你每天也只是喝喝酒、品品茶，再加聽聽棲梧姐姐的歌，要麼就是下棋畫畫……便是王嫂也都親自披甲上陣了，我可從沒見你的手握過兵器，可如今不但整個北州都歸我雍州所占，便是半壁天下都快為你所有了！」

豐蘭息愕然地看著一臉敬慕表情望著自己的豐葦，有絲尷尬甚至是有一絲狼狽地抬手摸摸鼻子，「在你眼中，我好像還真是什麼也沒做。」

「王兄什麼也不用做，天下也會歸王兄所有！」豐葦一臉的自豪。

豐蘭息無奈地摀住了半張臉。

「王兄，你讓我上戰場吧。」豐葦繼續央求。

豐蘭息放開手，嘆口氣，「你這幾月來一點長進都沒，看來是我的教導不及叔父，不如我派人送你回去，以後還是由叔父親自教導你為好。」

「不要！」豐葦一聽，馬上叫了起來，一雙手趕忙抓緊豐蘭息，明亮的大眼滿是祈求，「王兄，我不要回去！我要跟隨王兄打天下！」

「既然不想回去，那就快回你的營帳做功課去。」豐蘭息瞥了他一眼，揮揮手，雖語氣淡然，無形中卻有一種壓力令豐葦不敢再多言。

「知道了。」豐葦放開手，垂頭喪氣地起身，但當眼光瞟到一旁似是強忍著笑意的雙胞胎時，眉頭一跳，又一個問題浮上心頭，「王兄，我問最後一個問題可不可以？」

「說吧。」豐蘭息點點頭。

「我昨天聽到鍾離、鍾園在悄悄地議論，說什麼，東大將軍領八萬大軍前往涓城討伐青王。」豐葦詭異地看著臉色一變的雙胞胎，「他們還說，不明白主上為什麼不趕快出兵支援。」看著雙胞胎有些發白的臉色，他心頭一陣愜意，總算出了一口被看得死死的惡氣，「王兄，我也想知道你既然知道青王有危，為何不派兵援助？」

「哦？」豐蘭息目光淡淡瞟一眼一旁的雙胞胎，雙胞胎頓時頭垂得低低的，「那女……嗯，青王既然並未要求我出兵支援，自是有其穩勝之算，我又何必多此一舉。」

「這樣嗎？」豐葦眨眨眼睛，似乎不大相信如此簡單的理由。

「就這樣。」豐蘭息點點頭，「問完了，還不回去做功課？」

「是，臣弟告退。」豐葦退下。

「你們也下去吧。」豐蘭息吩咐著一旁正不知如何是好的雙胞胎，「別跟著豐葦學些壞毛病。」

「是！」雙胞胎同時鬆了一口氣，動作一致地躬身退下。

待他們都離去後，豐蘭息目光落在那一盤未下完的棋局上，半晌後才略帶笑意地輕輕自語道：「豐葦，這世上只有你一人喚我做兄長，也只有你敢如此坦然無忌地對我，便是她……」說著微微長嘆，似是有些惋惜與遺憾，「等你再長大些，便也不會如此了……」抬手掩眸，將身體完全倚入榻中，帳中霎時一片靜寂，寂如幽幽夜宇。

過了片刻，榻中本似已沉睡的豐蘭息忽然放下手，目光瞟向帳門，「進來。」

一道模糊的黑影悄無聲息地落入帳中，垂首跪地：「暗魅拜見主上。」

「什麼事？」豐蘭息問道。

「青王派人傳信，請主上出兵！」

「嗯？」原本漫不經心的豐蘭息猛然從榻上坐起身，目光看著地上的暗魅，「如此看來，這東大將軍與他的八萬禁衛軍還是有些實力。」他低低笑起來，眸光一閃，似想到了什麼，「只是她竟會派你來傳信，這倒有些出乎意料。」

「青王另有派人避開東將軍的攔截正式前來傳信，一刻前才至，只不過似乎被任軍師請去『休息』了。」暗魅的聲音極低極淡。

「果然。」豐蘭息點點頭，然後揮揮手，「你去吧。」

「是。」模糊的黑影如一縷黑煙從帳中飄出。

「軍師。」

帳外忽起的聲音將任穿雨自沉思中喚醒，「是四位將軍來了嗎？快請。」

「不是，是主上派人傳話，請軍師前去王帳一趟。」

「哦？」任穿雨眸光一閃，隨後答道，「知道了，下去吧。」

「是。」帳外傳來離去的足音。

『好快！』任穿雨凝著眉微微一笑，卻略帶一絲苦澀，還未想清楚該如何處置之時，傳話的人便已到了，這世間看來沒什麼不在他的掌握之中。

「穿雨。」帳外又傳來喚聲，這一次卻是喬謹冷靜的聲音。

「哦。」任穿雨應聲出帳，四將正並立於帳前。

「你派來的人還未出門，主上的旨意便到了。」喬謹看著任穿雨略有些嘲諷地道。

「看來所有的事都逃脫不了他的眼睛。」任穿雨微微嘆道。

「穿雨。」喬謹看著任穿雨，目光有些複雜，「我到現在依然不能認同你所說的話，但是……」他抬手似有些苦惱地揉揉眉心，「我卻無法反駁你的話。」

「那是因為我們認同的主君只有一個。」賀棄殊一針見血道，「你我心中或都有些鄙視這等行為，但為著那個人，為著我們共同的目標，我們只有如此。」

端木文聲抬起手，看著腕間那一道長疤，然後長長嘆息，「當年我們滴血宣誓……唉，我依然希望雙王能同步共存。」

「你的希望自古以來便是不可能的。」任穿雨淡淡地打破他的夢想。

一時間五人皆靜默。

「走吧，可不能讓主上久等。」喬謹率先打破沉默，領頭走去。

「臣等參見主上。」王帳中，五人恭敬地向玉座上的人行禮。

「起來吧。」豐蘭息擺擺手，目光一一掃過帳中愛將，神色淡然如常，「孤此次召你們前來，是因為我們在此已休整多日，該催交城的北王啟程了。」

嗯？五人聞言皆有些愕然，本以為主上召他們前來是要訓話的，誰知……五人不禁同時鬆了一口氣。

「此次前往交城發兵十萬，以喬謹為主將，穿雲協之。」

可是豐蘭息的後一句話卻又令他們心頭一緊。

「十萬大軍前往交城，是否另十萬大軍繞道直往帝都？」任穿雨小心翼翼地問道。

豐蘭息看著他淡淡一笑，道：「文聲與棄殊領軍五萬，半個時辰後隨孤前往涓城，穿雨與餘下的五萬大軍留守此地，兼負責糧草之事。」

此言一出，五人一震，但還不待他們反應過來，豐蘭息的聲音再次響起，「穿雨，青王派來的信使休養好，便讓其協助你留守此地，無須再回涓城。」

五人此時已是脊背發涼，呆呆地看著玉座上的人。

「主上，請容臣進一言。」半晌後，任穿雨恢復清醒。

豐蘭息看他一眼，「若非良策，不說也罷。」

「不！」任穿雨當即跪下，雙目執著而堅定地看著豐蘭息，「臣這一言只在此時說！」

豐蘭息靜靜地看著他，不發一言，旁邊四將則有些擔心地看著任穿雨。他們都是跟隨豐蘭息多年之人，深知其心思難測，喜怒不形於色。

「那你便說說看，讓孤看看到底是什麼良言令你如此執著。」片刻後豐蘭息才淡然道。

任穿雨靜靜看著豐蘭息，一字一字鄭重吐出，「一國不能二主，一軍不能二帥。」

那話一落，帳中一片寂靜，只能聽到四將沉重的呼吸，而玉座上端坐的豐蘭息與玉座下跪著的任穿雨則是目光相對，只不過一個平淡得沒有絲毫情緒，一個卻是緊張而又堅定。

「穿雨，孤想，有一點你似乎一直忽略了。」豐蘭息的聲音淡雅從容，墨黑的眸子深得令人無法窺視一絲一毫，「孤與青王是夫妻，自古夫妻一體，不存在什麼二主之說。」那最後一語，已帶有警告之意。

「可是……」任穿雨依然將目光堅定地看著高高在上的主君，「主上，您應該比任何人都清楚青王是一個什麼樣的女子，青州又是怎樣的一個國家，風雲騎又是如何勇猛的一支軍隊，而且……」他微微一頓，目中射出如鐵箭一般冷利的光芒，臉上湧上一抹豁出一切的神情，「主上，前朝桓帝曾言『非吾要為之，實乃其勢所逼也』，您不可忘！」

那最後一句，清晰沉重地落在帳中，在帳中每一個人耳邊驚般響起，直抵心臟。

「請主上三思！」四將一齊跪下，叩首於地。

「非吾要為之，實乃其勢所逼也。」這樣的喃語不覺中便輕輕溢出，豐蘭息平靜的面容也綻出一絲細細裂紋。

非吾要為之，實乃其勢所逼也！

在史冊上留下這句話的，是前朝有著聖君之稱的桓帝。

桓帝乃簡帝第九子，簡帝駕崩後太子繼位，是為莊帝。桓帝是莊帝的同母兄弟，與莊帝素來親密，且文武兼備，才幹出眾，是以莊帝十分寵信。桓帝有著莊帝的寵信，是以做事皆可放開手腳，毫無顧忌。他內改革弊政，用人唯賢，令國家日漸富足強盛；外則三抵蒙成，又伐桑國、討采蜚、收南丹……可謂戰功彪炳，世所無倫，麾下有無數能臣俊士，開府封將，位高權重，一時可謂國中第二人也。

只可惜，琉璃易碎。功高震主者，從來都為人所忌。

也不知從何時起，朝中便有各種流言傳出，說桓帝居功自傲，目無君長，已有叛立之意；也有的說莊帝忌憚桓帝功高，不能容他。這樣的流言才出時，桓帝與莊帝都不甚在意，一笑了之，可三人成虎，眾口鑠金。傳得多了，傳得久了，彼此心中自然而然地便劃下了裂痕，到某一日醒悟時，才發現彼此都已疏遠，彼此都在懷疑防備著。

先出手的是莊帝，或許一開始還顧及著兄弟之情，並不想置桓帝於死地，只是想削弱他的勢力，架空他的權力，便將他的部下調走或外遷。但桓帝是個十分重情重義之人，對於那些忠心耿耿的部下無辜遭此苛待很是憤慨，是以入宮向莊帝陳情，只是已不復往日親近的兩人其心已離，早已不似往昔一般能互訴衷言，最後演變成兄弟大吵一架，桓帝被逐出皇宮。

至此，兩人之間的情誼已全面崩裂，是以莊帝下手不再容情，桓帝不少部下或被冤死於獄中，或流放途中慘遭迫害，而朝中那些彈劾桓帝的摺子，莊帝也不再似往日一般壓下不理，而是交由解廌府，要求嚴查。到這一步，桓帝已全無退路，要麼束手待斃，要麼叛君自立。若只他一人受難，他或許就接受了，但牽連到家人，連累那些同生共死、忠心耿耿的部下，他無論如何也不能坐視不管，所以他只能走第二步——奪位。

非吾要為之，實乃其勢所逼也！

短短的一語道盡了多少無奈與悲哀，說出此言之時，桓帝內心又是何等痛苦與決絕，已是無人能知，只是此語令得後世人人警惕。

「主上，若青王只是一個普通的女子，那便萬事安好，可是她卻是更勝男兒的無雙女子，百世也未得一見！」任穿雨的話鏗然有力。

豐蘭息微微垂首，五指托住前額，面容隱於掌下，良久後，才聽到那低不可聞的輕語，「真像一面鏡子啊。」

桓帝之所以有此舉，除被情勢所逼外，更重要的一點是，人皆以己為重。當自身的生命、權益受到威脅之時，什麼道義、情誼便全都拋開了。只要被逼至絕境之時，人心底深處那被美好的道德禮儀之衣包裹著的自私自利，冷酷無情的本性便暴露出來。於人來說，擺於首位的絕對是自己。

豐蘭息苦笑。真是一面好鏡子啊，纖毫畢現地映照出他們兩個。

他們，也會如桓帝、莊帝一般嗎？

『惜雲……』他閉目，眼前浮現的卻是無回谷中兩人交握的手。

漆黑的天幕下燃著無數火把，照亮夜色下的大地，火光之下，是慘烈而悲傷的一幕。

染滿鮮血的旗幟倒在泥地上，到處散落的頭盔與斷刃，無數無息橫臥的屍身，偶爾一聲戰馬哀鳴……那與身分離的頭顱，或睜或閉的眼，恐懼而絕望的臉，痛苦掙扎的表情……在那血泊中，在那泥濘中，如一幅淒厲的畫，靜靜地呈現在所有人的眼前。

當東殊放接獲消息領軍趕至時，數萬人看到的便是這樣的情景，數萬人震驚無語地看著。

很久後，有人發出悲痛的哀號聲，發出悲切的長嘯聲。

那些死去的人，或有他們的親人，或有他們一起長大的夥伴、朋友。

嘩啦啦的鎧甲聲響，數萬人不用吩咐便齊跪於地上，向他們的同伴致哀。

「傳令勒將軍，速領軍在今夜寅時之前，趕至櫢原與本將會合！」

東殊放緊按腰間的刀柄，目光炯炯地望向沉沉夜色中的荒原。

好快的動作！不該分軍而行的，風惜雲能有今日的盛名實非偶得。

而那時，風惜雲正與部將商議。

「涓城太小，若被八萬大軍全力攻城，以我們的兵力，不用兩天便會城破。而且涓城百姓才從上一次城破中稍得恢復，若讓之再遭城破家毀之災，再讓諸多無辜生命枉死，實在是於心不忍。所以我們撤離涓城。只不過東大將軍既為討伐我而來，那不論我躲往何處他都會追來，所以我們必得一戰。」

「祈雲王域為平原，除第一高山蒼茫山外，整個王域僅有五座小山，落英山便是其一。落英山之所以被稱為落英是因其外形，從高處俯瞰，有若平原之上的一朵落花，這一次，我們的戰場便在這座落英山上。」

「東大將軍當然不喜歡和我們一起遊賞落英山的，所以我們還有一個第一戰場，那就是檄原。在這個平原上，我們將東大將軍請上落英山吧！」

在亮如白晝的王帳中，風惜雲的手指在輿圖上輕輕一點，話音鏗然有力。

十月二十三日，酉時。

檄原之上陣壘分明，一方是身著褐甲的七萬禁衛軍，一方是身著銀甲的三萬風雲騎，帶著寒意的北風從平原掃過，拂得旌旗獵獵作響，長槍上的紅纓如翩舞在風中的血紗，濃豔更勝斜掛於天際的那一輪鮮紅落日。

禁衛軍的最前方一騎上端坐著東大將軍，身旁是禁衛副統領勒源，他是一個年約四旬的中年壯漢，身材高大結實，給人一種彪悍勇猛之感，在他們身後則是五名隨征的偏將。

風雲騎最前方的是林璣、修久容兩將，素來出戰都會立於最前方的女王此次卻不見蹤影。但風雲騎在面對數倍於己的敵人之時依是陣容嚴整，銳氣沖天。

咚！咚！咚！咚！咚！咚！咚……

戰鼓擂響，霎時沖天的廝殺聲起，兩軍仿如潮湧迅速向對方靠攏，當銀潮與褐潮相淹時，尖銳的兵器相擊聲直刺耳膜，跟隨而起的是淒厲的痛呼與慘叫，殷紅的血噴灑在臉上，戰士們皆全力揮出手中的刀劍，砍向敵人的腦袋，刺向敵人的胸膛……

這是一場人數懸殊的戰鬥，所以很快地，戰爭的勝負便漸漸分出，可以兩人或三人一起圍攻風雲騎的禁衛軍很快便取得了壓倒性的勝利，而寡不敵眾的風雲騎則被禁衛軍的勇猛氣勢所壓，漸有畏懼之意，節節敗退，甚至一些膽小的士兵被敵人嚇得兵器都丟落了，掉轉馬頭便飛逃而去。在戰場之上，若有一人帶頭逃走，那跟隨的人便多了，首先不過是幾條小銀溪在往後遁去，但經過半個時辰的艱苦激戰後，眼看勝算無望的風雲騎已有一大半人膽怯逃跑了。

正殺得興起的禁衛軍怎肯讓敵人逃走，更何況他們還要為那一萬兄弟報仇，所以步步緊追，不給敵人絲毫放鬆的機會。可很顯然，風雲騎的人數雖較禁衛軍少，此時戰鬥的氣焰也全沒了，但其逃跑速度卻勝過他們的對手，所以漸漸地拉開了距離。

士兵們已開始逃走，風雲騎的兩名大將林璣與修久容武藝高強，當不似士兵這般窩囊，在戰鬥中分別射下和砍倒敵人一名偏將，然後在看到大軍不斷後逃之時也曾呵斥，無奈一己之聲無法傳遍全軍，在敵人數名偏將一齊殺來之時，也只得掉轉馬頭敗逃而去。

「大將軍，是否下令全軍追擊？」勒源請示著東殊放，但他那一臉躍躍欲試的神情卻早就真實地表達了他自身的意見。

看著前方不斷後退逃跑的風雲騎，東殊放粗眉略略一皺，對於盛名遠播的風雲騎，開戰還不足一個時辰，對方竟已毫無戰意，似乎勝得太容易了。但在目光掃過此時士氣極其高昂的大軍之時，他還是下達了命令，「全軍追擊！」

這檄原他早已勘察過，決不會再似前鋒一般跳進風惜雲的陷阱之中，即算對方有詭計，以他的七萬大軍，他不相信會再讓對方得逞！

「是！」勒源興奮地領命。

主帥令下，禁衛軍頓時如開閘的褐洪，全速追擊逃跑的風雲騎，必要將敵人斬於刀下方能泄心中憤恨！

逃跑的風雲騎此時全無抵抗之意，只是沒命地往後逃去，沿路頭盔、斷劍丟了一地，十分狼狽，而在這奔逃中，夕陽隱遁，暮色悄悄降臨。

「傳令，停止追擊！」東殊放看著前方的落英山下令道。

「大將軍，為何不追？」勒源不解。

「天色已暗。」東殊放看著已全部逃入落英山的風雲騎道，「他們遁入山林中，再追對我們不利，有可能會遭埋伏。傳令，包圍落英山！」

已全部逃入落英山的風雲騎在追兵沒有跟來的情況下稍緩一口氣，然後迅速而敏捷地登上落英山。

落英山裡，林璣喃喃道：「目前為止，一切都符合主上的設想，進行得很順利。」

「快走吧，主上說不定等我們很久了。」修久容不理會他的話，加快步伐，將林璣甩得遠遠的。

「真像一隻迫不及待地想回到牠的主人身邊的可愛小狗。」身後的林璣看著那道飛快穿行的背影又開始喃喃自語。只不過他的腳步同樣也變得十分快捷，可惜沒人在他的身後同樣丟過這麼句話。

第四十四章 落英山頭落英魂

黑夜悄悄遁去，白日又冉冉而來。

落英山下，經過一夜休憩的七萬禁衛軍，恢復了體力與生氣，爬出營帳，開始生火做飯。很快地，有飯菜香味夾著酒香以及士兵的高歌聲一起在落英山下飄散開來，和著晨風送入山上的風雲騎耳鼻中。

「這烤羊好酥好香！」

「這燉狗肉光是聞香就讓人流口水！」

「這酒夠烈！」

「牛肉下酒才夠味！」

「山上的，你們也餓了吧？這裡可是有酒有肉呢！」

「對啊，光是啃石頭也不能飽肚子呀！」

「風雲騎的小狗們，趕緊爬下來，老子給你們幾根骨頭舔舔！」

諸如此類的誘惑與辱罵三餐不斷，山中的風雲騎一一收入耳中，但不論禁衛軍如何挑釁，山中都是靜悄悄的，沒有回罵，也不見有人受不住誘惑而溜下山來。若非親眼見到風雲騎逃上山去，禁衛軍的人皆要以為山中根本沒人。

如此一天過去了，夜晚又降臨大地。

酒足飯飽又無所事事一天的禁衛軍只覺一身的勁兒無處發洩，對於藏在山中的風雲騎，心中自是十分不屑，這等行徑哪還夠資格稱為天下四大名騎之一？

「我們幹嘛在這兒乾等？我們為什麼不衝上山去將風雲騎殺個片甲不留？」

「就是啊！憑我們七萬大軍的優勢，乾脆直接殺上山，將風雲騎一舉殲滅了！」

「想那風雲騎號稱當世名騎，可昨日見到我們還不是落荒而逃了嗎？真不明白大將軍為何不讓我們追上山去，若讓我們追上山，那昨夜便大獲全勝了，今天我們應該是在慶功了！」各種各樣的話在士兵們中傳開，而禁衛副統領勒源的帳中，三位偏將不約而至，半個時辰後，三位偏將皆面帶微笑離開。

而帳中的勒源卻在來來回回不停走動著，神情間猶豫不決又夾著一絲興奮，最後他望著懸掛於帳壁上的御賜寶刀，神情堅定地自語道：「只要成功，那大將軍便也無話可說！」

而三位偏將，回去後即各點齊五千親信士兵，在夜色的掩映下，悄悄向落英山而去。

落英山，雖有落英之稱，但其山卻極少樹木花草，除去山頂湖心的落英峰上長有茂盛的林木外，落英山山壁基本都是由褐紅色的大石與泥土組成，所以從高處俯瞰，落英山便似一朵綻在平原之上的微紅花朵。

而此時，模糊的夜色之中，無數的黑影正在這朵落花的花瓣之上爬行著，小心翼翼，唯恐弄出了大聲響驚醒了沉睡中的風雲騎。

「大將軍。」

在禁衛軍的主帥帳中，東大將軍正閉目端從，不知是在思考著什麼還是單純地在養神。

「什麼事，利安？」東殊放睜開眼，眼前是侍候他的親兵，稚氣未脫的臉上嵌著一雙亮亮的大眼睛。

「三位將軍似乎上落英山去了。」利安恭謹地答道。

「哦。」東殊放只是淡淡應一聲，似乎對這些違背他命令的人，既不感到奇怪也未有絲毫怒氣，片刻後他才又道，「年輕人就是沉不住氣。」

「大將軍，就這樣任他們去嗎？」利安卻有些擔心。

「他們帶有多少人？」東殊放目光落向落英山的山形圖上。

「各領有五千。」利安答道。

「嗯。」東殊放微微點頭，然後再次閉上眼睛，「就讓他們去試試吧。」

而在落花之上爬行著的禁衛軍，在要接近花瓣之頂之時，忽然從頭頂上傳來似極其驚惶的叫喊聲：「不好啦、不好啦！禁衛軍攻上來了！」

這樣的喊聲嚇了禁衛軍一大跳，還未來得及有所行動，頭頂之上便有無數大石飛下。

「啊！」

「哎喲！」

「痛死我了！」

這一次的叫聲卻是禁衛軍發出的，山頂飛來的大石砸在他們頭上，飛落在他們身上，砸破了他們的腦袋，壓斷了他們的腰腿，有的還直接從山壁上被砸下山去，摔個粉身碎骨。一時間，落英山上只聞得禁衛軍此起彼伏的慘叫聲。

不過，石頭終也有砸完的時候，當頭頂不再有亂石飛落之時，禁衛軍們咬牙一口氣爬上山頂，而那些呆站在瓣頂，兩手空空的風雲騎似乎對於他們的到來十分的震驚且慌亂，當禁衛軍的大刀、長槍臨到面前時，他們才反應過來，但並不是拔刀相對，而是抱頭逃竄。

「啊……禁衛軍來了！快逃吧！」

「禁衛軍攻來了，快逃命吧！」

「呀！快跑呀！」

好不容易爬上瓣頂的禁衛軍，還未來得及砍下一個敵人，便見所有的敵人全都拔腿逃去，動作仿如山中猴子一般的敏捷，讓禁衛軍看傻了眼，只不過憋了一肚子火的禁衛軍如何肯放過他們，當然馬上追趕著敵人。

只不過此時都不是往上爬，而是往下跑，這便是落英山獨有的地形。從第一峰瓣到第二峰瓣，需走下第一瓣壁，然後經過低窪的瓣道，再爬上第二瓣。所以此時不論是風雲騎還是禁衛軍，因是往下衝，其速皆是十分的迅疾。只不過風雲騎先前在山頂丟石頭，比起被亂石扔砸後使盡吃奶之力爬上瓣頂的禁衛軍，體力自要勝一籌，所以禁衛軍便落後一截，而且歷來逃命者比起追殺者意志更為堅韌，奔跑的速度也就更加快，因此漸漸地拉開了距離，當風雲騎跑到瓣道底時，禁衛軍還在瓣腰之上，而就在此時，從第二瓣腰間射出一陣箭雨，從風雲騎的頭頂飛過，直射向第一瓣腰上的禁衛軍！

「哎喲……」又是一片慘叫聲起，瓣腰之上的禁衛軍倒下了一大片，而瓣道底的風雲騎則藉著箭雨的掩護，貓著腰迅速地爬上第二瓣。

「快往回撤！」

在那連綿不絕的箭雨攻擊下，三位偏將只好停下追擊的步伐，命令士兵暫退至瓣頂之上，隔著這麼遠的距離，飛箭是無法射到的。

而這一夜便是如此僵持著過去。

風雲騎躲在第二瓣之上不出動，以逸待勞，但只要禁衛軍往下衝，他們便射箭，只是要禁衛軍退下山去卻是無論如何也不肯的。爬上此山可是費了九牛二虎之力，並犧牲了許多士兵的生命，二則無功如何向大將軍解釋私自出兵的理由，所以禁衛軍這一夜只能忍受著山頂的寒氣蜷縮在一起。

當朝陽升起，山頂上被十月底的寒夜凍得僵硬的禁衛軍終於可以稍稍活動他們的四肢，爬起身來，好好看一下昨夜讓他們大吃苦頭的落英山。前方早已無風雲騎的蹤影，只不過當看到地上風雲騎留下的東西後，三位偏將卻興奮地叫起來。

呈在東殊放面眼的是一堆野果的果核，以及幾支樹枝削成的簡陋木箭，箭上還殘留著幾片樹葉。

「大將軍，三位偏將昨夜偷襲風雲騎，已成功占領第一道峰瓣，而風雲騎一見我軍到來即落荒而逃，足見風雲騎已被我軍之威嚇破膽！而且他們以野果填腹，以樹枝為箭，可謂器盡糧絕，此時正是我們一舉殲滅他們之時，請大將軍發令全軍攻山吧！」禁衛副統領勒源臉不紅心不跳地以十分洪亮的聲音向東殊放稟報。

東殊放聞言卻是不語，只是沉思地看著眼前那一堆果核及木箭，半晌後，他才開口問道：「現在是什麼時辰了？」

「已近酉時。」勒源答道。

「哦。」東殊放沉吟半晌，然後才淡然道，「先送些糧上去吧，他們昨夜應該都沒來得及帶上，餓一天了可不好受。」

「是！」勒源垂首，接著又追問，「大將軍，我們何時攻山？」

東殊放不答，目光落回那幾支木箭上，神色凝重。風雲騎真已至這種地步了嗎？風惜雲便只有此般能耐？墨羽騎至今未有前來援助的動向，難道……

「大將軍。」帳外傳來利安清脆的聲音。

「進來。」

「大將軍，探子回報，墨羽騎已啟程前往交城。」

「交城！」東殊放濃眉一跳，「帝都危矣！」他猛然起身，「勒將軍，傳令全軍整備，戌時攻山！」

「是！」勒源的聲音又響又快。

暮色之中，望著對面雀躍的禁衛軍，林璣已知主上第二步計畫也順利完成。他抬手取下背上的長弓，「兒郎們，要開始了！」

前方禁衛軍在確定後方援兵即將到來時，他們那本已將告罄的耐心此時更是絲毫不剩，紛紛拔刀在手。

「弟兄們，讓我們在大將軍面前再立一功吧！」三位偏將大聲道。

「好！」

禁衛軍齊聲吼道，然後浩浩蕩蕩地從瓣頂衝下，打算給那些嚇破膽的風雲騎狠狠一擊，在軍功簿上記下最大的一功！而一直隱身的風雲騎此時也在第二瓣頂之上現身，夕暉之下，銀芒耀目，有如從天而降的神兵。

「兒郎們，讓他們見識一下真正的風雲騎！」林璣同樣大吼一聲。

「喝！」

霎時，三萬風雲騎齊齊從第二瓣頂衝下，仿如銀洪從天傾下，瞬間淹至，那一萬多名禁衛軍還來不及膽怯，寒光已從頸間削過，腦袋飛向半空，落下之時，猶自睜著的眼睛清楚地看到自己的鮮血將那褐紅的山石浸染成無瑕的血玉，有如天際掛著的那輪血日。

無數的淒嚎聲在低窪的瓣道中迴響，那尖銳的兵器聲偶爾會劃開那些慘叫，在落英山中蕩起刺耳的回音。

當血輪完全墜入西天的懷抱隱遁起來時，禁衛大軍終於趕至，看到的只是遍地的屍身以及寥寥可數的傷兵，而風雲騎已如風似雲般消失。

「殺！」從東殊放齒間只蹦出這一個字，此刻，他已連憤怒與悲傷都提不起！

「殺！」

天光朦朧，刀光卻照亮落英山，悲憤的禁衛軍浩蕩無阻地衝往第二瓣頂，已打算不顧一切地與風雲騎決一死戰，但他們的計畫似乎從遇到風雲騎開始，便無一成功。

「人呢？」

從東、北兩方一鼓作氣衝上來的禁衛軍，卻連半個風雲騎的影子都沒有看到，入眼的是一個天然的湖泊，湖心之中一座小小的山峰，淡淡弦月之下，湖面波光粼粼，清新靜謐的氛圍令殺氣騰騰的禁衛軍們霎時便消了一半的煞氣，而巨石天然圍成的湖堤似是在招手邀請他們前往休憩片刻。

但從西、南兩方衝上瓣頂的禁衛軍卻無此等好運，前面等著他們的並非清湖美景，而是勇猛無敵的風雲騎！

風雲騎凝聚成一支銀箭直射向西南方一點之上的禁衛軍，無數禁衛軍被銀箭穿胸而過，殷紅的血染紅了箭頭，卻未能阻擋銀箭半點去勢，銀箭以銳利無比、極其快捷乾脆的動作射向落英山下，淡月之下，銀箭的光芒比月更寒、更耀眼。

「集中一點突破重圍？不愧是風惜雲！」東殊放雖震驚卻也不由得讚嘆，手重重揮下，「速往支援，兩邊夾攻，必要將風雲騎圍殲於落英山中！」

「是！」

頓時，禁衛軍便全往西南方向衝去，只是狹窄的瓣頂無法讓如此之多的人並行，因此不少的禁衛軍從瓣壁或瓣道而行，平坦的瓣道無疑要比陡峭的瓣壁方便輕鬆多了，所以禁衛軍漸漸地往瓣道行去。

當瓣道中滿是行進的禁衛軍之時，只聽到「轟」的一聲巨響，震得人耳欲聾，緊接著接連響起轟轟之聲，所有的人還未從巨響中回過神來，滔天的湖水已掀起高高的巨浪，倡狂呼嘯著湧來，原本靜謐的山湖頓時化作可怕的水獸，張開巨口，向他們撲來！

「啊！」禁衛軍發出驚恐的慘叫，拔腿往瓣壁上退去，但瓣道中已是擁擠混亂一團，還來不及跨開腿，背後激湧的湖水已從頭頂淹至，有些人甚至連一聲驚叫也來不及發出，無情的巨浪就已將他們整個吞噬。

「救命！」

「快救人！」

「把手伸過來！」

「快啊……」

不論是瓣道中求救的人，還是瓣頂上想要救人的人，他們都只能徒勞無功地將手伸出，破堤而出的湖水激烈而又猛速地湧出，將瓣道中的士兵狠狠地撞向瓣道，然後產生一個又一個迴旋，捲走一個又一個生命，身著沉重鎧甲的士兵，在洪流之中笨拙無力地扭動著四肢，然後一個一個地沉入湖水中……不過頃刻間，又有數千的軀體沉向那無底的寒泉。

從堤口洶湧流竄的湖水在將瓣道淹沒後，被高高的瓣壁所阻擋，無法再向瓣頂之上的禁衛軍伸出無情的手，然後在吞噬了無數的生命後慢慢平息。

站在高高的瓣頂之上，看著在腳下湖水中沉浮著的士兵屍首，東殊放緊握雙拳，滿臉的憤恨，卻無法吐出半句言語。想他帶兵一輩子，卻在短短的幾日內屢屢失算於一個不及他一半年齡的小女子！

遙望西南方向，那裡的喊殺聲也已漸漸消去，看來風雲騎已突破重圍了！七萬大軍，竟被那個風惜雲玩弄於股掌之間，他東殊放一輩子的英名，此刻已盡數折損！

「風惜雲啊風惜雲，不愧是鳳王的後代，果是不同凡響！」東殊放仰首望向夜空，弦月在天幕上散著黯淡的光芒，仿如他此刻頹喪的心情。明日不知是否會升起皓朗的星月，只是他模糊地感覺著，以後的那些朗月與明星，都已與他不相干了。

忽然，他的目光被湖心山峰上閃現的一抹光芒吸引，一瞬間，頹喪的心神為之一震。這麼黯淡的天光下，怎會有如此明亮的銀芒？只有一個解釋——那是鎧甲折射了月光的光芒！是了，破堤之後，他們根本來不及逃走的，必是藏於湖心的山峰之中，差一點便忽略了！

湖心的山峰上，風惜雲坐在一塊大石上，周圍環立著數十名士兵，左側則站著堅決不肯和林璣一起突圍的修久容。從那些松樹的枝縫間可以清楚地望見前方的情形，看著在湖水中掙扎沉浮的禁衛軍，她神色安寧，只是一雙比星月還清亮的眼眸閃現著複雜無奈的光芒。當湖水終於重歸平靜，風惜雲側耳遙聽，然後輕聲道：「林璣他們似乎已經成功突圍了。」

「嗯。」修久容點點頭，「主上的計策成功了。」

「現在該是丑時了吧？」風惜雲抬首望向東北方，「應該要到了。」

「主上應隨林璣一起走才是。」修久容目光穿透樹枝，遙望對面禁衛軍，秀氣的長眉有些擔憂地皺起，「若被他們發現……」

「我若不留下，他們或許就與禁衛軍同歸於湖水中了。」風惜雲目光掃過身前的士兵，「況且我留下……」她轉首看著修久容，目光清澈，「久容，你應該知道才是。」

「嗯。」修久容忙不迭地重重點頭，白皙的面孔上又淺淺地浮上一層紅暈，「久容知道。」

風惜雲再次微笑，笑容純澈透明，帶著淺淺的溫暖。

修久容看著她，胸膛裡溢滿出歡喜與滿足。

主上，久容明白的。決不置己於樂土，而置兵於險地！

主上，這是您一直以來堅持的原則。戰鬥之時，您永遠都是站在最前方的。

而且，這回連番決戰使我軍疲憊，可是只要您留在這落英峰，留在這禁衛軍層層包圍的險地，那麼我們風雲騎必然鬥志高昂，因為他們要救您出去，他們必然能打敗禁衛軍——在與墨羽騎會合後。

主上，久容全明白的，所以久容一定會保護您的！

久容以性命保證，決不讓您受到傷害！

時光流逝，夜空上的弦月正悄悄地斜遁，落英山上的禁衛軍，落英山下的風雲騎，都在各自準備著。

山峰之前的禁衛軍並未急著撤下山去，似在等待著什麼。

山峰上，數十名銀甲士兵靜默地守衛在他們的主上身前，目光直視前方，而修久容則是默默地，悄悄地凝視著他的女王。

斑駁月影下，風惜雲黑色的長髮披瀉在白色長袍上，夜風中搖曳如絲絹，額間的玉月瑩瑩生輝，映亮那張清俊無雙的容顏，星眸裡清波瀲灩。

他輕輕地，無聲地移動雙足，於是影子慢慢靠近，悄悄地相依，偷偷地戰慄地伸出手，夜風中飄飛的髮影便在他的掌中歡快地舞動。

主上……

一絲滿足而歡欣的笑容浮現在修久容那張殘秀的臉上。

「唉。」

一聲嘆息忽然響起，嚇得修久容的手猛然垂下，滿臉通紅，一顆心跳得比那戰鼓還響，一聲又一聲響得腦袋發暈發脹。

「丑時將盡，為何還未有行動？」風惜雲目光從夜空收回，纖細合宜的長眉微微蹙起。

抬手安撫著胸膛內亂跳的心，修久容微微移開一步，「或許……」

「久容，決戰之時沒有任何或許。」風惜雲打斷他的話，面向東北方，目光穿透林隙落得遠遠的，聲音帶著長長的嘆息，還夾著一絲無可辨認的失望，「墨羽騎沒有來。」

修久容無言以對，只是關切地看著他的女王，看著她微微垂首，看著她抬手撫額，似要掩起一切的情緒，可是他清楚地看到她眼中閃過的那一抹比失望更深切的神色，那撫額的指尖是在微微顫動著的，擱在膝上的左手已不自覺地緊握成拳，白皙的皮膚下青藍色的血管清晰可見。

主上，您是在傷心嗎？主上，您是在生氣嗎？因為雍王令您失望了？

「希望林璣能見機行事，千萬不可莽撞了。」片刻後，風惜雲放下手，神情已是王者的冷靜與端凝。

十個簡單的木筏落在湖面上，每一個木筏上站著十名全副武裝的禁衛軍，然後一群脫掉鎧甲，赤著胳膊的士兵在猛灌幾口烈酒後，跳進冰冷的湖水，推動著木筏快速向湖心的山峰游去。

「本以為他震怒之餘不會想到我們藏在山中，想不到這東大將軍竟然沒有馬上撤下山去……」風惜雲看著湖面游來的禁衛軍，不禁站起身來。

「看來他是想活捉我們。」修久容道。

「想來是如此。」風惜雲淡淡一笑，從地上撿起一把石子，「若只是這般而來，我們倒也不怕。」

「嗯。」修久容也取下背上背著的長弓。

而那數十名士兵，不待吩咐，紛紛取弓於手。

當禁衛軍的木筏離山峰不過十丈遠之時……

「射！」修久容輕喝。

數十枝長箭疾射而出，無一落空。

「哎呀！」慘叫聲起，木筏之上頓時倒下數十人，混濁的湖水中湧出一股股紅，可緊接著，夜風似被什麼擊破一般發出呼嘯聲，湖中的禁衛軍還未弄明白怎麼回事，瞬間又倒下數人。

長箭與石子絡繹不絕地射向湖面，慘呼與痛叫聲不斷，片刻間，一百五十名禁衛軍又喪生於湖中。

「大將軍。」勒源見根本無法靠近山峰，不禁看向東殊放，「這如何是好？」

「哼！本想活捉，看來是不行了！」東殊放冷哼，「本將就不信沒法逼出你們來！」抬手一揮，「火箭！」

話音一落，數百支火箭齊齊射向落英峰。

如若東殊放知道山中之人是風惜雲，那他或許便不會射出火箭，而是向她宣讀皇帝的詔書，那或許……落英山的這一夜便有不一樣的結局。

「我攻其以水，他攻吾以火，還真是禮尚往來啊！」風惜雲長袖揮落一枝射來的火箭諷笑著道。

火箭如星雨射來，有射向人的，有直接射落於地上的，地上枯黃的落葉頓時一點即著。

「久容，看來這次我們可要死在一起了。」

火箭還在源源不斷地射來，山峰上的火從星星點點開始，漸漸化為大團大團的火叢，熾紅的火光之中，風惜雲回頭笑看修久容，那樣滿不在乎的神情，那樣狂放無忌的笑容，一雙清眸不知是因著火光映射還是受火渲染，閃著一種不顧一切甚至是有些瘋狂的灼熱光芒。

修久容揮舞著的長劍微微一頓，神情一呆，但也只是一瞬。

「主上。」他單膝一屈，長劍拄地，目光如天湖般純淨明澈地看著風惜雲，「主上，墨羽騎不來沒有關係，我們的風雲騎一定會來！雍王不需要您沒有關係，我們風雲騎、我們青州需要您！亂世天下，人有千百種拔劍的理由，但是我們風雲騎、我修久容只為您而戰！」

聲音並不高昂，他只是平靜地敘述著他心中所想，那樣的淡然而堅定。

一枝火箭從他的鬢角擦過，一縷血絲滲出，鬢旁的髮絲瞬間著火，可他卻一動也不動地看著他的女王，誠摯而執著地看著他的女王。

「久容。」風惜雲長長嘆息，手伸向修久容的鬢邊，仿如寒冰相覆，熄滅了火，也染上那赤紅而溫熱的血。

「修將軍，主上就拜託你了！」隱忍的聲音似含著莫大的痛楚，回首，卻見那數十名士兵正緊緊並立環如一個半圓形擋在他們身前，那不斷射來的火箭在他們身後停止，射入他們的身體！

「愚蠢！」風惜雲一聲怒斥，手一揮，白綾飛出，將飛射而來的火箭擊落，「孤可沒有教你們以身擋箭！」

「主上，您一定要活下去！林將軍一定會來的，我們風雲騎因您而存，為您而戰！」火已在士兵們的身上燃起，血似要與火爭豔一番，爭先湧出，將銀甲染成鮮豔的血甲，可是數十雙眼睛依舊灼亮地看著他們的主上，身軀依然挺得直直地保護著他們的主上。

「你們這些笨蛋！」

白綾仿如白龍狂嘯，帶起的勁風將三丈以內的火箭全部擊落，眼睛狠狠地瞪視著那挺立著的十具火人，瑩瑩的水光滑過臉際。

「主上，我們先尋個地方躲一下。」修久容拖起風惜雲便跑。

風惜雲任他拖著，到了一處山洞。

山洞被外面的火光照亮，洞穴並不深，三面皆是石壁。

「久容，我們不被燒死，也會被熏死。」風惜雲倚著石壁，看著洞外越燒越旺的山火，臉上是從未有過的苦笑，一雙眼眸卻是水光濯濯。

修久容垂首看著手中的那一隻手，這是此生唯一一次，以手相牽，這麼的近，一次足已！

他運轉真氣，將全部的功力集中於右腕，他只有一次機會。

「久……」風惜雲剛開口，瞬間只覺得全身一麻，然後左腕被修久容緊緊攥住，還來不及思考，全身大穴便已被修久容制住。

「久容，你……」風惜雲不能動彈，唯有口還能發音。

「主上，久容會保護您。」修久容轉至她面前，此時他面向洞口，熾熱的火光映射在他臉上，讓那張雖然殘缺卻依然俊秀的容顏更添一種高貴風華，「十三年前久容就立誓永遠效忠於您。」

「久容，」風惜雲平靜地看著他，但目中卻有著一種無法控制的慌亂，「解開我的穴道，不許做任何傻事，否則孤便視你為逆臣！」

修久容聞言只是淡淡一笑，那笑潔淨無垢，無怨無悔。

他伸出雙手輕輕擁住風惜雲，那個懷抱似乎比洞外的烈火更炙熱。

刀光一閃，霎時一片溫暖的熱雨灑落於她臉上，一柄匕首深深插入他的胸口，鮮紅的血如決堤的河流，洶湧而出！

修久容一手撫胸，一手結成一個奇異的手勢置於額頂，面容端重肅穆，聲音帶著一種遠古的悠長，有如吟唱，「久羅的守護神，吾是久羅王族的第八十七代傳人久容，吾願以吾之靈魂為祭，祈求神靈恩賜，讓吾血遇火不燃，讓吾血護佑吾王安然脫險。」

「久容……」風惜雲只是輕輕地吐出這兩個字，便再也無法言語，眼睛睜得大大的，眼珠定定的，彷如一個石娃娃一般呆看著修久容。

一瞬間，一道淡青色的靈氣在修久容的雙手間流動，他一手將風惜雲攬於胸前，讓那洶湧而出的鮮血全部淋灑在她身上，一手捧血從她的頭頂淋下，順著額間、眉梢、臉頰……慢慢而下，不漏過一絲一毫的地方，鮮紅的血上浮動著一層青色的靈氣，在風惜雲的身上遊走、隱逸……

血從頭而下，腥甜的氣味充塞鼻端，她從來不知道人的身體裡竟有那麼多的鮮血，彷彿可以淹沒她，也從來不知道人的血竟是那麼的熱，燙入骨髓的炙痛！

「主上，您不要難過……久容能保護主上，久容很快活……」修久容俊秀而蒼白的臉上浮起溫柔的微笑，他抬手笨拙地拭去風惜雲臉上無聲滑落的淚珠，那樣的晶瑩珍貴，如同他懷中的珍珠，「主上，您一定要安然歸去……風雲騎、青州所有……所有的臣民都在……等著您……」

本來輕輕擁著她的身體終於萎靡地倚在她肩上，雙臂無力地垂下，落在她的背後，彷彿這是一個未盡的擁抱，張開最後的羽翼，想保護他立誓盡忠的女王。

「久容……」一絲輕喃從那乾裂的唇畔溢出，脆弱得彷彿不能承受一絲絲的力量，風惜雲的手猶疑地，輕輕地，極其緩慢地伸出，似有些不敢，又似有些畏懼地碰觸那個還是溫熱的軀體，指尖觸及衣角的瞬間，那雙手緊緊地抱住那個身軀。

第四十五章　試心血戰現裂痕

「當你們突圍出去之後，依墨羽騎的速度，那時應已趕至。你們會合墨羽騎，再從外圍殲，合兩軍之力，必可一舉將禁衛軍殲滅。」

在整個戰局中，這是風惜雲定下的第四步，也是獲取勝利的最後的一步。但是，在林璣最後離開之時，風惜雲卻又給了他另一道命令，「若墨羽騎丑時末依舊未到，那麼你們決不可輕舉妄動，必要等到寅時三刻才可行動。」

風惜雲、豐蘭息，他們兩人位列亂世三王，是東末亂世之中立於最巔峰、最為閃耀的風雲人物，而他們的婚約則更為他們充滿傳奇色彩的一生添上了最為瑰麗的一筆，一直為後世稱頌，被公認為是亂世中最完美的結合，比之皇朝與華純然的英雄美人，他們則是人中龍鳳的絕配。

但是這最後的一道命令，落英山的這一夜，卻在他們的完美之上投下了一道陰影。而在後世，那些無比崇拜他們的人往往忽過這一筆，但是有些人卻是公正而無情地提出疑問：青王與雍王真如傳說中那般情意深重？落英山的那一道命令，落英山的那一戰，雙方分明存在著試探與猜忌。

史家不會花時間與精力去考證風惜雲與豐蘭息的感情，他們關注的只是兩王的功績及其對後世的貢獻，所以這是一個晦暗得有些陰寒的謎團，但這絲毫不影響後世對他們的崇敬與傾慕，只讓他們覺得更加的神祕，讓他們圍繞著這個謎團而生出種種疑惑與各種美麗的假設，從而撰寫出一部又一部的「龍鳳傳奇」。

風惜雲對於落英山一戰雖早有各種謀算與布局，但有一點她卻未算進整個計畫之中，那就是她的部將、她一手創建的風雲騎對她的愛戴，從而讓無數的英魂隕落於落英山中，令她一生痛悔。

風雲騎的戰士有許多都是孤兒，是風惜雲十數年中從各州各地的災難中救回的，從寒冷的街頭破廟抱回的，從那些人禍暴力中搶回的……他們沒有親人，沒有家，更沒有國。在他們心中只有一個人，那就是他們的主上！他們不為國家而戰，他們不為天下蒼生而戰，他們只為風惜雲一人而戰！

當落英峰上緋紅的火光沖天而起時，山下突圍而出的風雲騎那一刻全都不敢置信地仰視著山頂，當他們回過神來之時，全都目光一致地望向主將林璣。而那刻，林璣亦是滿臉震驚地看著峰頂，手中的長弓已掉落在地上。

「將軍。」風雲騎的戰士們喚醒他們的主將。

林璣回神，目光環視左右，所有戰士的目光都是炙熱而焦灼！

他的手高高揚起，聲音沉甸而堅決地傳向四方：「兒郎們，我們去救主上！」

「是！」數萬戰士回應。

無數銀色的身影以超越常人的速度衝向落英山。

主上，請原諒林璣違背命令。但即算受到您的懲罰，即算拚盡性命，林璣也要救出您！

在林璣心中，在我們風雲騎所有戰士心中，您比這個天下更重要！

如畫江山，狼煙失色。
金戈鐵馬，爭主沉浮。
倚天萬里須長劍，中霄舞，誓補天！

天馬西來，都爲翻雲手。
握虎符挾玉龍，
羽箭射破、蒼茫山缺！

道男兒至死心如鐵。
血洗山河，草掩白骸，
不怕塵淹灰，丹心映青冥！

雄壯豪邁的歌聲在落英山中響起，那樣的豪氣壯懷連夜空似也為之震撼，在半空中蕩起陣陣迴響，震醒了天地萬物，驚起了呆立的禁衛軍。

「風惜雲以女子之身，卻能寫出如此雄烈之歌，可敬，可嘆！」東殊放聽著那越來越近的歌聲，凝著的雙眉也不禁飛揚，一股豪情充溢胸口，「妳既不怕『草掩白骸』，那本將自要『丹心映青冥』！」

「大將軍，風雲騎攻上來了！」勒源慌張地前來稟告。

「好不容易突圍，不趕緊逃命去，反全面圍攻上山。」東殊放立在第二瓣頂上，居高臨下地看著山下仿如銀潮迅速漫上來的風雲騎，「只為了救這火中的人嗎？真是愚蠢！」

「大將軍，我們……」勒源此時早已無壯志雄心，落英山中的連番挫折已讓他鬥志全消，只盼著早早離開，「我們不如也集中從西南方攻下山去吧，肯定也能突圍成功的。」

「勒將軍，你害怕了嗎？」東殊放看一眼勒源，眸光利如刀鋒地盯著他那張畏懼慘白的臉，「風惜雲的部下冒死也要上山救她，難道本將便如此懦弱無能，要望風而逃？三萬風雲騎也敢上山，難道我們七萬禁衛軍便連正面對決的勇氣也無嗎？」

「不、不是……」勒源囁囁地答道。

「傳令，」東殊放不再看他，粗豪的聲音在瓣頂上響起，傳遍整個落英山，「全軍迎戰！落英山中，吾與風雲騎，只能存其一！」

「是！」

褐色的洪水從瓣頂沖下，迎向那襲捲直上的銀色洶潮，朦朧的月色下，那一朵褐紅色的落花上，綻開無數朵血色薔薇，化為一陣一陣濃豔的薔薇雨落下，將花瓣染得鮮紅燦亮，月輝之下，閃著懾目驚魂的光芒。

瓣頂上，瓣壁上，瓣道中，無數的刀劍相交，無數的矛槍相擊，無數的箭盾相迎……

從瓣頂衝下的禁衛軍，當東大將軍的命令下達之時，他們已無退路，只有全力地往前衝。他們要突圍而出，並且要將敵人全部殲滅，只有將前面的敵人殺盡，只有踏著敵人的屍首與鮮血，他們才有一條生路！

從山下湧上的風雲騎，他們的主上還在山上，他們的主上還在火中，他們要救他們的主上！這是他們唯一的目的，這是他們為之戰鬥的唯一理由，這是他們忘我衝殺的動力！火還在燃燒著，沙漏中每漏一粒細沙，風雲騎戰士手中的刀便更增一分狠力砍向敵人。將前面的敵人全部殺光，將前路所有的障礙全部掃光，他們要去救他們的主上！

論戰鬥力，風雲騎勝於禁衛軍，但禁衛軍的人數卻遠勝於風雲騎，這是一場兵力懸殊的戰鬥。只是一個求生，一個救人，雙方的意志都被逼至絕境，都是不顧一切地往前衝殺而去，彼此都是用盡所有的力氣揮出手中的刀劍……斷肢掛滿瓣壁，頭顱滾下瓣頂，屍身堆滿瓣道，這是一場慘烈而悲壯的戰鬥！

鮮血流成河匯成海，無數的生命在淒嚎厲吼中消逝，不論是禁衛軍還是風雲騎……銀潮與褐洪已交匯、已融解，化成赤紅的激流，流滿了整個落英山。

「大、大將軍……這、這……」勒源哆嗦地看著下方的戰鬥，那樣慘烈的景象是固守帝都的他此生未見的，只是眨眼，卻有許許多多的人倒下，那噴出的鮮血，彷彿會迎面灑來，令他不由自主地閉上眼睛。

東殊放看一眼勒源，那目光帶著深切的不屑與悲哀。

「勒將軍，自古戰場即如此，勝利都是由鮮血與生命融築而成的。」他拔出長刀，振腕一揮，「兒郎們，隨本將殺出去！」

猩紅的披風在身後飛揚，月形的長刀在身前閃耀，禁衛軍的主帥已親自衝殺上陣，霎時，在他身後那一萬親兵吼著衝殺而出，衝向那激鬥的風雲騎。

當無數的禁衛軍衝下山去之時，落英峰的火海之中忽然響起一聲長嘯，嘯聲清亮悠長，穿透山中那如潮的廝殺聲，直達九霄之上。

「是主上！是主上！主上還活著！」那一聲長嘯令苦鬥中的風雲騎精神一振，抹去臉上的血珠，掄起手中大刀，「弟兄們，我們去救主上！」

而在那一聲長嘯聲斷之時，火峰之上猛然飛出一道紅影，滿天的彤雲赤焰中，那彷如是由烈火化出的鳳凰，全身流溢著緋紅奪目的光芒，衝出火海，飛向高空，掠過湖面。

湖邊的禁衛軍還目瞪口呆之時，熾豔的緋光中一道銀虹挾著劈天裂地之勢從天貫下，頭顱飛向半空，猶看到一道白龍在半空中倡狂呼嘯，盤飛橫掃，無數同伴被掃向半空，然後無聲無息落下……

噠噠噠噠……

密集而緊湊的馬蹄聲仿如從天外傳來，踏破這震天的喊殺聲，一陣一陣仿如雷鳴，驚醒了酣鬥中的兩軍，大刀依不停地揮下，腳步依不停地前進，腦中卻同時想到，難道是墨羽騎趕來了？

這樣的想法，令風雲騎氣勢更猛，令禁衛軍心頭更怯。

馬蹄聲漸近，那是從平原西南方向傳來，朦朧的天光中，伴隨著噠噠的蹄聲，銀色的騎兵仿從天邊馳來，鎧甲在夜光中反射著耀目的光芒，鳳旗飄揚在夜空中……這……難道是風雲騎？可是為何還會有一支風雲騎？

在第一瓣頂與瓣壁廝殺的兩軍有些已不由自主轉首瞟望那迅速奔來的騎軍，當那距離越來越近，已可看清最前面的人之時，風雲騎的士兵不禁脫口大叫：「是齊將軍，是齊恕將軍！」

「齊恕將軍來了！」的喊聲剎那傳遍整個落英山，仿如一股巨大的力量注入山中的風雲騎的體內，令他們不但精神振奮，氣勢更是勇猛不可擋！而苦戰中的禁衛軍卻是心頭一寒，身體一顫，手稍緩間，腦袋便被風雲騎戰士削去。

馳在最前的一騎正是風雲騎大將齊恕，而與他並排而騎的卻是四名年貌相當、身著銀色勁服的年輕人。當馳近山腳下之時，那四人直接從馬上躍起飛向落英山，幾個起縱，人已在瓣頂之上，僅這一手已足可見其武功遠勝於江湖上的一流高手，而他們卻足不停息，直往落英峰上飛去，途中試圖阻攔的禁衛軍，全化為劍下亡魂。

而新到的五萬風雲騎則在齊恕的指揮下，直撲向落英山，原本僵持不下的兩軍頓時起了變化，禁衛軍陷入苦苦掙扎的險境，而風雲騎則鬥志更為激昂，攻勢更為猛烈，那倒下的，便更多的是褐甲的戰士。

山中的廝殺還在持續著，銀甲與褐甲的戰士都沒有停手的意思，這一戰似乎一開始他們就有一個共識——最後站著的人便是勝利者！所以不論倒下了多少同伴，不論砍殺了多少敵人，活著的人只有繼續往前去，或衝出包圍，或殺盡敵人……

已不知過去多久，月色已漸淡，天地都似陷沉沉的漆幕中，而此時，從西北及東北忽然又傳來了馬蹄聲，近了，近了……那全都是身著銀甲的戰士，那是徐淵與程知！

「大將軍……風雲騎……風雲騎……很多的支援，我們被困住了……」勒源望著滿身浴血的東殊放，望著這滿山的屍首，望著越來越少的禁衛軍，望著那越多越近的風雲騎，聲音嘶啞吃力，那是一種到了極點的恐懼，「大將軍……我們逃吧！」

「勒將軍，你很害怕嗎？」東殊放平靜地看著勒源。

「是、是……」勒源吞吞口水，此時已不在乎這是多麼丟臉的回答，「我、我們根本就不應該來討伐青王，我們根本不是風雲騎的對手，這是陛下錯誤的決定……我們……」

東殊放平靜地聽著，手中握著的長刀垂在地上，溫和地開口，「既然你如此害怕，本將便助你一臂之力吧。」

話音一落，在勒源還未來得及明白是何意之時，刀光閃現，頸前一痛，然後只覺得頭腦一輕，再然後，清楚地看到自己的身軀倒下……

「陛下不需要你這樣的臣子。」東殊放輕輕吐出這句話。

他握緊手中的長刀，目光如炬，掃向前方的風雲騎，大踏步地向前走去，一名風雲騎的戰士揮劍而來，他手腕一揚，霎時，那名戰士的頭便與軀體分家。他看也不看一眼地繼續向前走，不論前方走來的是誰，長刀揚起之時，必有一陣血雨噴出，然後一具屍體倒下。

不知道走了多遠，也不知道已殺了多少人，只知道不停地前進，不停地揮刀，然後周圍的聲音漸漸地稀了、低了……是將風雲騎全殺光了嗎？還是禁衛軍全被風雲騎殺光了？那些似乎都不重要，他只需往前就是，殺光所有阻擋的人，然後砍下風惜雲的首級回到帝都，回到陛下的身邊。

前方有什麼閃耀，刺目的光芒在空中如電飛過，挾著風被劃破而發出的淒吼，那一刻，恍惚間明白了，那一刻，他忽然笑了。身為武將，便當如是！他手腕一揚，長刀化作長虹直貫而去……然後意識忽然清醒了，清清楚楚地看到，半空中，長刀與銀箭如電飛馳，半途交錯而過……

咚！耳朵清晰地聽到了聲音，可是他的身體卻似乎失去了感覺，眉心有什麼滲出，流入眼中，抬手擦去，卻碰到了深嵌入額的長箭。

他的身體在往後仰去，所有的力氣也似在慢慢抽離，眼睛看到的是無邊無際的天空，那樣的廣，那樣的黑……模糊地感覺到，前方似乎也有什麼倒下，但那已與他無關了。

他手摸索著從懷中掏出那一紙詔書，那是陛下吩咐要交給青王的，只是他卻不曾有機會見到青王，將陛下的恩典當面賜予她，但是還是要讓她知道的，要讓她知道陛下是一位仁慈寬厚的君主。

手指委頓地鬆開，一陣風吹來，吹起地上的詔書，半空中展開，兩尺見方的白紙上卻只有一個大大的「赦」字。

赦？

東殊放嘴角無力地勾起，這一刻忽然明白了，只是自己似乎是辜負了陛下的一番苦心。

赦！

陛下，無論臣是敗於風惜雲還是降於風惜雲，您都赦臣無罪。

陛下，這就是您的旨意嗎？可是臣是不需要，您才是臣唯一的君王。

「道男兒至死心如鐵。血洗山河，草掩白骸，不怕塵淹灰，丹心映青冥……」

東殊放呢喃輕語，聲音漸低，落英山似也沉寂了。

「陛下……陶野……」

大東王朝最後一位大將軍東殊放，在景炎二十七年十月二十六日寅時末閉上了眼睛，他最後的遺言是「陛下、陶野」。

而那個時候，景炎帝在定滔宮內徹夜靜坐，而東陶野則在與皇朝交戰。

對於這一位末世將軍，後世評論其「固執且目光短淺」，但史家留下一個「忠」字，卻是無人反駁。

戰鬥已近尾聲，落英山中的禁衛軍倖存者寥寥可數，可是好不容易碰頭的齊恕、徐淵、程知卻沒有半分興奮，彼此對視的目光都是焦灼不安的，面對千萬敵人都能鎮定從容的大將，此時卻怎麼也無法掩飾內心的惶恐。

落英峰上的火漸漸小了，漸漸熄了。可是主上呢？久容呢？林璣呢？為何一個也沒見到？移目環視，遍地的屍首，這其中有許許多多的風雲騎戰士。

「就是將這座山挖平，也要找出他們！」程知的聲音又粗又啞，目光迴避著兩人，掃向前方，只是那屍山血海卻令他虎目緊閉。

忽然徐淵的目光凝住了，然後他快步走去，可只走到一半他便停住了腳步，彷彿前面有著什麼可怕的東西令他畏懼，令他不敢再移半步。

齊恕、程知在他的身後，原本抬起的腳步忽然落回，忽然不敢走近他，半晌後，兩人才提起彷有千斤之重的腿，一步一移地慢慢走去，似乎走得慢一點，前途那可怕的東西便會消失了。可是這一刻的路卻是如此的短，任他們如何拖延，終也有面對的時候。

「林、林璣……」程知粗啞的聲音半途折斷，呼吸猛然急促，肩膀不受控制地劇烈抖動著，然後他那巨大的身軀一折，跪倒在血地上，雙手抱住腦袋，緊緊地抱住腦袋……

「啊！！！！！」

淒厲的悲號聲響徹整個落英山上，蕩起陣陣刺耳震心的回音。

齊恕與徐淵，他們沒有嚎叫，只是那身軀似都不受他們控制了，無力地跪倒在地上。

「這不會是林璣的。」向來冷靜理智的徐淵喃喃著，祈盼能聽到否定的答案。

可是沒有回答，齊恕只是機械地移動著雙膝，當移到那個軀體身邊時，這個素來沉著穩重的男子此時也撲倒在地上，十指緊緊地摳抓著，任那鋒利的山石割破手掌。

風雲騎的神箭手，此時靜靜地躺在地上，躺在他自己的鮮血中，手依然緊緊抓著長弓，可是他再也不能張弓射箭了，一柄長刀正正砍在他的腦袋上。而他的不遠處，躺著的是東殊放大將軍，一支銀箭洞穿他的眉心。

噠噠噠的蹄聲再次傳來，片刻間，黑色的大軍仿如輕羽飛掠而至，這世間有如此速度的只有墨羽騎，只是山上的風雲騎卻沒有一人為此歡呼。

戰鬥已結束了，滿山的同伴，滿山的屍首，滿懷的失落，滿腔的悲痛。

落英山中變得分外的安靜，沒有刀劍聲，沒有喊殺聲，也沒有人語聲……數萬人於此，卻只是一片沉重的死寂。

墨羽騎的將士們目瞪口呆地看著眼前的情景，他們也是刀林箭雨的沙場上走來的戰士，可眼前的慘烈卻震得他們腦中一片空白，如此景象，該是何等激烈的戰鬥所致。

「主上，我們來遲了！」

端木文聲與賀棄殊齊齊看著身前的豐蘭息，然後移目落英山上的風雲騎，那一刻，他們心頭不知為何生出一股寒氣。

「結束了……」豐蘭息的聲音無意識地輕輕溢出。

結束了……結束的是什麼？是戰鬥結束了，還是有其他的東西結束了？

稀疏的馬蹄聲傳來，側首便見一騎遠遠而來，馬背上歪斜著一名青衣人。

「雍王，夕兒呢？」久微笨拙地跳下馬背，喘息著問豐蘭息。他不會武功，騎術也不精，所以現在才趕至。

豐蘭息聞言，臉色瞬間一變，幽海般的眸子霎時湧起暗潮，身體從馬背直向山上飛掠而去，恍如一束墨電眨眼即逝。

端木文聲與賀棄殊趕忙追去，久微也往山上跑去，只可惜不懂輕功的他被拋得遠遠的。可當他們奔至第一瓣道之時，眼前的人影卻令他們頓時止步。

齊恕、徐淵、程知三人垂首跪在地上，在他們中間無聲無息地臥著一人。

『難道……』那一剎那，一股惡寒襲向豐蘭息，令他身形一晃，幾乎站立不住。

咚、咚、咚、咚……

靜極的山中忽然傳來腳步聲，似每一步都踏響了一塊山石，極有節奏地從上傳下，從遠至近。

東方已升起曙光，落英山中的一切漸漸清晰，從第二瓣頂走下的人影緩緩走進眾人的視線，一步一步走近，一點一點看清，當看清的剎那，所有人皆震驚得不能呼吸。

那個人……那是一個血人！

從頭到腳、從每一根髮絲到每一寸肌膚都是鮮紅的血色，便是那一雙眼睛似也為鮮血所染透，射出的光芒赤紅而冰冷，木然地看著前方，似乎前方是一片虛無。

那人右手握著一柄長劍，劍已化為血劍，鮮血還在一滴一滴不斷地落下，左手握著一根長綾，綾也是血綾，長長地拖在身後……在後面，四名銀衣武士緊緊跟隨。

襯著身後那淡淡的晨光，這個似從血湖中走出的女子，在日後，因為這一刻，而被稱為「血鳳凰」。

「主上！」齊恕、徐淵、程知三人卻是悲喜交加的，起身迎上前去，那一刻，眼淚不受控制地湧出，想要說什麼，可喉嚨處卻被堵塞住，只能流著淚看著他們的主上，看著他們安然歸來的王。

風惜雲的目光終於移到他們身上，清冷而毫無韻律的聲音響起，「你們都來了啊。」

「主上，您沒事就好了。」程知擦著臉上的淚水哽咽著。

「嗯，我沒事。」風惜雲點點頭，似乎還笑了笑，可那滿臉的血卻無法讓人看清她的表情，「我只是有些累了，很想睡一覺。」

「主上。」齊恕與徐淵上前，可才一開口，卻無法再說下去。

風惜雲目光一轉，看向他們，然後又看到了地上的林璣，微微點頭，「林璣也累了呀，他都睡著了。」目光再一轉，落在久微身上，再輕輕開口，「久微，久容他也在山洞裡睡著了，你去抱他下來好不好？」

「夕兒……」久微心頭發冷。

風惜雲卻不等他說完，又看向程知，「程知，我怕別人會去打擾久容，所以在洞口放了一塊石頭，你去幫久微搬開好不好？」

「主上……」風惜雲的言語神態令程知震驚。

「久容其實很愛乾淨的，不喜歡隨便被人碰。」風惜雲卻又自顧說道，「不過由久微你去抱他，程知去搬石頭，他一定願意的。」

說罷她即自顧下山而去，自始至終，她不曾看一眼豐蘭息，也不曾看一眼前方佇立的數萬墨羽騎。

落英山的這一戰，最後得勝的是青王，但是，這勝利卻是以極其昂貴的代價換來的。

此一戰她不但痛失兩名愛將，而且其麾下三萬風雲騎歿沒一萬兩千。這一戰也是風雲騎自創立以來最艱苦的一戰，也是自有戰鬥以來傷亡最大的一戰，而禁衛軍則是全軍覆沒。

這一戰，在日後史家的眼中，依然是青王作為一名傑出兵家的精彩證明，其以三萬之兵引七萬大軍於山中，屢計挫其銳氣，折其兵力，再合暗藏之五萬風雲騎盡殲大東王朝最後的精銳。論其整個戰略的設計相當的完美，其所採用的戰術也精妙不凡，實不愧其「鳳王第二」的稱號。

史家只計算最後的結果，那一萬多名喪生的風雲騎戰士，在他們眼中，不過是為著最後的勝利而付出的一點必需的代價。他們卻不知，這一萬多條生命的歿沒，對於風惜雲來說是一個何等沉痛的打擊；他們不知道，這一萬多條生命的殃沒，便等於在風惜雲身上劃開一萬多道傷口，鮮血淋淋，入肉見骨。

十月二十六日，申時末。

「六韻，主上現在如何？」青王帳中，隨侍的五媚輕聲問六韻。

六韻凝著柳眉憂心地搖頭，「主上一回來即沐浴，可她泡在沐桶裡已近兩個時辰了，我雖悄悄換了熱水，讓她不至於著涼，但是泡在水中這麼久對她的身體不好啊。」

「什麼？」五媚一聲驚叫，雙趕忙捣住自己的嘴，「還泡在水中，這怎麼可以，我還以為主上在休息呢。」

「主上也許是在浴桶裡睡著了。」六韻這樣答道。因為她自己也不能肯定主上是否真的睡著了，雖然她每次進去換水時，主上的眼睛都是閉著的，可是……

忽然嘩啦啦的水聲響起，兩人一振。

「主上醒了？」

六韻、五媚趕忙往裡走去。

「主上，您醒了！」

風惜雲漠然地點點頭。

六韻和五媚趕緊幫她擦乾身子，穿上衣裳，風惜雲的目光漠然微垂，然後凝在衣上，這是一件絲質中衣，質地輕柔，色潔如雪，這如雪的白今日卻是白得刺目。

「衣呢？」她忽然問道。

「呃？」五媚一怔，不正在穿著嗎？

「孤的衣呢？」風惜雲再次問道，眼神已變得銳利。

「主上是問原先的衣裳嗎？」還是六韻先反應過來，「剛才交給韶顏去洗……」

話還未說完，那有如利刃的眼神立刻掃來，令她的話一下全卡在喉嚨。

「誰叫妳洗的？」

一聲呵斥，惶恐的兩人還來不及回答，眼前人影一閃，已不見了風惜雲。

「啊？主上，您還沒穿衣呢！」六韻慌忙奔出去，手中猶捧著白色的王袍，可是奔出帳門，哪裡還見得到風惜雲的影子。

那一天，許多的將士親眼目睹了青王只著一件單薄的中衣在營帳前飛掠而過，那樣的快，又那樣的急切、惶恐，令人莫不以為有什麼重大事情發生，於是風雲騎的士兵們趕忙稟告齊、徐、程三位將軍，墨羽騎的士兵則趕緊稟報雍王。

河邊的韶顏看著手中腥味刺鼻的血衣，又看看冰冷的河水，不禁皺起好看的眉頭，長嘆一口氣。

若依她的話，這衣裳真的沒必要洗了，染這麼多血如何洗得乾淨，主上又不缺衣裳穿，不如丟掉算了，也可省她一番勞累。可六韻大人偏偏不肯，說主上肯定會要留著這件衣裳的。哼！她才不信呢，肯定是六韻大人為了她偷看雍王的事而故意為難她的。

認命地抱起血衣往河水裡浸去，還未觸及水，一股寒意已浸肌膚，令她不禁畏縮地縮了縮手。

「住手！」

猛然一聲呵斥傳來，嚇得她手一抖，那血衣便往河中掉去，她還來不及驚呼，耳邊急風掃過，刮得肌膚一陣麻痛，眼前一花，然後有什麼東西掉在水裡，濺起一片白花花的水浪，蒙住她的視線。

「哪個冒失鬼呀！」韶顏抬袖拭去臉上的水珠罵道，可一看清眼前，她頓時瞠目結舌，「主上……」

風惜雲站在河中，呼吸急促，仿如前一刻她才奔行了千里，長髮、衣裳全被水珠濺濕，冰冷的河水齊膝淹沒，可她卻似沒有感覺一樣，冷冷甚至是憤恨地瞪視著韶顏，而那一襲血衣，正完好地被她雙手護在懷中。

「主上，奴婢……」韶顏噗通跪倒地上，全身害怕地顫抖起來。主上用那樣冷酷的眼神看著她，似乎她犯了什麼十惡不赦的罪，可是她卻不知道到底是哪裡觸犯了主上。

「起來。」

冷冷的聲音傳來，韶顏不禁抬首，卻見風惜雲正抬腳踏上河岸，一雙赤足，踩在地上，留下濕淋淋的血印。

「主上，您的腳受傷了！」韶顏驚叫起來。

可是風惜雲卻根本沒聽進她的話，前面已有聞訊趕來的風雲騎、墨羽騎將士，當看到她安然立於河邊之時，不禁都停下腳步，在他們最前方，一道黑影靜靜地佇立。

風惜雲移步，一步一步地走過去，近了，兩人終於面對面。

看著眼前這一張雍容淡定如昔的面孔，風惜雲木然的臉上忽然湧起潮紅，一雙眼睛定定地瞪視著，亮亮的仿如能滴出水來，灼灼的仿如能燃起赤焰，可射出的眸光卻是那樣的冰冷、鋒利。

她的嘴唇不斷地哆嗦著，眸中各種光芒變幻……那是憤、是怒、是怨、是悔、是苦、是痛、是哀、是恨……她的手似在某個瞬間動了，豐蘭息甚至已感覺到一股凌厲的殺氣……可又在剎那間，這所有的都消失了，風惜雲雙手交叉於胸前，血衣在懷，全身都在劇烈地戰慄著，牙緊緊地咬住唇，咬得鮮血直流，左手緊緊地抓住那要脫控劈出的右掌。

那一刻，她的左右手仿被兩個靈魂控制著，一個叫囂著要全力劈出，一個卻不肯放鬆，於是那右手不住地戰慄，那左手緊緊扣住右腕，指甲深陷入肉，縷縷的血絲滲出……

「惜雲……」豐蘭息伸出手，想抱住眼前的人。

單衣赤足，水珠不斷從她的髮間、身上滾落。

寒風中，她顫巍著，緊緊地抱住胸前的血衣。

眼前的人此時是那樣單薄，那樣的脆弱，那樣的孤伶，那樣的哀傷，又那樣的淒美。

『惜雲……』心房中有什麼在顫動著，可伸出的手半途中卻頓住了。

風惜雲忽然站直了身，顫抖的身軀平息了，所有的情緒全都消失了，右手垂下，左手護著胸前的血衣，那雙眼睛無波無緒地平視著。

那一刻，豐蘭息忽然覺得心頭一空，似有什麼飛走了，那樣的突然，那樣的快，可下一刹那又似被挖走了什麼，令他痛得全身一顫。

那一刻，兩人之間只有一步之隔，可豐蘭息卻覺得兩人從未如此遙遠。

不是天涯海角之遠，不是滄海桑田之遙……一步之間的這個人是完完全全陌生的，不是這十餘年來他所認識的任何一個風惜雲。

眼前這個人，是完完全全靜止、凝絕的；眼前這雙眼睛，是完完全全虛無、空洞的，沒有憎恨、哀傷、絕望……如冰山之巔冰封了萬年的冰像，封住了所有的思想，所有的感情，若是可以，便連生命也會凝固。

長久地對視，靜靜地對立，寒風四掠，拂起長袍黑髮，漫天的黃沙翻飛，天地這一刻是喧囂狂妄的，卻又是極其靜寂空蕩的，無邊無垠中，萬物俱逝，萬籟俱寂，只有風飛沙滾。

……她是想殺他的，剛才那一刻，她恨不能殺掉他。

豐蘭息平靜地站著，心頭如有冰刀剮過。

「天氣很冷了……青王不要著涼了。」他聽到自己極其緩慢、極其清晰的聲音輕輕地在這空曠的天地間響起。

「嗯，多謝雍王關心。」風惜雲點頭，聲音如平緩的河流靜靜淌過，無波無痕，抱緊懷中血衣，轉身離去。

「寒冬似乎提早到了……」看著那絕然而去的背影，豐蘭息喃喃輕語，垂眸看向自己的手，似被這冷天凍著了，所以微微地發顫。

這個冬天，似乎比母后逝去的那一年還要冷。

第四十六章　離合聚散亂世魂

「她畢竟還是顧全大局。」望著寒風中青王風惜雲漸行漸遠的身影，端木文聲輕輕鬆了一口氣，緊握劍柄的手也悄悄滑下。

「青王……」賀棄殊開口想要說什麼，卻忽然之間腦中所有的話語都消失了。遙望前方，白色長衣在風中不斷翻飛，長長黑髮交纏，單薄纖弱得似能隨風而去。他看著，許久後，所有的思緒都化為一聲嘆息。

端木文聲轉過身，看向風雲騎齊整的營帳，「五萬風雲騎……竟然五萬之外，還有五萬。」

「以青州的國力而言，擁有十萬精騎並非難事，只是……」賀棄殊微微一頓，隱約有些憂心，「青王的這五萬精騎，不但普天未曉，便是主上似乎也不知。」

「連主上也不知嗎？」端木文聲心頭一沉。

賀棄殊同樣擔憂，「青王暗中的力量實是不可小覷，以後真不知是什麼樣的局面。難怪穿雨他會這樣防備著。」

「穿雨雖然力阻，但主上依舊領兵救援，足見青王在主上心中的分量。」端木文聲目光望向靜立如雕像的豐蘭息，心中是深深地感慨，「只可惜，我們來得遲了。但不論以後兩王如何，我們只要記住我們的主君是雍王就可。」

「是啊。」賀棄殊的目光也往豐蘭息望去。

所有的人都走了，可他們的主上卻依然獨立風中，負手望天，不知是何種心情，不知是何種神情，只是風中的那個背影，令他生出一種寂寥淒涼之感。

睡裡銷魂無處說，覺來惆悵銷魂誤。
欲盡此情書尺素，落雁沉魚，終了無憑據。
卻倚緩弦歌別緒，斷腸移破秦箏柱。[1]

商城府衙後方的宅院裡，鳳棲梧捧著書卷低低的吟哦，然後忍不住嘆息，合手掩卷。古人的詩詞冷香幽獨，卻忒是揪人心腸。她捧起桌上的熱茶，寒冷的夜裡，觸手溫暖，抬眸，望入的卻是蓮花燭臺上燃盡半截的紅燭。

「紅燭自憐無好計，夜寒空替人垂淚。」她輕嘆裡帶著自憐，伸手抱起矮几上擱著的琵琶，指尖一挑，幽幽的曲調便在房中響起，只是這曲中之意，卻有幾人能聽懂，又有何人能入心。

「鳳姑娘，任軍師求見。」笑兒輕巧地推門進來。

「任軍師？」鳳棲梧指尖一頓，「他找我何事？」

「姑娘見見不就知道了。」笑兒依是滿臉的巧笑。

「夜了，不方便，替我回了。」鳳棲梧冷淡地道。

「可軍師說有很重要的事要與姑娘商議，還說與主上有關。」笑兒小心翼翼地看著鳳棲梧，果然見她神色一變。

「好吧。」鳳棲梧沉吟片刻，放下琵琶，起身跟著笑兒走出房門。

前院的正堂中，任穿雨正端坐著。

「鳳姑娘。」見鳳棲梧走來，任穿雨彬彬有禮地起身。

「不知軍師深夜來訪所為何事？」鳳棲梧冷淡的眸子掃一眼任穿雨，在他的對面坐下。

面對鳳棲梧直截了當地問話，任穿雨並不著急回答，而是凝眸打量著她，目光裡帶著幾分研判，彷彿在估量她的價值般。

等了片刻，依不見任穿雨答話，鳳棲梧起身：「軍師若無事，棲梧要休息了。」說完即轉身往後院走去。

「棲梧、棲梧，自是要鳳棲於梧，可放眼整個天下，唯有帝都堪為鳳棲之梧。」

身後傳來任穿雨的話，令鳳棲梧的腳步頓住，轉身，她冷冷地看著任穿雨，「軍師此言何意？」

「鳳姑娘之才貌萬中選一，難道要終生屈就歌者之位？」任穿雨笑得一臉溫和，「主上他日大業有成時，鳳姑娘難道不想重振鳳家聲威，不想重繼鳳家傳說？」

鳳棲梧看著任穿雨，看了良久，然後冰霜似的臉上罕有的浮起笑容，一時豔光滿堂，讓任穿雨見之心頭暗喜，直以為自己所說打動了她，不想轉眼間，鳳棲梧的笑一收，眼中盡是譏誚，「任軍師能算無遺策，卻是看錯我鳳棲梧了。」

任穿雨頓時怔住，「姑娘……」

「夜深了，軍師請回吧。」鳳棲梧卻無意再繼話題。

「姑娘果是傲骨錚錚。」任穿雨站起身來，臉上親切的微笑此刻一掃而光，代之而起的是一臉的肅然，「可穿雨此話，並非輕視姑娘，只因為姑娘待主上情深義重，希望姑娘能長伴主上左右罷了。」

聞言，鳳棲梧目中譏誚微收，「多謝任軍師美意，不過棲梧再愚笨也有自知之明。況且……」她微微一頓，眼中神情辨不清悲喜，「那兩人，豈容他人插手。」說完，她毫不猶豫地轉身離去。

望著門邊消失的身影，良久後任穿雨才輕輕喃喃嘆息。

「鳳家的人……可惜了，真是可惜了。」

連綿的營陣中，搭起了一座白色營帳，格外得顯眼。營帳裡，白色的蠟燭，白色的帷幔，白色的人影……滿目的白仿如蒼莽雪地，空曠寂寒。

「你們都退下。」

「是。」

侍從悄無聲息地退下，帳中只餘白衣似雪的風惜雲。

寬廣的帳中，一左一右兩具棺木。

風惜雲邁開如有千斤重的腿，一步一步移近，目光緩緩移向棺內靜靜躺著的人，剎那間，眼淚不受控制地洶湧而出，身體似被抽離所有的力氣，跌坐於地上，肩膀無法抑止地劇烈顫動著。

「久容……林璣……」極力壓抑的啜泣自唇邊溢出，她抬手，想捣住臉，卻「啪」的一聲，一個錦囊自袖中掉出，白色的綢面上是乾涸的血跡。

她怔怔看著地上的錦囊，耳邊響起齊恕的話。

『主上，這是從久容懷中找到的，想來是他珍惜之物。』

她撿起錦囊，顫著手打開，囊中是一塊玉佩，雪白玉佩上那一點朱紅此刻看來分外驚心，粉色的珍珠散落在玉佩周圍，如同玉心沁出的淚珠。

「久容……」她攥緊錦囊，淚如脫線的珍珠，滴滴滾落，滴在玉心，落在囊中。

想著久容的死，頓時壓抑地哭泣化為悲切的慟哭，安靜中帳中一時只有她痛苦的哭聲，白蠟滴淚相陪，昏黃的燭光搖曳著，帳中的一切便在一片陰淒的光影中浮浮沉沉。

也不知過去多久，風惜雲終於止了慟哭，將錦囊拿起，站起身來。

目光轉左，看一眼林璣，目光轉右，看一眼久容，她眷戀而不捨地左右看著，而後抬起雙手，一左一右托著棺蓋前移，棺蓋蓋住了腿，蓋住了腰，蓋住了胸，蓋住了肩，蓋住了頸，蓋住了口，蓋住了鼻，蓋住了眼，蓋住了額頭……

久容！林璣！

閉上眼，手腕一推，就此永別！

「主上。」齊恕、徐淵、程知及四名銀衣武士步入帳中。

「你們也與林璣、久容道別吧。」

「是！」

七人恭恭敬敬地拜別昔日的兄弟，叩首之時，幾滴水珠落下，地上暈開淺淺的浮水印，再抬頭，卻是七張肅然無畏的面孔。

「作為青州之王，作為風雲騎的主帥，有些話本是決不可說出的，但對於你們幾個，我卻還是要說。」風惜雲的聲音在帳中無波地響起，她負手身後，背對七人，白衣及地，長髮掩身，無形中，那個背影顯得靜穆而莊重。

「臣等恭聽。」七人垂首。

風惜雲眼睛看著漆黑的棺木，「以後……無論你們與誰決戰，當確定不能獲勝之時，你們當退則退，當逃則逃，當降則降。」

「主上！」七人震驚地看著他們的主君。

「因為，只有你們還活著，我才可以救回你們、找回你們！」風惜雲只是靜靜地看著棺木，棺木中躺著她再也不能救回的人，「在我的心中，你們重過這江山。」

「主上！」七人當下跪地叩首，看不到臉，可那聳動的肩膀洩露了他們激動的心情。

「孤真的不是一個合格的王。」風惜雲自嘲地笑笑，「這種話都說出來了，日後史上必然留下話柄。」

誠然，此言確實留於史冊之上，卻只引得後世連連嘆息。

史家曰：「青王能待臣將若此，足見其仁者之懷。觀青王一生，才智功業，古往少有，足可謂明君。然，明知不可言，依言；明知不可爲，依爲。如此君王，奈何！奈何！」

七人俯首於地，「主上，無論他人如何評價，在臣等心中，您獨一無二！」

「起來吧。」風惜雲轉身看著他們，「齊恕，你選些人將林璣和久容靈柩送回青州。」

「是。」齊恕領命。

風惜雲的目光再望向那四名銀衣武士，沉吟片刻，道：「無寒，今日起你便是齊將軍的侍衛。」

「是！」無寒躬身領命。

「曉戰，你為徐將軍的侍衛。」

「是！」曉戰應道。

「斬樓，你為程將軍的侍衛。」

「是！」斬樓領命。

「宵眠，你為久微的侍衛，不離左右保護他。」

「是！」宵眠領命。

這四人都年約二十四、五，雖面貌不同，但身高、體型、裝束一致，乍看之下，會以為是同胞兄弟，都是氣質冷峻，渾身散發著一種銳如劍般的氣勢，一望便知是頂尖高手。

風惜雲最後回首看一眼棺木，然後慢慢閉上眼睛，仰首，聲音平靜而冷寒地道出：「我們去結束這個亂世，包承、林璣、久容的血不能白流！」

「是！」帳中的回應聲堅定有力。

十月二十八日，喬謹領墨羽騎攻下交城。

十月二十九日，青王與雍王率大軍往帝都進發。

途經落英山時，青王望著山峰凝視良久，最後道：「落英、落英，隕落無數英魂。以後此山便改名『英山』吧。」

於是，落英山從此改名為英山。

十月底，柳禹生與誠侯一行抵達冀州王都，而後他請求見純然公主——現今冀州王后華純然，留守冀州監國的二公子皇炅應允。

在莊嚴肅穆的冀王宮中，柳禹生向華純然稟告三位公子戰死於昃城，華純然自然是悲傷不已。

最後，華純然請柳禹生代她轉達一句話：「雖然三位兄長去了，但餘下的九位兄長與侄兒們必然於父王膝下承歡，還請父王珍重。」說完後，即從腕間解下一條絲帕，命身前宮女接過置於一個錦盒中，然後交給柳禹生，命其轉交幽王。

柳禹生恭敬地接過，而後拜別。

當柳禹生退去後，華純然屏退左右，獨坐殿中，看著殿外寂靜的宮牆，怔怔出神。

許久後，她驀然起身，「來人。」

話音才落，數十名宮人齊齊趕來。

「申時在慶熹殿設宴為誠侯家眷接風。」

「是。」馬上即有內侍通報下去。

華純然走至銅鏡前，看著鏡中的容顏，喃喃道：「誠侯家眷遠道而來，不可失禮，需得盛妝朝服。」

「是，娘娘。」宮女們應著，然後忙碌著為王后沐浴梳妝。

到十一月中旬，初雪揚揚之時，柳禹生攜著三位公子的靈柩回到幽州王都。

幽王的病榻前，柳禹生淒然拜倒，然後轉達了華純然的話，並呈上那個錦盒。

蒼老病弱的幽王取出盒中的絲帕，目光落在帕上所繡的圖案上，摩娑良久後，面上浮起悲喜交加的笑容，「蛩蛩與距虛，傳說中形影不離，純然之意便是如此嗎？」

柳禹生驚詫。

「蛩蛩距虛，形影不離……華氏與皇氏從此亦如此。純然便是要告訴父王此話嗎？哈哈哈哈……咳咳、咳咳……」

「主上、主上！」

榻上幽王一陣劇烈的咳嗽，內侍、宮女頓時慌成一團。

景炎二十七年十一月十四日亥時，幽王薨。

其遺旨傳王位予駙馬——冀州之王皇朝。

景炎二十七年，十一月十五日，北王攻破帝都。

蹄聲噠噠，薄雪覆蓋的街道上鐵騎如風馳過，濺起丈高的雪水，斜斜的日照下，幻出七彩的虹芒，卻怎也不及雪中那一朵朵血色的梅花、一道道血色的赤虹顯眼。

被戰火摧毀的房屋，被士兵屠殺的百姓，到處都是殘垣斷壁，屍首堆積巷道，這便是此刻的帝城，而北王便縱馬奔馳於這樣的帝城裡。

從北王都逃出以來，數月都在攻城、逃亡，再攻城、逃亡……周而復始，徒勞無功，疲憊、厭倦、憎恨、恐懼種種情緒糾纏著他，蒙蔽了他的眼睛，攪亂了他的理智，耗盡了他的信心，磨去了他所有的鬥志。

北州亡了，家室亡了，臣僚散了，將士折了，可是……他總算來到了帝都。

六百多年來盤踞於他們頭頂，高高俯視著他們的東氏皇朝，今日終於毀在了他的手中，他白景曜已於史冊上揮下濃重一筆。但這還不夠，他要親自抓住東氏皇朝最後的皇帝，親手斬殺了，那「白景曜」三字必然是千古難忘！

北王狠狠揮下鞭，馬兒吃痛長嘯，放開四蹄以更快的速度往前馳去，馬背上是斑斑血痕，而前方，已可望見了，那朱紅的宮牆，連綿威嚴的宮殿……那裡是皇宮，是皇帝所在的皇宮。

眼見著離宮門不過五、六丈了，忽然間一大片黑雲從天而降，密密嚴嚴地擋在眼前，來得那樣的突然，那樣的詭異！

北王勒住馬，震驚地看著眼前的黑雲——那其實是人，全身黑衣的人，立在那兒，如一堵堅實的黑牆，散發著來自地獄的寒氣。

馬似乎感覺到了危險，不停的嘶鳴著，欲往後退，北王緊緊抓住韁繩，回首，身後跟隨著數百將士。這是他最後的臣將，憑著這數百人，可以衝破眼前這堵牆嗎？

「主上！」北王耳邊驀然傳來叫聲，他轉頭，見一名臣子雙膝跪地，劍架於頸，圓瞪雙目，緊緊逼視。

「臣常宥恭送主上！」

『恭送？』北王怔忡。

一陣寒風迎面拂來，臣子頸間的寶劍在雪光下折射出刺目的冷芒，刺痛了北王的眼睛，令他驀然醒悟，移目四顧，頓時萬念俱灰。

那一刻，北王忽然清醒了，所有的一切，此刻他忽然想清楚了，看透澈了！

「豐蘭息、豐蘭息……好、好、好！」

北王仰天長嘆，抬臂揮劍，一縷鮮血飛出，濺落雪地。

眼見主君自刎，餘下的數百將士紛紛拔劍於頸，頃刻間紛紛倒地。

寒風呼嘯而過，捲起死亡的陰魂。

皇宮最中心，凌霄殿。

皇宮裡此刻一片混亂，但凌霄殿裡卻依然安靜，此刻大東朝的皇帝景炎帝就坐在殿中，伏於書案上，專心致志地畫畫。

「此時此刻，陛下能不動如山，揮毫灑墨，蘭息真是佩服。」

清揚的聲音響起時，景炎帝的畫也畫完了。收筆之時，他便暗想，這等好聽的聲音若為歌者，必歌絕世之曲。

放下筆，抬首望去，殿中立著一人，輕袍緩帶，容顏如玉，只是一眼，他便讚嘆，好一個濁世翩翩公子，不愧是六百多年前那個大東第一美男「昭明蘭王」豐極的後代。

「雍王來了。」景炎帝平靜地開口。

「是的，陛下。」豐蘭息微微躬身一禮，便算盡了人臣的本分，抬頭，從容地望向皇帝。

「最先到這裡的果然是你。」景炎帝同樣從容笑著，從椅上起身，「朕曾經想，冀王、青王與你，誰會最先到呢？」

「陛下想見我們三人嗎？」一道清冷的聲音響起。

景炎帝循聲望去，便見門口立著一名白衣女子，清眸素顏，風姿絕逸，以仿如踏在雲端的輕盈優雅步伐走來，然後站在豐蘭息身旁，兩人白衣黑裳，黑白分明，卻融洽如一幅畫。

「青王也來了。」景炎帝頷首微笑，「不只是你們三人，若是可以，朕希望能見到七王，最後一次也是第一次，朕想見七州之王。」

「闔王已缺，陛下的心願難以實現。」豐蘭息溫文爾雅地笑道。

「大東王朝是由威烈帝與七王締建，當年便是在凌霄殿前封王授國，滴血盟誓。而現在是大東王朝崩潰的最後時刻，若東氏、皇氏、寧氏、豐氏、白氏、華氏、風氏、南氏——當年建國的八人後代能再次齊聚於此，有始有終，不是很完美嗎？」景炎帝雲淡風輕的模樣不似談論著一個王朝的殞滅，而似談論著一個遊戲最後的結局。

風惜雲靜靜看著景炎帝，看了片刻，她道：「陛下應生於泰通年間。」

泰通，是大東第十九代皇帝的年號，那時是大東帝國最為繁盛昌平之時。

「青王是說，朕只能做個太平天子，而無末世雄主之氣概？」景炎帝目光望向風惜雲。

風惜雲淡淡一笑，「每個人都有一些會的和一些不會的，帝王同樣如此。」

景炎帝聞言點點頭，移步走近，目光注視於兩人額間的那輪玉月，微微感慨，「六百多年前，在凌霄殿分割的這一對璧月，終於在六百多年後的今天重聚於此。」

豐蘭息、風惜雲聞言，不禁同時抬手撫向額間的半輪玉月，側首，目光相視，然後靜靜移開。

景炎帝轉過身，面向大殿的正前方，那裡懸掛著開國帝王、名將的畫像，「離合聚散，因果循環。生生息息，周而復轉。人生如此，天地如此。」他的聲音靜穆低沉，說完後，他於書案上取過一塊赤絹，「這是你們要的，拿去吧。」

1 引自晏幾道〈蝶戀花．夢入江南煙水路〉。

第四十七章　梅艷香冷雪掩城

景炎二十七年十一月十五日，逆臣白氏景曜攻破帝都，隨後逼宮篡位，幸雍王趕至，帝都解危，白氏事敗自刎。後，帝感雍王仁賢，留詔禪位，不知所蹤。然雍王謙恭，不敢接也，曰：「必掃天下，以迎帝歸。」

長達九日的慘烈決戰，數萬逝去的生命，血雪相淹的帝城……以及那些藏在陰暗之中的人與事，在史家的筆下，最後只是以這麼短短的一段話便了結了。

棲龍宮前，豐蘭息立於高高的丹階上，舉目望去，整個皇宮、整個帝都，都在腳下。

「主上，常宥自刎了。」任穿雨在他下首站定，「他留下遺言：『盡忠於主上，卻負白氏之恩，今已無顏苟活。』」

「常宥。」豐蘭息輕輕念著這個名字。當年還是個十歲少年的他，遺了正當壯年的他去了北州，一晃十幾年已過，他完成了他所交付的，卻沒有見最後一面。

默然良久，輕輕嘆息，「厚葬常宥，以北州的忠臣之名。」

「是。」任穿雨垂首。

「已是寒冬了。」豐蘭息負手而立，抬首眺望，似要望到天的盡頭，「穿雨，你看這皇宮一眼望不到邊，現在，它在我們腳下。」

任穿雨聞言，躬身道：「主上，不單是皇宮、帝都，以後整個天下都在您的腳下。」

「是嗎。」似是反問，但語氣卻有一種胸有成竹的淡然。

任穿雨抬首，目光悄悄掃過豐蘭息那張看不出神色的臉，張口似要說什麼，卻幾次咽下。他轉身，目光望去，是莊嚴肅穆的宮宇，極目遠眺，是氣勢恢弘的帝都。數月前，他們還在雍州，可今日他們在帝都，在皇宮！眼前的人不只如此，他會登上蒼茫山頂，他會君臨天下！

揮開那些猶疑，任穿雨垂首，認真而堅定地開口，「主上，請納鳳姑娘為妃！」

聞言，豐蘭息收回遙望的目光，側首看一眼身旁的臣子，墨黑的眸子深不見底。

「鳳姑娘乃鳳家之後，若主上能納其為妃，那在天下人心中，主上當是毋庸置疑的皇帝。」任穿雨的聲音沉靜中帶著激昂與興奮，似長途跋涉之人，忽見眼前一條可直通目的地的捷徑。

豐蘭息看著他，目光深幽，神色平靜。良久後，他轉過身，抬頭看著眼前壯麗宏偉的棲龍宮，緩緩開口：「穿雨，你對孤忠心，孤清楚，但此話，再不可提。」

「主上！」任穿雨欲再勸。

豐蘭息擺擺手，微微瞇眸，看著棲龍宮，平靜的聲音裡夾著一絲不可捉摸嘆息，「何曾不思，然前鑒於此，棲龍宮裡曾捧白璧無數……」

十一月底，已是天寒地凍，而位於大東最北的北州早已大雪降下，茫茫覆蓋，放目而望皆是白皚皚的一片。

王宮裡，內侍們早已將各宮通道上的積雪鏟盡，但屋頂、樹枝上依舊積著厚雪。

「公主。」全身都裹在厚厚裘衣裡的品琳輕輕喚著已在園子裡站了近一個時辰的白琅華。

「什麼事？」白琅華的聲音木然，卻沒有生氣。

「公主，這裡太冷了，我們回去吧。」品琳心酸地勸道。原本仿如花蕾般鮮活嬌美的公主，如今卻變得如這冬日的枯木，毫無生機。

「我看這棵樹已看了七天，樹杈上的雪沒有融，反倒結成了厚厚的冰。」白琅華的目光癡癡地看著那棵光禿禿的樹。

「公主……」品琳開口，聲音卻哽咽著，喉嚨裡一陣酸澀，便什麼也說不出口了。

她能對公主說什麼？

先是修將軍，接著又是主上，噩耗一個緊接一個地傳來，這叫公主如何承受。

連養的鸚鵡死了都會傷心哭泣許久的公主，在聽到修將軍、主上噩耗時，卻一滴淚也沒有流，只是像個木娃娃般，從此只會呆板地坐著，站著。

「品琳，別難過。」品琳正低頭傷心，忽覺得臉上有冰涼的觸感，忙抬起頭，卻不知公主什麼時候走到了她身前，正伸手拭去她臉上流下的淚水。

「品琳，不要哭啊。」白琅華伸手輕輕擁住哭泣的品琳。

這些淚水是代自己流的吧？一顆心任是千瘡百孔，任是流血流膿，那眼淚卻已無法流出，只有這日日夜夜刺心烙骨的痛，日日夜夜無盡無止的恨！

「公主、公主……妳要好起來啊，品琳要妳好起來……」品琳的聲音因為泣哭而斷斷續續的，比起那些已遠去的疼愛與思念，卻要來得真切溫暖。

「品琳，我會好的，我會好的。」白琅華閉目，「只是這個地方太冷了，徹心徹骨的冷。」

兩天後，琅華公主自北州王宮消失，宮中大驚，舉州尋訪卻杳無蹤跡。

此後，再無人見過這朵曾經嬌美無瑕的琅玕花。

在風雲騎、墨羽騎馳入帝都時，冀州爭天騎也未有片刻安歇。

十一月十二日，皇朝領爭天騎往祈雲王域的椋城進發。

十一月十八日，皇朝抵椋城，與椋城守將東殊放大將軍之子——東陶野激戰七日，最後爭天騎攻破椋城，東陶野敗走蓼城。

十一月二十七日，皇朝攻往蓼城，東陶野堅守，奈何雙方實力相差懸殊，蓼城被爭天騎攻破。東陶野欲自刎殉城，卻為家將所阻。皇朝入城後，起憐才之心，曾遣人尋找東陶野，卻生不見人、死未見屍。

十二月初，風雲騎大將齊恕、程知與墨羽騎大將喬謹、任穿雲各領五萬大軍，兵分兩路，前往黥城、袞城進發。

十二月中，帝都一夜大雪，紛紛揚揚，至第二日清晨，已是茫茫一片。

帝都郊外十里有一處「昉園」，乃熙寧帝修築的行宮。熙寧帝是大東朝有名的賢君，其生性節儉，是以昉園雖是皇家行宮，但修築得樸實無華，簡約淡雅。熙寧帝一生好梅，昉園東面的山坡上遍種梅樹。

大雪紛揚的這夜，許是想與這天花爭妍一番，紅梅一夜綻放，一樹樹的如怒放的火焰，紅白相間，冰火相交，仿如琉璃世界，璀璨晶瑩。

「夕兒，妳出來很久了，還要在這裡站多久？」久微氣喘吁吁地爬上山坡，雪地裡留下一行深深的腳印。

坡頂的紅梅樹下，風惜雲靜靜立著，素衣如雪，若非漆黑的長髮時被寒風撩起，她幾乎與這白雪世界融為一體。

「久微，陪我看一會兒梅花吧，你看它們開得多豔。」風惜雲的聲音清冷如雪，目光落在一枝紅梅上，卻又似穿透了梅樹，望得更深更遠。

「夕兒……」久微開口卻不知說什麼好，看著梅下的人，最後只是慢慢走近，將手中的狐裘披在她的肩上，與她並肩而立，同看一樹紅梅。

入帝都後的第二日，風惜雲即移駕至昉園「靜修養病」，只因「病體虛弱」一直不曾回城，而豐蘭息則「宵旰憂勞」地忙於整治朝務，撫慰劫後餘生的帝都百姓，屈指算來，兩人已近一月未見。

「都道紅梅似火，可你不覺得這紅梅更似血嗎？」風惜雲抬手，似想碰觸枝端的梅花，可手到中途卻還是落寞垂下。

「夕兒，妳何必自責。」久微抬手拂去她鬢角落雪。

「久容和林璣已經到家了吧？」風惜雲的目光又從紅梅上移開，遙遙望向茫茫遠方。

「夕兒，那不是妳的錯。」久微的手輕輕落在風惜雲肩上，「落英山的悲劇非妳之錯，也非林璣他們之錯，只因他們救你心切。」

「身為主君，便應對一切負責。」風惜雲唇際勾起，綻一抹飄忽的淺笑，「無論功過，都不容推卸。」

「夕兒……」久微落在風惜雲肩上的手微微用力，「若真要追究，那也是……」他的話沒有說完。

「要怪便應怪雍王嗎？」風惜雲回眸看他一眼，似笑非笑，似悲非悲。

「夕兒，」久微攬過風惜雲的肩膀，兩人正面相對，眼眸相視，「你們已然至此，妳還要和他一起走下去嗎？妳……妳為何就是不肯走另一條路？」

「久微……」風惜雲輕輕嘆息。

久微緊緊地盯著她，目光深沉而銳利，但風惜雲卻垂眸不語，半晌後他自嘲一笑，鬆手放開她。

那一刻，梅坡上一片寂靜，只有寒風舞起雪花、吹落梅瓣的簌簌之聲，兩人靜靜佇立，一個遠眺前方，一個仰首望天，雪照雲光，琉璃潔淨。

「久微，你很想達成你的願望吧？」

很久後，才聽到風惜雲略有些低沉的聲音。

「當然。」久微閉目，似被那耀目的雪光刺痛了眼，「我們盼了六百多年……六百多年了，世世代代……那已不單單只是一個願望，那裡面承載了太多太多的東西……」

「我明白。」風惜雲目光溫柔地看著久微，不曾錯過他臉上一閃而逝的深沉痛楚。

「妳明白，可是妳卻不願意做！」久微睜眼，那目光犀利明亮且夾著一抹責難。

風惜雲垂眸一嘆，那聲嘆息幽幽長長，仿如有許許多多深深沉沉的東西隨著那一聲嘆息傾瀉而出，以致聞之惻然。

「夕兒，我……」久微頓時心生歉意。

風惜雲微微擺手，看著久微的目光沉靜而溫和，「雍王如此待我，或所有人都認為我該與他反目。憑我青州的國力與十萬風雲騎，我若要爭奪江山，或許真的可以做個開天闢地，獨一無二的女皇。只是，久微……那一番輝煌又需多少鮮血與生命來成就？那一頂女皇的皇冠又是多少家破人亡，多少妻離子散，多少哀號心碎來融築而成的？這樣的東西我不要！」

久微啞然。

風惜雲轉身，直直地看向前方，眼眸明亮而堅定，「戰爭帶給百姓的都是苦難與悲痛，我與雍王結盟，已可保兩州百姓免受戰亂之苦，若為一己私怨而拔劍相對……那我風惜雲何配為青州之王？為王者，非為一己之私欲，該是為普天百姓謀求安泰，這才配稱之為王！」

久微看著風惜雲，心底輕輕嘆息，似是歡喜，又似失落。

「久微，我也是有願望的。」風惜雲的聲音極輕極淡，仿如風一吹就散，以致久微不自覺地全神貫注，可那一刻他卻看不清她的神情，那張清逸的臉上似乎湧上一層淡淡的薄霧，霧後的那張臉朦朧縹緲，「雖非我願，但既生王家，既已為王，那便要擔一個王者應有的責任。所以……有一些雖很重視，卻必須捨棄，有一些雖然不喜歡，但必須擺在首位。」

她說著那番話時，微微抬起右手，五指輕攏，似握住了掌心某樣無形的東西，

「夕兒，」久微看著她，目中是敬重與憐惜，「與妳相比，我卻是太過自私狹隘了。」

「你也不過是在盡你的責任罷了。」風惜雲搖頭，目光從山坡望下，前方是茫茫雪地，「人心總是變幻的，這一刻，我是如此肯定我的責任，可是時日久了，便如這白雪覆蓋的大地，或許我也會辨不清最初的方向，而到那時……戰爭是最殘酷的，血火之中，會有很多東

西消失的。」

久微心口一窒，沉默半晌，才道：「這一月來妳避居行宮，未插手帝都任何事，這也是妳的捨嗎？」

「這裡環境清幽，而且還有這麼美麗的梅花，久微不喜歡嗎？」風惜雲側首道。

「嗯，喜歡。」久微只能如此答。

風惜雲淡然一笑，目光落在那一簇簇紅豔豔的花瓣上，怔怔地看著出神，良久後忽然道：「你看這梅花，紅豔豔的，是不是顯得喜氣洋洋的？」

「嗯？」久微疑惑地看著她，不知她為何突然冒出此言。

「這梅花一夜綻放，說不定是預示著某件喜事。」風惜雲伸手，指尖撥弄著梅蕊中的雪，然後看著它靜靜融化在手心。

「喜事？」久微眉一皺，可片刻後似想到了什麼，不禁怔住。

「鳳姑娘才貌雙全，更兼情深一片，他能有這樣的佳人相伴，也算是幸事。」風惜雲指下用力，摘下一枝紅梅，手腕一轉，梅瓣仿如紅雨，紛紛飄落雪地。

「夕兒，妳……同意？」久微凝眸盯著她。

「鳳家從威烈帝起，至泰興、熙寧、承康、永安、延平、弘和、元禎，八代帝王皆娶鳳家女子為后，是以鳳家締造了『鳳后』的傳說。在大東人心中，鳳家是后族，鳳家女子的丈夫理所當然是皇帝，若他能娶鳳家的女子……」風惜雲的話沒有繼續，只是看著手中光禿禿的梅枝，目光有些迷離。

久微卻道：「並不是所有的東氏皇帝都娶了鳳家女子為后。」

風惜雲輕嘆，「崇光帝就是打破鳳家『鳳后』傳說的人，也是史上唯一一個娶平民為后的皇帝。從那以後，一直在鳳冠榮光籠罩下的鳳家開始從東氏王朝的最頂端慢慢滑落，可也是從那時起，強盛的大東帝國也開始衰落。在那些有著『鳳氏后族』這種根深蒂固的觀念的人心中，就覺得是因為崇光帝未娶鳳家女子為后而致使國運衰敗。所以，此時若出現一位有著『仁君』之名的男子，娶了鳳氏女子，你說他們會作何感想？」

久微並不在意鳳家的傳說，他伸手握住風惜雲折著梅枝的手，目光緊緊地盯著她，卻無法從那張平靜的臉上看出絲毫情緒，「夕兒，妳同意？」

「這是一舉數得的事，他豈會錯過。」風惜雲抬手甩開手中的梅枝，似要甩去手心糾纏著的某些東西，「這樁婚事於任何一方都有好處，又豈能不成全。」

久微無言。

梅坡上霎時又陷入了一片靜寂，寒風吹過，梅瓣和著雪絨，在空中飄飄蕩蕩，落得遠遠的。

久微一直看著風惜雲，沒有錯過她眸中閃過的那抹悵然與憾意。他抬手拂去落在她肩頭的梅瓣與雪花，溫柔地攬她入懷，「夕兒，真的放棄了嗎？妳與他……」他聲音一頓，張開五指，溫柔地插入她濃密的髮中，將那顆腦袋安放在自己的肩頭，「夕兒……」還想要說什麼，卻是無從開口，末了只能微微用力地抱緊她，無言地傳遞著關懷。

「久微，你不用擔心。」風惜雲倚在他的懷中，臉上浮起一絲微笑，淡得有如那輕輕飄落的雪花，「我是鳳王的後代，我們風氏女子血液裡……」後面的聲音已淡不可聞，抬眸，目光望向碧藍的天空，藍得那樣的澄澈，映著雪光，又明亮得刺目，她垂下眼瞼，將頭依在久微的肩膀上，輕輕舒一口氣，不再說話。

久微無言地收緊雙臂。

這一刻，兩人相依相偎，沒有距離，沒有曖昧，這寒天雪地中，只有彼此給予的一份溫暖。

十二月二十六日，青王「病體康越」，回到了帝都。

因不想驚擾百姓，所以風惜雲只是乘著一輛普通馬車悄悄入城。

車中，久微掀起一角車簾，看著街道上，不禁輕輕感嘆，「看到如今這番面貌，不得不佩服他。」

當日入城之時，血肉蹀躞，到處皆是狼藉一片，城內人心惶惶。可現今不過短短一月的時間，已煥然一新。街道齊整乾淨，屋宇修葺完好，街道上的人來人往，叫買吆喝，聲聲入耳，人人臉上都洋溢著一份安然，早不復當初城破時的驚惶。

「他的治世才能，我從未懷疑過。」風惜雲瞟一眼車外的景況淡然道。

「所以才能放心的捨？」久微回頭看她一眼。

風惜雲不語，手指扣著腕間的一枚玉環，輕輕轉動著，眼眸湛亮如鏡，隱透光芒，「年尾了，新的一年又要開始了。」聲音冷靜俐落，透著金質的鏗然。

久微看著她，雖有疑惑卻不再追問，馬車一路往皇宮駛去。

而皇宮裡，因為臨近年尾，已被宮人們按節氣裝飾得喜氣富麗。

任穿雨一路走過，看著那些華燈彩緞，也頗有些歡喜。

過年了啊，百姓們是非常盼望著這一天的，這是團圓喜慶的日子，可他們這些人似乎都忘記了，往年在雍王都時，宮中雖都大擺慶宴，但是主上卻是從未出席過雍王宮裡任何一次團圓慶宴。

東極殿前，侍者稟報後輕輕推開門，請他入內。

「穿雨拜見主上。」

「起來吧。」豐蘭息合上手中的摺子，抬眸看向案前立著的人，「帝都的事已處理得差不多，你那邊準備得怎樣了？」

「隨時都可以。」任穿雨畢恭畢敬地答道。

「嗯。」豐蘭息滿意地頷首，「通知喬謹、棄殊、穿雲、文聲，未時於定滔宮議事。」

「是。」

「下去吧。」

「臣告退。」任穿雨躬身退下，只是才走幾步忽又回轉身，抬眸看著豐蘭息，略有些猶疑地開口，「主上……」

「還有什麼事？」

「快要過年了。」任穿雨的語氣儘量淡然。

「嗯？」豐蘭息的目光冷冷掃來。

「過年是百姓們最記掛的節日，帝都百姓都盼著和主上一起迎接新年呢。」任穿雨隱有深意地提醒。

「是嗎？」豐蘭息自是明白任穿雨的言後之意，沉吟半晌後才道，「豐葦老是抱怨著無聊，就讓他準備宮中的慶宴吧。至於百姓……子時孤與青王同登東華樓，與民同慶新年。」

「是。」

任穿雨退去後，書房中豐蘭息看著摺子上勾畫的朱筆印記，不禁有些恍惚出神，「過年了嗎？」

移首望向窗外，入目的是一片豔麗刺目的紅色，那一瞬間，猝不及防！

紅綢頓化作血湖鋪天蓋地而來，淹沒了整座宮殿，白色絲履踩在殷紅的地上，瞬間浸染為血履，他蹣跚爬過，伸出手來，想抓住血泊中飄蕩的那幅翠色衣裙，卻只抓得滿手鮮血，絲絲縷縷從指間溢出……血泊裡一張慘白的容顏了無生氣，黑色長髮如海藻般蔓延全身，那翠色的身影在血湖中沉沉浮浮、遠遠近近……

砰！他猛然起身關起窗門，腳步一個踉蹌，跌坐在椅上。

那一刻，他如湖海裡沉浮許久的人，終於爬上了岸，急促地呼吸著，抬手緊緊遮住雙眸，似要阻擋那如潮如海的血色，想要壓抑住全身的戰慄，可那血潮依然源源不絕而來，越積越濃，一層一層的加深，最後濃郁為深沉無底的黑色。

「母后……」一聲低語細微而脆弱，似輕輕一扯，那聲線便要斷了。

整個皇宮被高高的圍牆圍成了一個巨大的方形，簡單地分成前中後三部分。

前部分是以光明殿為中心的外朝，乃是大臣們上朝、參政的地方；後部分則是妃嬪們居住的後宮；中間是以凌霄殿為中心，圍繞著棲龍宮、締焰宮、靜海宮、極天宮、寫意宮、金繩宮、鳳影宮、幼月宮。這八座宮殿在大東初年是威烈帝東始修與皇逖、寧靜遠、豐極、白意馬、華荊台、風獨影、南片月這七將所居住的宮殿。

歷朝歷代，皇宮向來就住著皇帝、妃嬪、年幼的皇嗣以及侍候他們的內侍、宮女們，而七將也住在皇宮，可謂史無前例，但那八人確實曾經同吃同住於皇宮，只因威烈帝曾曰：「江山可與共用，況乎區區宮室。」

雖至今日，大東帝國已面目全非，卻也從另一面見證了那八人曾經「共用江山」，而這八座宮殿也見證了當年八人的深厚情義。

走在彎彎曲曲的長廊上，看著一眼望不到盡頭的廊欄，任穿雨難得地胡思亂想起來。

當年有著那麼深厚情義的八人，為何最後卻要分離？親手裂土分權的威烈帝又到底出於何種理由？真的是因為鳳王風獨影，所以才有了這封王授國？既然有那樣深厚的情義，那七王為何要接受這樣的安排？

走了一路，想了一路，卻是想不出答案，除非他能回到六百多年前。

輕輕嘆一口氣，任穿雨收回神思，停住腳步，望向廊外的各種花樹，寒冬裡最多的是紅豔如火的梅花，隱隱的花香和著冬風吹來，清冷幽香。不過站得片刻，便見前頭長廊裡轉過一道身影，他目光一閃，迎了上去，「這不是久微公子嗎？」

「任軍師。」久微回以溫和的淡笑。

「公子又為青王準備了什麼？」任穿雨目光瞟過久微手上的托盤，盤中一個蓋得嚴實的瓷盅。

「今晨採了才開的白梅，泡了一壺茶。」久微淡然道。

「哦？」任穿雨微微瞇眸，「說來，自有公子照顧青王起居飲食，青王不但玉體康泰，更是容光照人，實是公子功勞。」

久微眉頭一皺，看著眼前的笑得一臉溫和無害的任穿雨，頓時沉下了臉。

「我等臣子都住宮外，獨先生留住鳳影宮中，青王對公子真是另眼相待。」任穿雨依舊一派雲淡風輕，卻是笑裡藏刀，話裡藏針。

「你！」久微勃然變色，目光如針般盯住任穿雨。

兩人隔著三尺之距靜立，遠處有忙碌的宮人，但這裡卻是窒息一般的寂靜，寒風拂過，吹起落花、揚起衣袂，卻拂不動兩人緊緊對峙的視線。

半晌後，久微忽然笑了，單手托盤，一手拂過眉梢的髮絲，眼眸似睜似閉，剎那風華迸射，讓張平凡的臉有了魅惑眾生的魔力，「一直聽說任軍師是個聰明厲害的人，今日總算信了。」

「哪裡、哪裡，穿雨愚笨，還要多多向先生請教才是。」任穿雨同樣笑得溫雅。

「不敢。」久微側首看向廊外，一枝梅花斜斜伸過，倚在欄杆上。他抬手輕觸梅枝，姿態閒雅，「只是久微癡長幾年，倒是有些話可以和軍師說道說道。」

「穿雨洗耳恭聽。」任穿雨頷首。

「善刀者卒於刀。」久微輕聲道，然後猛然轉首，眼光如出鞘的劍冷利地射向任穿雨，「那自然，善謀者卒於謀。」

任穿雨被那目光刺得胸口一窒，剛要開口反駁，目光無間中一掃，頓時不敢置信地瞪大了眼睛，眼睜睜地看著久微的手從梅枝上移開，看著他指間一縷青氣繞過，然後那枝香豔的紅梅瞬間枯萎！

他驚駭萬分，怔怔看著久微，「你……」

「軍師怎麼了？」久微溫和開口，目光瞟過任穿雨發白的臉色，眸中冷光更利，手腕一揮，指間的青氣如線般游動，自他指間飄出，然後如蛇信般緩緩向著任穿雨游去。

任穿雨手足冰涼地呆立著，眼睜睜地看著那縷青線一寸一寸地接近，卻無法移動半步，「你、你是……」他話才吐出，那青氣已繞上身體，頓時頸間一緊，一口氣喘不過來，霎時便失了聲音。

青氣化成的線一圈一圈地繞著任穿雨的頸脖，一點一點收緊，他伸手往頸間抓去，卻什麼也沒抓住，那青線圈卻是越來越緊，臉慢慢漲紅，又從紅變白，從白變青，從青變紫！

他張開口，正想要說什麼，卻根本無法出聲，咽喉似被什麼鐵鉗般扼住，胸腔裡一陣疼痛，腦子裡嗡嗡作響，四肢漸漸發軟，周圍一切變得模糊，眼前一圈圈的光暈閃爍，而後漸漸散去，最後化為一片黑暗……那一刻，彷彿聽到死亡之門打開的聲音，一陣淒冷陰森的寒風自門洞吹出，他立時墜入無垠的黑暗深淵……

「為了久容，我恨不能將你打入阿鼻地獄！」耳邊驀然響起聲音，細細輕輕的，卻是字字清晰入耳，如冰劍刺骨，「可是夕兒……看在青王的分上饒過你，若以後你再敢生出歹念傷害青王，我必讓你生不如死！」

話音落下，頸上一鬆，終於又可以呼吸，周身的感覺慢慢回來，眼前的景物漸漸清晰。長廊依舊古雅，梅花依舊香豔，便是眼前的人也依然溫和如春風。

任穿雨抬手撫向頸間，什麼都沒有，觸手是溫暖的肌膚……

剛才的一切是幻覺嗎？他抬頭看著久微，難掩慌亂，「你……」

「哎呀，青王還在等著茶呢。改日再與軍師閒聊，先告辭了。」久微拂開臉畔被風吹亂的髮絲，從容越過任穿雨。

「等等……」任穿雨轉身，想喚住他，奈何對方理也不理地逕自離去。

離去的背影瘦削挺拔，青衫潔淨，長髮及腰，一根髮帶鬆鬆繫著，風拂過去，衣袂飛揚，瀟灑出塵。

可那一刻，任穿雨卻覺得前方的人無比的詭異，那人周身都縈繞著一股陰寒之氣。

「你……你是久羅族人！」他衝口而出。

那個背影依舊不疾不徐地前行，便連步伐都未亂一步，漸行漸遠，消失在長廊盡頭。

任穿雨回首，長廊空空，廊外宮人如花，紅梅正豔，而自己，正完好無損地站著。難道剛才一切真的是幻覺？可是……抬手撫胸，急促的心跳是剛才命懸一絲時恐懼的證明，目光移過，頓時定住。

欄杆上，一枝梅花斜斜倚過，卻已枯萎焦黑！

啪！肩膀忽然落下的重量讓任穿雨一驚，轉頭，卻見賀棄殊正立在身後。

「穿雨，你在這兒發什麼呆呢？」賀棄殊有些奇怪地看著任穿雨，這種呆呆的甚至有些惶然的表情在他身上實屬罕見。

「棄殊。」任穿雨喚了一聲，然後鬆了口氣，緊繃的身體在這一刻也放鬆下來，這才發現手心竟是一片潮濕。

「你這樣子……」賀棄殊看著他，眉頭習慣性地攏起，「發生了什麼事？」

「沒什麼，我正要去找你呢。」

「找我？」

「嗯，主上交代的……」

兩人並肩而去，走過長廊，穿過庭園，淹沒於層層宮宇。

一行宮女提著宮燈走來，一盞盞地掛上。

「呀！這梅開得好好的，為什麼獨有這一枝竟枯了呢？」一名宮女驚訝地叫道。

「快折了吧，這樣的日子可不是好兆頭！」

斜倚在廊欄上的枯枝，襯著廊外滿樹的紅花，格外顯眼，寒風拂過，顫巍巍地墜落幾瓣枯梅。

第四十八章　夕夜聽琴憶流年

十二月三十日。

今日的慶華宮是整個皇宮中最熱鬧的。

大殿顯然經過一番修飾，殿頂之上高高掛起琉璃宮燈，照得殿內亮如白晝，豔紅的紗幔沿著壁柱垂下，拂撩起時，輕曼如煙，几案軟榻整齊有致的列於殿中，大殿正前方的玉座在燈下華光燦燦，宮人輕盈穿梭，侍者匆忙奔走，為著即將開始的年宴而準備著。

而忙得最起勁的便是豐葦了，但見他一會兒吆喝著宮人別碰壞那枝珊瑚盆景，一會兒指揮著侍者擺正那盆紫玉竹，一會兒說屏風太素得換那張碧湖紅梅紗屏，一會兒又說那青葉蘭生必得配那霧山的雲夢玉杯……叫叫嚷嚷，忙忙碌碌，至酉時末，終於一切忙妥。

「雍王、青王駕到！」

當殿外侍者的唱呼響起時，殿內恭候的文臣武將齊齊轉身，躬身迎接。

殿外，兩王並肩緩緩行來，在這樣的大日子，兩人皆著正式的禮服，頭上也端正的戴著七旒冕冠，玉旒垂落，隨著兩人的步伐，若流水般輕輕晃動。

「臣等參見雍王、青王！」

「平身。」

君臣就座，華宴開始，舉杯共飲，歡賀一堂，佳餚如珍，美酒如露，絲竹如籟，舞者如花。

景炎二十七年的最後一天，青王、雍王與兩州及帝都的臣將於慶華宮共進年宴。

日後有朝臣回憶起那一次的年宴，總如霧中看花，無法將當日的一切情景憶個清楚明白，卻偏因其迷濛縹緲，而更讓人念念不忘。

那一次的宴會到底有何不同呢？

宴會並不見得如何的奢華，昔日任何一次皇家宴會都比其有過之而無不及，也並不見得如何的熱鬧，只是一殿君臣，可也並非冷清，玉座上的兩王親切隨和，殿下的臣子談笑對飲，一切都是那麼的和諧……如果一定要說有什麼特別之處，那麼便是平靜。

皇家的宴會不是奢綺喧嘩，也不是莊嚴沉穆，而是平靜如水，沒有一絲波瀾，沒有一絲起伏，一種恰到好處的平靜。

從宴會的開始到結束，一切都是平靜而自然的度過，品御廚做出的珍肴，互敬百年的佳釀，聽宮廷樂師的絕妙佳曲，賞如花宮女的曼妙舞姿……當子時臨近之時，君臣前往東華樓與百姓共度這一年的最後時刻，與百姓共迎新年。

東華樓前的廣場上早已是人山人海，帝都的百姓幾乎已全聚集於此，頂著刺骨的寒風翹首以待，只為著見一見青王、雍王，那仿如傳說中的王者。

終於，當百官擁簇的兩王登上城樓，那一刻，廣場上原本喧嘩如沸的百姓全都安靜了下來，仰首而望，城上雍容高貴的兩王含笑向百姓揮手致意，霎時樓下萬民跪拜，恭賀聲如山呼海嘯般響起。

這一拜融合了帝都百姓所有的敬愛與感恩。感謝青王、雍王將他們自北軍手中解救出來，幫他們治療傷痛，幫他們重建家園，幫他們尋找失散的親人……他們感激、崇愛……他們以最樸實的動作表達。

當兩王溫柔的撫慰、激勵與祝福輕輕而清晰地傳入每一個人耳中時，那一刻，寒風忽化春風，拂去所有的寒意，身心皆暖。那一刻，萬民傾拜，那一刻「萬歲」響徹九天，那已不只是感激，那是完完全全的拜服，拜服於那仁德兼備、品貌無雙的王者腳下。

當煙花升起之時，所有的人都抬首，看著那一朵朵的火花在夜空綻開，絢麗的點亮整個夜空，然後化為璀璨的星雨落下。

霎時臣民皆歡，全城振奮，便是任穿雨、久微，此刻也是含笑撫額，為這亂世中難得的盛典。

鳳棲梧的目光從絢爛的煙花移向城樓最前的兩王身上。

城樓上，朝臣們都隔著一定的距離立於他們身後或者左右，然後還有內侍、宮女、侍衛，城下則有萬千百姓，那麼多的人擁簇著他們，但他們卻似脫離了人群。

他們並肩而立，仰首看著天幕上的花開花滅，臉上都是雍容的淡笑，天上雖無數璀璨煙花，卻無法遮掩那兩人個的光芒，那種淡雅卻高於一切的風華。

朝臣、百姓、喧嘩、笑語忽然全都消失，城樓之上只剩那兩人，襯著身後那滿天煙花，那兩個人是如此的耀不可視，是如此超脫絕倫……他們是如此相配的人，可為什麼他們卻是如此的疏離？雖百官環繞、萬民歡擁，可為何那兩人流露出如此孤絕的氣息？

鳳棲梧默默地注視著。

在煙花似海，在歡聲如沸中，那刻高高在上的豐蘭息、風惜雲，心頭卻同時湧上空寂孤絕之感。

無論人如何多、周圍的氣氛多麼熱鬧，他們卻遠遠了在此之外。

側首，只是看到對方模糊的笑臉。

他們並肩而立，他們只有一拳之距，他們靠得如此的近，他們又離得如此的遠，彷彿隔著一面透明的鏡牆，可以清楚地看到對面的人，觸手卻是無法逾越的冰涼。

「今天其實也是主上的生辰呢，只是主上從來沒有慶祝過。」

身後忽然傳來端木文聲的喃喃輕嘆，鳳棲梧全身一震，心頭湧起一片無法言喻的酸楚。

子時，宮中的燈火一盞盞熄滅，歡慶已過，所有人都進入安眠。

極天宮的寢殿裡，鍾離、鍾園侍候著豐蘭息洗沐後，悄步退下，闔上門時，看見他們的主上正斜倚在窗邊的長榻上，手中雪色的玉杯裡盛著流丹似的美酒，窗門微微開啟一角，寒冷的夜風吹進，拂起墨色的髮絲，飄飄揚揚，披瀉了一身，也掩起了容顏。

唉！兩人心頭同時輕輕長嘆，每年的今夜，主上都是通宵不眠，看來今年亦要相同。

他們轉身離去，卻見一名內侍匆忙跑來。

「什麼事？」鍾離出聲問道，並示意放鬆腳步，不要驚擾了主上。

那內侍趕忙停步，輕聲答道：「鳳姑娘求見。」

「嗯？」鍾離、鍾園相視一眼，那兩張一模一樣的臉上露出一模一樣的困惑表情。她這麼晚了來幹什麼？

然後由鍾園回答：「主上已經歇下了，鳳姑娘若有事，請她明日再來。」

「奴婢也是如此答覆，只是……只是鳳姑娘她……」內侍有些吞吞吐吐，小心翼翼地看著眼前一模一樣的面孔，到現在他依然分不清這兩個人，只知道這是雍王身邊最親近信任的人，不能得罪的，「鳳姑娘……一定要見雍王，所以……」

鍾離、鍾園聞言，彼此相視一眼，然後一齊走回門前，鍾離輕輕敲門，「主上，鳳姑娘求見。」

寢殿裡，豐蘭息正凝視著杯中豔紅的美酒出神，聞言一怔，沉吟片刻，淡淡扯起一抹笑，「請鳳姑娘至暖蘭閣稍候。」

「是。」

鍾離前往轉達，而鍾園則推門入內，侍候豐蘭息著衣，當要為他束起頭髮時，豐蘭息卻揮揮手，就這樣披著髮走出去。

暖蘭閣裡，鳳棲梧靜靜地看著壁上的一幅雪蘭圖，雪似的花瓣中，卻有一點點嫣紅，仿是不小心滴落的鮮血。她知道，這是豐蘭息今晨畫就的。

吱嘎輕響，閣門被推開，冷風貫進。

鳳棲梧回頭，便見一道幾乎要融入身後漆黑夜空的人影緩步走來，她起身，默然行禮。

「鳳姑娘這麼晚找孤有何事？」豐蘭息淺笑問道。

鍾離、鍾園闔上門退去。

鳳棲梧抬首，凝眸看著面前的人。

依舊是往日熟悉的俊美優雅的儀容，只是今夜，再看那雙與平常一樣的黑眸，她卻心頭一痛。那雙眼睛那樣的黑，那樣的深，如幽謐無底的旋渦，藏著他所有的喜怒哀樂。

她移步走向房中的圓桌前，以平淡的語氣道：「棲梧做了點東西，想請雍王嘗嘗。」

「哦？」豐蘭息眉頭一挑，有些訝異地看著燈下豔光逼人的鳳棲梧，深更半夜的，請他品嘗一下她的廚藝？

鳳棲梧將桌上食盒外包得嚴嚴實實的棉布解開，然後打開盒蓋，盒中露出一碗麵。

看到那碗麵的瞬間，豐蘭息臉上的雍容淺笑終於慢慢退去。

「雖然晚了，但這是棲梧第一次做的，雍王能賞臉嘗嘗嗎？」鳳棲梧端出麵條，輕輕放在桌上。

豐蘭息目光怔怔地看著桌上的麵。

「還是熱的。」鳳棲梧將筷子擱在碗上，抬眸看著豐蘭息。

豐蘭息怔立了片刻，然後緩緩移步，走近桌旁，看著那碗麵。

麵實在很普通，而且只看便知，那味道決不可能是「美味」。麵顯然煮得太久了，都黏糊在一起，上面罩著一層青菜，但因悶得太久，菜葉已經發黃，青菜上擱著兩個水煮的雞蛋，但剝雞蛋殼的人水準不佳，表面上坑窪一片，唯一可以確定的是，真的是熱的，在這滴水成冰的寒夜，瓷碗上有縷縷上騰的熱氣。

見豐蘭息審視著那碗麵，鳳棲梧頓時有些心虛，「那……因為是第一次，所以看起來不甚好看，只是……」她吞吞吐吐地想要解釋，卻越說越沒底，纖指緊緊絞著，目光看看豐蘭息，又看看麵條，雪白的容顏上湧起紅雲，垂下頭，聲音低不可聞地道，「應該……可以吃的？」顯是連她自己也不能確定了。

豐蘭息呆呆看著那碗麵，恍然間想起很久很久以前，有一個溫柔的聲音曾經對他說過：「息兒，你要記住，在每個人生辰這天，我們大東的習俗是母親與子女都會親手煮一碗麵給對方吃。息兒現在太小，所以先吃母后煮的，等息兒長大之後，可要多煮幾碗補償母后哦。」說完，那柔軟的手還會輕輕撫著他的頭頂，帶著他溫暖安然的感覺。

生辰……麵條……

母后死後，已再無人為自己煮過麵條，便是生辰，自那一個血色的年夜開始，已再無人提起，也決不允許有人提起。

遺忘每年的今天是一個什麼日子，記住每年的今天曾發生過什麼，天長日久，一切溫暖的都已遠了，只有冰冷的疼痛沉入骨髓，可是……

豐蘭息移眸，目光落在鳳棲梧身上。

素日清冷孤傲的人，此時卻為著一碗麵而面紅耳赤，忐忑不安。在這個寒冷的冬夜，在這個所有人都帶著盛宴的餘歡沉入夢鄉的年夜，她卻獨自做了一碗家常麵，沒有恭賀，沒有祝願，只說請他嘗嘗她此生做的第一碗麵。

一絲溫暖就這樣悄悄浮上心頭，二十多年未曾有過的溫暖，此刻再次感受到了，於是，豐蘭息輕笑，笑容真實而清淺，溫柔如水。

「是可以吃的。」他在桌前坐下，拾起筷子，開始吃這碗熱熱的麵條。

鳳棲梧絞著的手終於鬆開，也在桌旁坐下，靜靜地看著豐蘭息吃麵，看著他吃完青菜，看著他吃完雞蛋，再看著他喝完麵湯……這刻，暖蘭閣是如此的溫暖馨香，這一刻是如此的靜謐悠長，彷彿時光可以就此停止，停止在這微微幸福、微微酸楚的時刻。

叮。筷子擱在碗上發出清脆的響聲，麵終於吃完了。

鳳棲梧伸手，默默收拾著。

豐蘭息靜靜看著她的動作，看著碗筷收進盒內，看著盒蓋輕輕蓋上，他微微閉目，微帶嘆息地道：「這些年，除了從鍾離、鍾園手中遞過的東西，幾乎未吃過別人的。」他唇際浮起一絲淺笑，與其說是嘲諷，不如說是淒涼。

鳳棲梧聞言手一顫，抬眸看他，那一抹笑看入眼中，頓如銀針刺心，微微地，卻長長久久地痛著。

「以前……很多試食的都死了，後來便只吃鍾離、鍾園做的，那樣才沒死人了。」平淡的近乎無溫的語氣，冷然得近乎無情的神色，豐蘭息側首，目光落向牆上的雪蘭圖，「母后死後，寢食無安呢。」

鳳棲梧只覺得眼前驀然模糊，有什麼從臉上流過，冰涼涼的，她趕緊低頭，將棉布一層一層包回食盒，有什麼滴落在布上，暈開一圈一圈的浮水印。

「暗箭周藏，舉步維艱。」豐蘭息以手支著臉頰，偏頭看著雪蘭中的點點殷紅，墨黑的髮絲瀉下肩膀，遮住了容顏，看不清神情，模糊了聲音，「每年的今天都在提醒著我，只是……這樣的麵卻是第一次吃到。」他移眸，目光溫柔地看著對面垂首的佳人，「棲梧，這是我在母后死後吃到的第一碗麵。」

鳳棲梧抬頭，容顏如雪，眸中卻閃著溫熱的水光，唇際扯出一抹極淺絕豔的笑容，「棲梧很幸運。」

「棲梧，」豐蘭息長長嘆息，伸手輕觸眼前的人兒，指尖拂去她眼角的淚珠，寒夜中炙熱如火，「棲梧……」他輕輕喚著她，無限感慨地喚著她。

他自知她對他有情，卻不知她用情至此。這個外表清冷，骨子裡極度自尊高傲的女子，卻願意跟隨著他。召喚時，為他彈一曲琵琶，唱一曲清歌；沒有召喚，便靜靜地站在她的角落裡，沒有任何要求，也沒有任何怨悔……這一生啊，第一次有這樣對他的人，便是……也不曾如此。

這一刻，任是寡情如豐蘭息也是深深感動，墨黑無底的眼眸中，此時真真切切的蘊著溫柔，那樣憐惜的柔光是從未見過的。

鳳棲梧看著那雙墨黑瞳眸，一瞬間無限的滿足。無須前因後果，無須前情後事，只是此刻，便足已。

「棲梧……」豐蘭息看著鳳棲梧面容上顯露的神情，心頭頓時又柔又軟，他伸手輕輕握住她的手，從未曾有過的念頭便這樣輕聲道出，「棲梧願不願意成為……」

那一語即要脫口之時，一縷琴音隱隱傳來，令閣中的兩人一震。

豐蘭息霍地起身，疾步走至窗前，推開了窗，那琴音便清晰傳入。

當聽清楚琴曲之時，豐蘭息雙目猛然睜大，黑眸裡霎時波起濤湧，目光灼灼地看著夜空，似穿越那茫茫黑夜望到琴音的另一頭。

「這是……清平調。」他的聲音微微發著顫，似怕驚嚇了琴音，那樣的小心翼翼，那樣的猶疑不敢置信。

清平調？那是什麼曲子？能讓他有如此反應？

鳳棲梧看著窗邊呆立的豐蘭息，看著他臉上閃過複雜得無以言喻的表情，心頭五味雜陳。是誰在這深夜彈琴？是誰能如此撩動他的情緒？

「清平調……原來……她沒有忘啊。」豐蘭息的嘆息似從心底最深處吐出，那般的悠長綿遠，餘音繚繞，如絲如蔓，在暖閣中飄蕩一圈，和著夜風溢出窗外，悠悠地飄向遠方。

那一刻，鳳棲梧忽然明白了。這世間能讓他如此的人，除了青王風惜雲還能是誰？

看著豐蘭息臉上閃過各種情緒，迷茫、憂傷、欣喜、無奈……那樣的複雜，可這樣的他，何曾見過。這一刻，酸楚與快樂同結於心，半為自己半為他。

她提起食盒，無聲地離去。

窗邊的豐蘭息轉身，看著她，那雙總是黑不見底的眼眸此刻卻是明澈如湖，可清晰地看到裡面流動的光芒，「棲梧，這碗麵，蘭息終生不忘。」

「嗯。」鳳棲梧微笑點頭，輕輕開門，沒有任何猶疑地跨門而出，然後再輕輕闔上。

門裡、門外，兩個世界。

門裡明亮，溫暖如春；門外漆黑，天寒地凍。

門裡、門外，兩個人。

門裡的人激動、喜悅甚至幸福；門外的人酸楚、淒然卻又欣慰。

琴音還在繼續，低迴婉轉，清和如風。

門外的鳳棲梧抬首望一眼夜空，寒星泛著微光，她將還溫熱的食盒抱緊在胸前，綻開一抹淺笑，微澀卻又釋然，「願蒼天佑福。」

門裡的豐蘭息抬手遮目，卻是全身心的放鬆，唇邊綻開一抹微笑，溫暖而又傷感，「蒼天未棄息嗎？」

『你吹的是什麼曲子啊？滿好聽的。』

『清平調，以前母……母親每年的今天都彈給我聽。』

『以前？她現在不彈了？』

『她……不在了。』

『呃？也沒關係啊，反正你都會吹了嘛。要不這樣啊，你把你的烤雞給我吃，以後我彈給你聽吧。』

極天宮窗前佇立的人，鳳影宮琴旁靜坐的人，腦中忽然都響起了這樣的對話，眼前都浮起記憶裡最初的畫面。

那個年少初遇的歲末寒夜，老桃樹下，篝火旁邊，俊雅沉靜的少年，清俊愛笑的少女，那一夜他們相依取暖，那一夜他們相談甚歡……

那時候他們年少純真，彼此是初遇投緣的陌生人，他博學溫雅，真實無欺，她靈慧機敏，好吃貪玩。那時候的他們沒有日後的分歧，沒有今日的利害得失，他們惺惺相惜、心心相近。

曲已終，琴已止，幽幽深宮重歸於寂，窗邊的人依然癡立，琴旁的人茫然失神。

為什麼會記得？為什麼會在今夜彈出？彼此都不知道，又或是彼此都知道卻不願承認？

頹然伏於琴上，埋首於臂彎，深深地藏起，卻無法按住心底湧出的悲哀。

昔日無論多麼美好，已不可能再回，今後無論艱辛坦順，已不可能同步，便是那些刻骨的回憶，今日的你我已不能再擁有，只能埋葬或……丟棄。

同樣的夜晚，同樣的時刻，隔著山山水水，隔著城池甲冑，硯城也有徹夜不寐的人。

嗟。筆輕輕擱在筆架上，手順勢落回鋪著玉帛紙的桌面，那手仿以最好的白玉精心雕琢而成，修長潔淨，散發著柔和溫潤的玉澤，完美卻不真實。

「終於完成了。」玉無緣長舒一口氣。起身走至窗前，推開窗，一股冷風拂來，侵入溫暖的室內，但也注入清新的空氣。

閉目，深深吸一口沁涼清冽的空氣，神思頓時清爽，抬首睜開眼睛，漆黑的天幕仿如最上等的墨綢，星子如棋，爭相輝映，映射著大地，山林屋宇，影影綽綽。

「星辰已近，命定的相會將要開始。」他語氣輕忽悠長，眸子明澈如鏡，「又或是一切的結束？」唇邊浮一抹縹緲難逐的淺笑，負手而立，仿如一座白玉雕像，靜靜佇立，淡看天上星辰變幻。

「無緣。」低而沉穩的嗓音響起，轉首，卻看到皇朝走了過來。

「怎麼還沒睡？」玉無緣問他。

「睡下了，只是睡不著。」皇朝推門而入，他僅在睡袍外披了一件長袍，顯然是才從床上起來的。

「傷又復發了？」玉無緣眉心一攏。那一次的箭傷傷及心肺，本應好好調養，但皇朝忙於征戰，以致傷勢反反復復，一直未能徹底痊癒。

「沒有。」皇朝答道，走近桌旁，目光被桌上墨蹟未乾的墨卷吸引。

「皇朝，江山之外偶爾也要想想自己的身體。」玉無緣憂心地看著他。

但顯然，他的勸告皇朝未曾入耳，他的心思已完全沉入墨卷之中。

玉無緣無聲地嘆息，移眸望向天宇。那墨海星辰，浩渺無垠，世事變幻，盡在其中，天地萬物萬生，真的只能沿著命運的軌跡而行？無論怎樣的努力，都無法人定勝天嗎？

帝星已應天而生，將星也應運而聚，那些星辰升騰隕落都只為蒼茫山頂的那局棋嗎？他們號為天人的玉家，在這個風雲變幻的亂世到底是一個什麼樣角色？手不沾血的修羅？救生創世的仁者？這些都只是命定的嗎？

『命定？』想此這兩字，玉無緣那張無波無緒的臉上浮起一絲嘲諷而略帶苦澀的笑容。眼眸無力地閉上，任身心都沉入那無邊無垠的虛無。所有的這些不都是世人向玉家人求解的嗎？而玉家人既被稱為天人，那自是最清楚這所有的一切的，只是，命運……卻是他們玉家人最痛恨的。

「或許你才是真正的天下之主。」靜寂的房中猛然響起皇朝沉穩有力的嗓音，那雙明亮的金眸此時正灼灼地注視著窗前的人，「『慧絕天下的玉家人』果然慧絕天下，若玉家的人要這個天下，便如探囊取物，輕而易舉。」

玉無緣回首看向他，皇朝手中是他剛剛寫完的卷帛。

「這份『皇朝初典』在你登基之日便可昭告天下。」他淡淡開口，轉身走回桌前，取過卷帛仔細收好，「新的王朝建立時，你可照典而行……」他話音微頓，然後接著說道，「或許你就作參考罷了。」

「我想這世上再不會有比你所寫更完美的，即便是青王、雍王也不可能。」皇朝接過玉無緣遞與他的卷帛感慨道。

玉無緣卻恍如未聞，走回窗前，目光穿透茫茫夜空，「新的一年已開始了，不知蒼茫山頂上的雪何時會融化？」

「登上蒼茫山便可知了。」皇朝走至窗前與他並肩而立。

「蒼茫山……蒼茫棋局嗎？」玉無緣的聲音低低地灑入風中，「或許留為殘局更佳。」

第四十九章　天人玉家帝業師

新年的正月初二，帝都的百姓還未從新年的歡慶中醒來，便聽到了青王、雍王王駕離都的消息。百姓雖不捨，但也只能依依送別，以表心意。於是帝都城內那一天道路阻塞，到處都擠滿了送別兩王的百姓，以至於玉輦只能緩緩而行。

當青王、雍王一行終於出了帝都城時，已是近午時分。

「看來你們是盡得民心。」寬廣舒適的玉輦中，久微透過窗簾望向那猶自遙遙目送的百姓微微揶揄著，「所謂得民心者得天下，你們已無後顧之憂。」

「豐葦雖年輕，但以他的身分坐鎮帝都卻是再合適不過，確實無後顧之憂。只是這得民心者，當今天下可不只他雍王一人有此才能，還有人是更甚於他的。」風惜雲微微嘆息。

「哦？」久微眼眸一轉，微笑中隱有一絲令人費解的意味，「妳是說玉無緣？」

「玉家的人……」風惜雲的目光有些恍惚。

咚咚！車門被輕輕敲響，緊接著響起徐淵的聲音，「主上，雍王吩咐臣將此卷呈妳。」

「進來吧。」

隨侍在車內的女官五媚、六韻一左一右掀起車簾、打開車門，徐淵低頭走入。玉輦內極為寬廣，鋪著厚厚的錦毯，軟榻、几案一一陳設，就如一間溫暖小巧的房間。

「坐吧。」

風惜雲接過徐淵呈上的卷帛，一邊展開，一邊示意徐淵坐下。

坐在軟榻另一邊的久微則斟一杯熱茶遞給徐淵，徐淵接過道謝。

「真不愧是玉家人！」風惜雲看著卷帛，越看越驚心，「別說是皇朝那等奇才，便是一個稍有能耐的人，亦可做個賢王明君。」

聞言，車中幾人不禁都看向她，疑惑這卷帛上到底所寫為何，竟讓她有如此感慨？

「你們也看看吧。」風惜雲將手中卷帛遞過。

久微接過，匆匆掃視，卻只是淡淡一笑，抬手又遞與徐淵：「玉無緣……玉家的人有此等才能並不稀奇。」

而徐淵看過卻是面色一變，滿臉震撼地看著手中的卷帛。

一旁的六韻、五媚見他如此反應，也有些好奇，但她們只是小小女官，不得參與國事，所以只得忍耐。風惜雲注意到她們的神色，微微點頭，示意可以看。兩人得到首肯，馬上一左一右走近徐淵，待看明卷帛上所書，頓也是滿臉的驚嘆。

「由此卷看來，那句『只要玉家人站在你身邊，你便是天下之主』的話，確非虛言。」風惜雲的聲音中包含著感慨與敬佩，還有隱憂以及一絲若有若無的惆悵，「大局未定，他卻已在築建新的王朝……好一個玉無緣！」

「這些……是怎麼到手的啊？」素來冷靜的徐淵此時卻無法抑止自己的激動。

「自然是雍王的功勞。」風惜雲輕輕嘆道，「連玉無緣的東西也能到手，孤也不得不佩服他的本事，想來這世上沒有他不知道的，只有他想不想知道而已。」

「雍王難道願意用玉無緣的東西？」久微卻不以為然。

「久微覺得如何？」風惜雲不答反問。

「無懈可擊。」久微一言蔽之。

「哦？」風惜雲聞言笑笑，目光又轉向徐淵，「徐淵又如何看？」

「臣是武將，對於治國並不大懂，只是……」徐淵垂首看著手中的卷帛，冷淡的雙目中少見地綻出灼熱的光芒，他自己都沒有意識到自己將卷帛攥得緊緊的，好似怕它突然飛走，「此卷已將治國之道盡述其上，依卷而行，必當明主。」

「嗯。」風惜雲頷首，示意他繼續說下去。

徐淵沉吟了片刻，才道：「若將一個王朝比作一個巨人，那麼王朝建立之初僅僅只是立起了巨人的骨架，而卷帛上所述的這些，便是鑄造巨人的經脈、血肉，當這些鑄造成功了，才能真正地建立一個根基牢固、雄偉壯闊的王朝。」說著，他恭敬地將卷帛奉還。

風惜雲接過卷抽，目光再次落在卷帛上的字，半晌後才輕嘆，「六百多年前，威烈帝曾曰：『吾能天下之主，實玉師之功！』今日我們算是知道了，此言誠然不虛。」

「主上，這玉無緣……您所說的玉家人到底有什麼來歷？」五媚好奇地問道。

一旁的六韻聞言，看了五媚一眼，欲言又止。

風惜雲睨了一眼五媚和六韻，淡淡一笑，「玉家人有好幾百年不曾出世，難怪妳不知道。」她輕輕嘆了口氣，「大約這天下也少有人記得玉家人，但作為七王之後，自是銘刻於心。」

五媚聞言不禁瞪大了眼睛，而雖知玉家之名，但對玉家並不瞭解的六韻、徐淵則看著風惜雲，只有久微依舊靜靜地品茶，目光淡淡的，看不出一絲情緒。

「每一個大東人都知道，大東帝國是由威烈帝東始修與皇逖、寧靜遠、豐極、白意馬、華荊台、風獨影、南片月八人締建，卻少有人知道，在這八人身後還有一個人——天人玉言天。他是八人的老師，可以說，若無此人，便不會有東始修，也不會有七王，更不會有大東帝國。」風惜雲說至此，微微喘了一口氣，抬起頭望著車頂，「八人尊稱玉言天為『玉師』，而他的子孫也繼承他的遺志，相繼輔助過泰興帝、熙寧帝、承康帝，因此玉家也有『帝師』之稱，玉家人只輔帝王，這在東氏皇族及七州王族是不宣而照之事，而玉無緣便是這個玉家的人。」

「原來玉家這麼了不起啊！」五媚感嘆。

她的感嘆剛落，便聽到一聲輕哼，卻是久微所發。

風惜雲側首看著久微，目光裡有著淡淡的溫柔及內疚，然後揮手，「你們退下吧。」

徐淵、五媚、六韻聞言會意，都起身退出玉輦。

「久微。」風惜雲輕輕喚一聲。

久微苦笑一聲，「我沒事，妳不用擔心。」

風惜雲無言地伸出手，握住久微擱在矮几上的手。

久微回握，兩人的手溫暖，握於一處給人安心的感覺，「雍王在新年之初即啟程，是不是因為玉無緣？」

「嗯。」風惜雲點頭，目光落在卷帛上，「以玉無緣的本事，不出兩個月，那些為冀王所占城池裡的百姓必將心向於他，亦會因他而向冀王獻上忠心，到那時，我們所用的大義名分便成泡影，即算最後能二分天下……那也是敗了。」

「哦？」久微唇角微勾，「雍王有把握能勝玉無緣？」

風惜雲沒有回答，只是抬手推開窗，看著窗外蕭瑟的天地。

久微也沒有追問，轉而看著卷帛道：「雍王既得到這份東西，他會不會用呢？」

「不會。」風惜雲這次卻很快就回答了。

「為何？」久微挑眉。

風惜雲微微閉目，唇邊若有若無地勾一絲笑，「他雖然是一個喜歡借他人之手做事的人，但這一次他決不會用玉無緣的東西，這是屬於王者的驕傲。」

「王者的驕傲。」久微瞇眸輕輕重複一遍，淡淡一笑，然後端正的儀容，看著風惜雲，「妳與雍王……妳至今都未對他解釋那憑空出現的五萬風雲騎，而他也未向妳解釋遲到落英山的原因，你們這樣……好嗎？」

風惜雲沒有回答，只是將目光望向曠野。

「夕兒？」久微輕輕嘆息。

風惜雲依舊沉默著，許久後，車中才響起她低低的話語，「解釋對我們來說……已經不必了。」

清晨氣溫極低，寒風凜凜，凌空掃過，如冰刀般刮得人肌膚作疼。

風雲騎與墨羽騎以一種從容的氣度快速地前行，蹄聲齊整，盔甲鏗然，高空上升起的那輪紅日灑下一層淡淡薄輝，輕輕鍍在黑白鎧甲上，閃著熠熠明光，遠遠望去，似是行走在天邊的神兵。

車隊靠後的一輛馬車裡，任穿雨在看兵書，看得極認真，似乎整個人都沉入書中，神態安謐。但坐在他對面的端木文聲與賀棄殊卻坐得有些心焦了。

最後，端木文聲先打破了車中的安靜，「穿雨。」

任穿雨的目光自書中移開，「你們要和我說什麼？」

這般難得地直接問話，倒讓賀棄殊與端木文聲一怔，然後兩人相視一眼，看著任穿雨，卻是欲言又止。

「難以開口嗎？」任穿雨輕輕一笑，目中盡是了然之色。

「穿雨，我覺得對於青王，你還是不要插手了，就讓主上自己決定好了。」賀棄殊斟酌著開口。

任穿雨看著兩人，輕輕一笑，「不止是你們，大約喬謹和穿雲也是這話。」他合上書，端正的面容，「這事你們不要管，我自有我的道理。」

賀棄殊眉心微皺，「你不覺得你操之過急了嗎？」

「操之過急？」任穿雨「哼」了一聲，面上浮起淡淡的諷笑，「難道要在大局已定時再有所行動？到那時便一切晚矣！」

「穿雨，你所考慮的也可能只是杞人憂天而已。」端木文聲也開口勸道，「青王自始至終都未曾有過異心，反而是我們一直都在……」

「端木，亂世之中，休言婦人之仁！」任穿雨打斷他的話，「青王若真與主上一條心，那如何解釋多出的那五萬風雲騎？」

端木文聲與賀棄殊想到那憑空而現的五萬風雲騎，也是心中一突。只是想到當日落英山的慘烈，又覺得若讓任穿雨繼續這樣下去，只怕日後會出現更糟糕更難以挽回的局面。

任穿雨卻不等他們說話，繼續道：「你們不要忘了她本來就是一州之王，她所擁有的本就與主上旗鼓相當，若真到天下大定的那一日，她無論是名聲還是勢力，都只會更加壯大，若那時再有萬一……」他握拳，聲音變冷，「前車可鑒！若當年。莊帝不給予桓帝那麼大的權力，不那樣重用他，不讓他建那麼大的功勳，以致一枝獨秀，桓帝何至於功高震主，何至於兄弟相殘？所以……我要將一切的可能扼殺於腹中。」最後一句冷厲乾脆。

端木文聲與賀棄殊聞言，想要反駁又覺得他說的有些道理，可對他的行為卻又不能認同。

靜默了片刻，賀棄殊才道：「穿雨，你我跟隨主上十多年，他是何等人，你們都清楚。從上次便可看出，他對青王的心意，所以……」

「正是因為如此，」任穿雨驀然打斷，聲音低沉，眼睛冰冷，「真正讓我不能放心的便是她對主上影響太大。女人影響一個男人不算什麼，但主上不是一個普通的男人，他是帝王！自古以來，但凡受女人影響的帝王，不是禍亂朝綱，便是身敗名裂後以王朝陪葬！」

那話，令端木文聲與賀棄殊悚然而驚。

元月七日，一北一南兩路大軍相會於東旦渡，舉世矚目的風雲人物全聚於此。

東旦渡並不是地勢險峻之地也不是風景秀麗之地，只是「蒼佑湖」湖邊的一個渡口，因著蒼佑湖的潤澤，這渡口也聚集了人煙，形成一個小鎮，只是現今，卻是只見渡口而無人煙，百姓風聞大軍到來，早已攜家帶口跑得遠遠的。

雖這東旦渡只是一個小渡口，但此刻，它卻是兩軍必爭之地，只因渡過這蒼佑湖便是蒼舒城，而蒼舒城便在蒼茫山下，有著當世唯一一條通往蒼茫山的官道。

昔年威烈帝登上蒼茫山頂，曾經感嘆：「仰可掬星月，俯可攬山河，當謂王者也！」是以，蒼茫山也有「王山」之稱。

豐蘭息與皇朝皆是日夜兼程奔馳，都想在對方未至東旦渡之前截住對方，卻仿如天意一般，兩軍同時抵達東旦渡。

欲登蒼茫，先得蒼舒——這是雙方的共識。

這場江山之爭到此，雙方都已各得半壁，彼此都知對方無論哪方面都與自己旗鼓相當，那麼剩下的便是一會蒼茫山頂，看誰才是真正的天下之主！

蒼佑湖寬廣浩渺，無水鳥飛渡，無渡舟半葉，只冷冷幽藍的湖水在寒風中蕩著一圈又一圈的波紋。

當夜幕降臨，東旦渡便籠在一片橘紅的光芒之中，千萬束火把將幽幽的蒼佑湖映得緋紅，迎風搖曳的旌旗在半空中高高俯視著渡口的千軍萬馬。

「此次會戰，雍王有何打算？」王帳裡，風惜雲問著豐蘭息。

「沒有想到會在東旦渡相會，這或許真是天意。」豐蘭息微微感嘆。

風惜雲沒有理會，只道：「東旦渡周圍幾乎全是平地，於此處作戰，沒有可依憑的。」

「正面相逢，相面迎戰，大約皇朝也是這樣認為的。」豐蘭息淡然道。

「那你是要與他們鬥兵法、鬥布陣？」風惜雲的目光自手中茶杯移向豐蘭息。

「青王有異議？」豐蘭息側首看她，眼角微微挑起。

風惜雲卻是垂眸輕笑，「我們開蒙學的都是玉家的《玉言啟世》，習騎射、武略時，先要背玉家的《玉言兵書》……我們七王之後，無論文武雜藝，都離不開一個『玉』字，可以說都是玉家的學生，而如今對面正有一位玉家人，也算是學生對上老師，卻不知誰的勝算多一些。」

「『青出於藍而勝於藍』，此話人盡皆知。」豐蘭息微微一笑，「有皇朝與玉無緣……如此難得盛會，如此難得對手，妳我可與之相遇，又豈能辜負上蒼這一番美意。」他說著，長眉輕輕揚起，沉靜如海的黑眸泛起波瀾，晶亮的目光似比帳頂的明珠更為璀璨。

風惜雲不禁側目，這樣的豐蘭息還是她第一次見到，他顯然在為這場即將到來的戰鬥而興奮，他在期待著對面那兩個絕倫的對手，他自信著自己的能力，眉宇間更是綻放出一種少年的意氣風發。

怔怔地看了他半晌，她淺淺一笑，「無回谷裡，孤已會過冀王，此次便無須現醜，只在一旁欣賞雍王與玉公子冠絕天下的武功與謀略。」

她的話音落下，帳門響起侍者的通報聲，風雲騎、墨羽騎的將領都到了。

與此同時，對面皇朝的王帳裡，也有著類似的談話。

「無緣，記得在無回谷之時，你曾說過『無回谷不是你們決戰之地』。」皇朝倚在榻上，看著對面的玉無緣。

帳中飄蕩著輕輕淺淺的琴聲出自於玉無緣之手，聽到皇朝的話，他也未停手，只是抬首看了皇朝一眼。

「玉家人號稱『天人』，精於命算，那這東旦渡便是我們命中註定的相會之地嗎？」皇朝沉厚的嗓音夾在琴音中便顯得有幾分飄忽。

玉無緣依舊沒有回答，只是撫著琴，琴音清清地響著，簡簡單單，卻自然流暢，令人聞之即心神放鬆。

「這一戰，便是我們最後的決戰？那麼誰才是最後的勝者？登上蒼茫山的是一人還是兩人？」這三問，皇朝倒似是喃喃自問。

「既終有一戰，又命會東旦，便放手一搏。」琴音中，玉無緣的聲音淡得仿如蒼穹落下的天語。

「命會東旦，放手一搏……」皇朝睜開眼，看著帳頂上雲環龍繞的花紋，目光漸漸灼熱，「風惜雲、豐蘭息……兩人皆是當世罕見，而這一次卻可與他們真真正正的決戰，真是令人期待！」他抬起雙手，手指正戰慄著，那是激烈的興奮所致。

琴音驀止，玉無緣看著皇朝，聲音平淡清和，「與雍王這等智計冠絕、瞬息千變之人對決，與其費盡心力，苦思竭慮，倒不如隨機而動，以不變應萬變。是以，你今夜摒棄思慮，好好睡一覺便是最好。」說罷他抱琴離去。

第五十章　東旦之決定乾坤

夜深人靜，除巡邏的士兵外，所有的人都早早入睡，為著明日的大戰而養精蓄銳，但並不是人人都能安然入眠。

風雲騎王帳旁的一座營帳裡，一燈如豆，久微靜靜坐在燈前，昏黃的光線映著他瘦長的身影，顯得有些單薄孤寂。

帳簾輕輕掀起，風惜雲無聲無息地走入，看著燈前孤坐的久微，輕輕嘆息一聲，「久微。」

聽到聲音，久微回頭，目光還有些許的茫然，看清了是風惜雲後，無神的眸子裡綻出一絲光亮，「夕兒。」

「睡不著嗎？」風惜雲在他身旁坐下，看著他瘦削蒼白的臉，也看到了他眼中複雜的情緒，心頭沉了沉。

久微唇角一動，似想笑笑，卻終是未能笑成，目光滄桑而疲倦地看著風惜雲，「是瞞不過妳，我此刻腦中如有千軍萬馬在廝殺，攪得我心神不寧，我……」他沒有說完，只是無奈地看著風惜雲。

風惜雲靜靜地看著他，目光柔和而深廣，在這樣清澈沉靜的目光裡，似乎所有的錯與罪都可包容，所有的因與果都可接納。

與風惜雲目光對視片刻，久微終於勾唇一笑，有些無奈，有些妥協，有些認命，「夕兒，這是毀家滅族之仇，是數百年無法申訴的冤屈與怨恨！」他的聲音沉重而悲憤。

「久微，我明白。」風惜雲輕輕嘆息，目光微垂，看到久微的手，頓心頭一凜，伸手將他的手握住。

那雙被風惜雲握住的手在輕顫著，雙手指間有絲絲縷縷的青色靈氣溢出，在手指間激烈地繞飛著，似要將雙手緊緊束縛，又似要脫出這雙手的掌控沖嘯而出。

「夕兒。」久微看著那雙緊握自己的手，再抬頭，便看入風惜雲明亮如水的眼睛，那一瞬間，如亂麻絞成一團的心緒忽然鬆懈開來，指間纏飛的靈氣慢慢消散，最後那雙手安安穩穩地任風惜雲握在掌中，「若說這世間還有誰能真正瞭解久羅族人的痛苦，那便只有妳了。」

「是的。」風惜雲垂眸看著兩人握在一起的手，「因為我們流著相同的血。」

聞言，久微長長嘆息，「原來妳真的知道。」

「我當然知道。」風惜雲笑笑，笑容裡卻有著悲傷，「久羅族雖然近乎滅族，數百年來已無人記得，但我們青州風氏的族譜上清清楚楚，明明正正地記著『風氏獨影，王夫久羅遺人久遙』。我們青州風氏，是鳳王風獨影和久羅族三王子久遙之後。」

久微看著風惜雲，看著看著，驀地，他忽然放聲大笑起來，「哈哈哈哈，哈哈哈哈……當年威烈帝和他的兄弟親自滅了久羅全族，可最後他們的妹妹卻和久羅族的王子成婚，哈哈哈哈……不知那時威烈帝他們眼睜睜看著兩人結成夫妻是個什麼心情！哈哈哈哈……」

他的笑聲裡滿是悲憤與嘲諷，風惜雲靜靜地看著他，無言以對。

「真是可笑又可悲！當年他們一怒而起，滅我久羅，致使數萬無辜生命一夕全亡，鮮血染紅了久羅山，可最後他們又得到了什麼？他們只得個兄妹分離，憾恨終生！哈哈哈哈……這也算是報應！」久微無可抑止地大笑，笑得全身顫抖，笑得聲嘶力竭，笑得淚流滿面，笑聲在這寂靜的夜裡顯得分外的淒涼悲慟，聞者心驚。

「久微，」風惜雲終於忍不住走過去抱住他，「久微、久微……」她不斷地溫柔地喚著他的名字，安撫著他悲痛的靈魂，直至笑聲漸消漸歇。

「夕兒，我很恨，我很痛！」久微抱住風惜雲，聲音嘶啞，「我們久羅族世世代代居於久羅山中，與世無爭，可為什麼……為什麼我們要遭受那種毀滅？數百年來，我們都只能躲躲藏藏，久羅山上怨魂不息……夕兒，我恨！」

「久微。」風惜雲只是緊緊抱著他，感受著肩頭的潤濕，那是他流下的淚水。

「夕兒，我恨！所以，我要他們毀家滅國，我們要他們血流成河，屍陳如山，我要他們的子孫後代也嘗嘗我們久羅族數百年來的苦痛！還有那個玉家人！他們擔著天人美名，可他們是一切罪孽之源！夕兒，我恨啊……我真的想……想殺盡他們這些仇人！」

「久微、久微……」風惜雲抱著他，閉目不語，心頭卻是痛楚難當，只能不停地喚著他的名，安撫此刻滿懷悲憤與仇恨的人。

「夕兒，現在的東旦，幾乎天下兵馬盡聚於此，他們實力相當，他們要全力一戰，無暇他顧，我只需略施手段，便可讓他們玉石俱焚。夕兒，我可以做到的，我可以讓他們同歸於盡，可以讓東旦堆滿屍首，讓蒼佑湖化成血湖，就如當年久羅山上的一切！」久微聲音裡有抑制不住的興奮，眼睛裡閃著灼亮而瘋狂的光芒。

風惜雲聞言一震，放開久微，看著他，只是靜靜地看著他，那雙清澈的眼眸如漆夜中最亮的星辰，明亮的光芒似可照射至天之涯，心之底，看透世間的一切。

在她的目光注視下，久微眼中的光芒散去，然後不由自主地搖頭，「是的，我做不到，我做不到視數十萬人如草芥，我做不到視蒼生如無物，所以我……」

風惜雲明亮的眼眸更加柔和。

久微看著風惜雲，眼中便有了無奈，「夕兒，為何妳不肯爭這個天下？妳若肯要這片江山該多好啊，那我便可理所當然地站在妳的身邊，可以毫無顧忌地用我的能力為妳除去所有的障礙，助妳得到江山帝位，可是妳偏偏……夕兒……」說到最後，他只能失望地，無力地嘆息。

「久微，不要妄用你的能力，所施與所受從來一體。」風惜雲再次握住他的手，「不要讓你的手沾上鮮血，你要乾乾淨淨地，平平安安地等著那一天的到來。」

「夕兒，我不怕報應。」久微無所謂地笑笑，笑得蒼涼而空洞，「最可怕的報應也不過人死魂滅，可這算什麼。這麼多年，天地間就我一個，死亡不過是解脫。」

「久微，不只你一個，還有我啊。」風惜雲抬起久微的手，放在自己的臉上，溫熱的臉頰溫暖了那雙冰涼的手，「久微，我們是親人，我們是這世上最後的親人。」

「最後的親人……」久微看著風惜雲，苦澀而悲哀地笑著，「是啊，久容已經死了，青州風氏也只餘妳一人，這世上只有妳和我血脈相連，我們是這世上最後的、唯一的親人。」

「久容……」提起修久容，風惜雲頓心頭一痛。

久微想起那個純真害羞卻又勇敢無畏的修久容，眼角一酸，「久容他能救妳，心中必然是快活的，只是……」

「只是我們還不知道他是親人時，便已失去了他。」風惜雲眼中有著無法抑止的酸澀與痛楚。

久微忍不住伸手抱緊了風惜雲，「我們久羅王族擁有異於常人的靈力，滅族之前，久羅的王族除了久羅王久邈外，還有他的兩個弟弟久迤和久遙。我的先祖是久邈，妳的先祖是三王子久遙，久容的先祖必然是二王子久迤。其實當初我見到久容時便有些疑心，可是……如妳所說，我們還來不及知道便已失去了他。」

風惜雲伏在久微懷中，忍住眼中的酸痛，「我們青州風氏雖有久羅王族的血脈，但是當年清徽君……久羅的三王子久遙，他不希望那些仇恨遺禍子孫，所以不想後代知道自己擁有久羅血脈，也不想後代知道自己擁有異於常人的靈力。因此我們風氏子孫代代如常人，否則豈會與久容相處這麼多年，卻不知是親人。」想起與久容這些年的相處，眼眶一熱，已流下淚來。

落英山上，修久容以命相護，佑她安然，卻也用他的死在她心頭留下一道傷痕，是她永生難越的痛。

「清徽君久遙……原來如此。」久遙喃喃，然後問道，「既然他隱瞞了一切，夕兒妳又怎知青州風氏亦是久羅之後？」

風惜雲沉默了片刻，才道：「先祖風獨影成婚是在她封王之後，以她那時的身分，成婚對象的出身必然要選高門貴胄，不會無緣無故地挑個平常之輩。但無論是史書上，還是青州風氏王族的一些記載，對於清徽君的出身來歷都只是簡單的一句『久羅人，封清徽君，配婚鳳王』，所以我自小就對他好奇。」她微微頓了頓，自久微懷中移開，看著他道，「這世上，我若真要弄清楚什麼事，自然就會弄清楚，更何況第二代青王……他畢竟是鳳王和清徽君的兒子，所以他曾留下些線索。」

久微默然片刻，才出聲道：「那位久遙……他與鳳王，當年……」他的話說到此便止，末了只是輕輕嘆息一聲。

當年英姿絕倫的鳳王為何會與亡族的久羅王子成婚，隔著六百多年的時光，他們已無從得知，只是……只是當年必定是有過一番恩仇情恨的。

兩人一時都沒有說話，只是彼此心中起伏的情緒卻在這片安靜中慢慢收斂。

過了片刻，風惜雲才拉著久微重新坐下，「久微，無論當年久羅因何而亡，無論當年的悲劇如何慘烈無辜，但今時今日，大東王朝亦將不存，所以就讓那些恩仇情恨隨著大東王朝的消亡而結束吧。」

久微沒有說話，但神色亦未有怨怒。

風惜雲看著久微，聲音平靜，「久微，我承諾的我已經做到了，所以你要好好地活著，回到久羅山，以久羅王之名召喚流落天涯的久羅人，重歸故里，重建家園。」

「夕兒，妳……」久微震驚地看著風惜雲。

風惜雲卻沖他點點頭，然後喚道：「折笛。」

她的話音一落，帳簾掀開，冷風灌進，然後帳中便多了一道人影。

那是一個穿著銀灰色短裝的年輕男子，身材挺拔，五官端正，外表雖不甚出色，臉上不笑神色間卻帶著笑意，令人一見便心生親切。

「他是？」久微驚訝地看著那人。

「折笛見過久羅王。」折笛躬身行禮。

「折笛？」久微目光看向風惜雲。

風惜雲笑而不語。

折笛卻幾步走到久微跟前，然後單膝跪下，朗聲道：「折笛奉青王之命，向久羅之王呈此丹書。」說罷，他雙手一舉，一只玉盒便呈於久微眼前。

久微訝異折笛此舉，目光再次看向風惜雲，見她點頭示意，才是接過來，疑惑地看著玉盒並道：「折笛請起。」

那折笛卻並不起身，只是抬頭打量著久微，那目光看得久微脊背生涼。

風惜雲一見，立時吩咐道：「折笛，你任務已了，回山去吧。」

折笛卻似沒聽到，目光炯炯地看著久微，然後眨眨眼睛道：「久羅王，你缺不缺侍衛？要不要我當你的侍衛？要知我折笛精通十八般兵器，會二十八種掌法，懂三十八門內功心法，曾擊敗過四十八名一流高手，並與五十八名劍客於淺碧山論劍六十八天，然後以獨創的七十八招『碧山絕劍』一舉奪魁，也因此收了八十八個聰明伶俐的徒兒，正打算娶九十八個老婆，似我這般人才天下可不多見，所以久羅王快快把握機會，請我當你的侍衛吧！」他一口氣說完，再次眨眨眼睛，笑咪咪地看著目瞪口呆的久微。

「你……」久微一生也可謂遍遊天下，什麼樣的人沒有見過，可是眼前這個口若懸河、喜歡眨眼睛、並且把眨眼睛這等小兒女的情態做得瀟灑自然的大男人卻是頭一次見到。

「怎麼樣？久羅王要請我當侍衛嗎？只要你請我當你的侍衛，我可以考慮每天付你十枚金葉，並且可以考慮從我那八十八個徒兒中挑選一名最美麗的女徒兒當你的貼身侍女。」久微的話還沒說出口折笛又開口了。

「我……」

「我唯一的要求就是，只要你讓我這個侍衛隨時跟隨你，隨時可出手保護你就可以了。你決不能像某人一樣，我當了十五年的侍衛，卻從頭到尾只幹了一件跑腿的事情，十多年來把我丟在淺碧山上，不聞不問、不管不顧，任我自生自滅、孤苦伶仃、艱難度日，那簡直寂寞得不是人過的日子。我終日只能將各門各派的武功翻來覆去地練，閒時也只能四處找找無聊的人打架比武，可又因為身分使然而不能顯威名於武林，讓我這等文武雙全的英才空埋荒山，或許最終還要因懷才不遇而鬱鬱而亡！」說完他連連眨眼，淚盈於眶卻未奪眶而出。

「我……」

「我平生夙願就是做一位名副其實的侍衛，若久羅王請我，我必會克盡己責，便是嘔心瀝血也在所不惜。你若想學什麼蓋世武功我都可教你，便是想要學戚家可以讓人永遠年輕英俊的鬼靈功我也可以教你，還可以讓你吃遍各門各派的靈丹妙藥，養顏補體，延年益壽，多妻多妾，多子多孫……」折笛嘮嘮叨叨的聲音忽然止住了，但並不是他自願的，只是因為脖子上突然多出了一柄寒光閃閃的寶劍。

「閉嘴！」執劍的人冷冷吐出兩個字。

折笛眨眨眼睛看看久微，再看看執劍的人，然後再眨眨眼睛看看袖手一旁的主君，最後滿臉憂傷地嘆息道：「原來久羅王已經有宵眠當護衛了，那樣的話，我看在從小一起長大的情分上也不能搶自家兄弟的飯碗，因此我只能忍痛割愛揮淚拜別……啊！」脖子上的劍尖忽然前進了一分，貼在肌膚上，如冰刺骨。

「烏鴉嘴很吵！」宵眠冷峻的臉上浮起不耐。

「烏鴉？」折笛笑咪咪的臉頓時抽搐。

宵眠點頭，「再吵割了你的舌頭！」

「我俊美無匹、玉樹臨風……啊！」

折笛才開口，宵眠的劍尖已毫不留情直取他的咽喉，久微一聲驚呼還未呼出，身前跪著的人卻已沒了影兒。

「君子動口不動手！」

久微還在詫異時，便見風惜雲身後露出一顆笑咪咪的腦袋，「久羅王，你什麼時候不喜歡那根木頭，想起玉樹臨風、英俊瀟灑、幽默風趣、古今第一的我時，請一定捎信給我。」

「折笛。」風惜雲回頭瞟了一眼。

「在！」折笛馬上應道，一臉諂媚地看著風惜雲，「主上，妳終於知道我很能幹、很重要了，所以決定將我從那蠻荒之地的淺碧山召回來了嗎？」

「是的。」風惜雲點點頭，似笑非笑地上下打量著他，「似你這般能幹出色的人，真是世所難求，若不用實是浪費，可又怕事小委屈了你。不如這樣吧，你說說你想做什麼？」

「當然是做主上的貼身侍衛！」折笛毫不猶豫地答道。

「哦？貼身侍衛能做些什麼？」風惜雲眼珠一轉。

「可以做很多呢！」折笛頓時眉飛色舞，「貼身侍衛顧名思義即是時時刻刻都緊隨在主上身邊，我可以為主上赴湯蹈火，可為主上披荊斬棘，可為主上辣手無情，可將所有對主上有不軌之圖的壞蛋全部以無影掌拍到九霄雲外！我還可以侍候主上吃飯穿衣洗沐睡覺……」正說得興起，忽又啞聲了。

「怎麼啦？」風惜雲問道。

折笛看看風惜雲，又看看帳頂，再看看一旁的久微、宵眠，眉頭忽然糾結在一塊，「稍等稍等，讓我再想想。嗯……我雖然精通十八般兵器，會二十八種掌法，懂三十八種心法，打敗了四十八個高手，獨創了七十八路高超的劍法，還有八十八個徒兒幫手，並且還摸到了戚家那老不死家主嫩嫩的臉，也扯了宇文家老祖宗的鬍子，可是……」他看著風惜雲，最後頗有壯士斷腕之決般道，「可是這所有的加起來似乎還是敵不過雍王的一招『蘭暗天下』，那麼侍候主上吃飯穿衣睡覺洗沐時我便會有危險，所以……唉！我還是回淺碧山修練得更厲害一點時再說吧。」他目光憂傷地望著風惜雲，「主上，不是折笛不掛念您，而是這世上雖有無數的珍貴之物，但所有的珍貴之物加起來也抵不過性命珍貴，所以折笛只能揮淚拜別您了。當然，如果您能保證雍王不會對我用『蘭暗天下』，那麼折笛願捨命侍候主上吃飯穿衣……」

「噗哧！」

不待折笛話說完，久微已忍俊不禁，便是宵眠也目帶笑意，只不過笑中略帶嘲諷。

折笛聞聲回頭，移步走近久微，卻是一臉正容，恭恭敬敬行禮，頗有大家風範，「折笛拜別久羅王，後會有期。」

「後會有期。」久微起身回禮。

折笛行禮後，再抬頭仔細地看看他，復又嬉笑，「雖然面相沒有我英俊，不過笑起來卻有著惑人的魔力，久羅人果然不可小看。」話音一落，他人已飄走，「什麼時候久羅王想請我當侍衛時，記得要來淺碧山，記住，是淺碧山，而不是什麼深碧山、濃碧山的！」音未消，人已遠。

久微啞然失笑，回頭卻已不見宵眠，「青州臣將皆對妳恭敬有加，倒是少見如此有趣之人，應是十分合妳脾性。」

折笛的一番「胡言亂語」，掃去了帳中的沉鬱氣氛。

風惜雲微微一笑，「折笛的性子很合白風夕，但不合青州之王，是以讓他長年守於淺碧山中，以護『體弱多病』的惜雲公主。」

久微了然點頭，然後看向玉盒，「這是什麼？」

「這是我繼位之日以青王身分做的第一件事。」風惜雲目光看向玉盒。

久微聞言眉頭一揚，然後打開了玉盒，盒中是一卷帛書，他放下玉盒，拾起帛書，展開之後，頓時一呆。

帛書上的，是祈盼了數百年的願望，此刻驀然呈現眼前，酸甜苦辣、悲喜哀痛瞬間全湧上心頭，一時也理不清是何滋味。

是想大笑？還是想大哭？似乎全都是，又似乎全都不是，以致他只能是呆呆地看著，眼前漸漸模糊，卻全身僵硬，未能有任何反應。

「這份丹書上，有青州風氏、冀州皇氏、雍州豐氏以及玉家的家族印鑒，你、我、雍王、冀王、玉公子五人各持一份，這江山最後不論握於誰手，這份丹書都會在那人登基之日昭告天下。這是我們四人的承諾，也是我們還六百多年前的一筆債。」風惜雲伸手握住久微有些抖的手，「無論誰勝誰負，都不會傷害於你；無論成敗，我都已做到。久微，你不可負我一番心血！」

「夕兒……」久微聲音哽咽。

「久微，」風惜雲目光看向搖曳不定的燭火，「無論明日一戰能否分出勝負，但蒼茫山上必有結果！蒼茫一會後，無論結果如何，都請你離開，回久羅山去靜待新王朝的到來……那時候無論我是生是死，無論我是坐於朝堂還是魂散天涯，久微，我都由衷高興。所以你要平安地回到久羅山去，宵眠會代我守護你一生。」

「原來……妳早已安排好一切！」久微忽然明白了，伸手抓住風惜雲雙肩，「難怪妳派無寒、曉戰、斬樓、宵眠為我們的侍衛，原來無論成敗如何，妳都不許我們有失！妳……妳將我們護得周全，可是妳……妳……」他眼睛通紅，緊緊地看著風惜雲，剎那間，心頭忽然酸酸軟軟，胸口堵澀難舒。

「久微，」風惜雲拍拍肩膀上抓得她骨頭作痛的手，「你太小看我了，要知道我不但是青州的王，有無數將士護著我，而且我還是白風夕，以我的武功，這天下有誰人能傷得了我？所以你儘管放心，我決不會有事，我只是需要你們的安然來安我的心。」

「可是……」

「沒有可是！」風惜雲斷然道，眉峰一凜，王者的自信與氣勢肅然而現，令人不敢違抗。

久微頓時止聲。

「久微，相信我。」風惜雲放柔語氣，將肩膀上久微的手拿下，緊緊一握，「無論成敗，無論生死，無論是天各一方……我們彼此都會知道的。我們是這世上唯一血脈相繫的親人。」

久微看著她，深深地看著她，看著眼前這張沉靜自信的臉，紛亂的心頭忽然安定下來，「夕兒，我相信妳，所以我在久羅山等妳。無論多少年，我都等妳來！」

「好！」風惜雲一笑，放開久微的手，「已經很晚了，該歇息了。」

說完，她轉身離去，看著她的背影，久微驀然喚住她，「夕兒！」

風惜雲回首。

「為什麼？為什麼明日一定要戰？你們都年輕，要奪江山還有許多時間，也有許多地方可以選，可為何定要在東旦渡一戰？為何明日一戰即是結束？一戰的成敗並不足以分出真正的勝負，可為何你們只要這一戰？」久微問出心中存在很久的疑問。

風惜雲看著他，沉默良久，才道：「以雍王為人，本不應有東旦之會，但……」她微微一頓，目中似有些無可奈何，「蒼茫山下的一戰，他似乎期待已久。」看看久微懷疑的眼神，她笑笑，「或者是有某種約定，關於蒼茫山頂的那一局棋。」

「蒼茫山頂的棋局……」久微心中一動，「難道真要以那局棋來定天下之歸？」話說完，自己都覺得有些荒唐可笑，哪有這樣的江山之爭。

「『蒼茫殘局虛席待，一朝雲會奪至尊。』這一句流傳久矣，而山頂之上的那盤殘局想來你也看過，那確實存在著，所以以棋局勝負來定天下歸屬也未必無可能。」風惜雲卻是滿不在乎地笑笑，這一刻白風夕的狂放又隱隱回來了，「敢以一局賭天下，那才是真正的豪氣！」

「那可是萬里江山，不是區區金銀財物，輸者若真就此放棄，那必是瘋子！」久微不敢置信。縱觀歷朝歷代，為著那張玉座，哪一個不是血流成河、屍陳如山才得來的，哪一個失敗者不是戰至最後一兵一卒到萬念俱灰時才肯放手！

「一定要戰至最後一兵一卒者才是瘋子！」風惜雲冷聲道。

久微無語，半晌後才道：「若在東旦大戰一場，以目前情況來看，極有可能是……」後面的話他咽下了，轉而道，「以兵家來說，康城才是必爭之地。」

「康城……黥城……」風惜雲眉頭一跳，「康城還有……」卻說到一半又止，低頭似陷入沉思。

久微也不去打擾她。

半晌後，風惜雲似已想通某點，才抬首看著久微道：「若真以棋局定天下才是最好的結局，否則……」她眼中一片凝重，「那必是哀鴻遍野，千里白骨！」

久微心頭一跳，怔怔看著風惜雲。

「久微，你看現今天下百姓如何？」風惜雲問道。

「雖有戰禍，但冀州、幽州、雍州、青州素來強盛，再加四州各結同盟，是以四州百姓的日子還算安泰，北州、商州和祈雲王域的百姓卻是飽受戰亂之苦，不過冀王、雍王與妳皆非好殺殘忍之人，雖攻城掠地，卻軍紀嚴明，又常有救濟之舉，所以百姓之苦已算是降至最低。」久微答道。

風惜雲點頭，「雖是如此，但是戰亂中死去的又何止是士兵，禍及的無辜百姓又豈止是成千上萬。」她輕輕一息，想起每進一城時，沿途那些惶恐畏懼的百姓，那些失去親人的呼天慟哭，那些絕望至極的眼神，一顆心便沉在谷底，「自我繼位以來，便是戰爭連連，入目盡是傷亡，而我自己親手造成的殺戮與罪孽怕是傾東溟之水也洗不淨，所以若能在此結束這個亂世又何嘗不好。」說著她復自嘲地一拍額頭，「一州之王竟有這種天真的想法，真是……幸好是久微。」

久微聞言卻不答話，而是奇異地看著風惜雲，那目光令風惜雲渾身不自在，因為極少有人會用這種目光看著她，那裡面有著刺探、懷疑、研判……以往那隻黑狐狸偶爾會這樣看著自己，但她往往選擇忽略，可久微不同，她不能視而不見，卻希望他可以停止這種眼神。

「夕兒，妳在乎的並不是天下至尊之位落入誰家，妳在乎的是天下百姓。」久微緊緊盯住風惜雲的雙眼，不放過那裡面的任何一絲情緒。

「那至尊之位有什麼稀罕的，不過就是一張無數人坐過的髒破椅子。」風惜雲在久微那樣的目光中，忽生出逃走的念頭，心頭隱隱地感知，似乎下一刻，她便將陷入萬劫不復之地。

「既然妳不在乎江山帝座，那妳為何不相助於冀王，以你們冀、幽、青三州之力，再加冀王、玉公子與妳三人之能及帳下名將，雍王再厲害必也處於弱勢，亂世或可能早些結束，可為何妳卻毫不猶豫地站在雍王這一邊？以妳之心性，又或者可以直接將青州託付於冀王、雍王中的任何一個，然後妳自可逍遙江湖，可妳為何明知會為家國王位所縛，卻依然選擇留下，更甚至訂下婚約？」久微雙眸明亮又銳利，直逼風惜雲驚愕的雙眼。

風惜雲張口欲言卻啞然無聲，呆呆地，不知所措地看著久微。

久微不給她喘息的機會，緊接著又道：「白風夕瀟灑狂放，對任何人、事都能一笑置之，可她唯獨對一個人百般挑剔、百般苛求、百般責難。青王風惜雲雍容大度，對部下愛惜有加，對敵人辣手無情，可即算那個人讓她愛如己身的部下命喪黃泉，即算那個人做了許多讓她失望、憤怒、傷心的事，她卻依然站在那個人的身邊，從未想過要背離那個人，更未想要出手對付那個人、報復那個人、傷害那個人……夕兒，妳說這些都是為什麼？」

彷彿是雷霆轟頂，振聾發聵，一直不願聽入的東西，此刻卻清晰貫入。

彷彿是萬滔襲捲，擊毀堅壁鐵牆，將一直不願承認的直逼身前。

彷彿是雷電劈來，劈開迷迷濃霧，將一直不願看的直攤眼前。

那一刻，無所遁形！

那一刻，對面那雙眼睛那樣的亮，如明劍懸頂，直逼她仰首面對。

風惜雲面色蒼白，渾身顫抖，惶然無助，踉蹌後退。

這是她一直以來從未想過的，這是一直以來她從來不去想的，這是一直以來她從來不敢去想的……因為她就是不肯不願不敢，那是她最最不願承認的，那是她最最不可原諒的！

可是此刻，無論願與不願，無論敢與不敢，它都清清楚楚、明明白白地呈現在她眼前，印在她的心頭，以巋然之姿要她正面相對。

一步一步地後退，瞪大著眼，慘白著臉，她一直退到帳門，依靠著，平息著，半晌，抬手指著對面的人，「久微，你欺負我！」

帳簾一捲，人影已失。

「到底是妳欺他，還是他欺妳，又或是自己欺自己？」久微輕輕鬆鬆地坐下來，安安靜靜地笑著，「妳也該看清了，該決定了。妳要以我們的周全來安妳心，那我也要妳的周全來安我心。」

元月八日。

天晴，風狂，鼓鳴，旗舞。

黑白分明，紫金耀目，刀劍光寒，殺氣沖天。

東末最後、最激烈、最著名的一場大戰便在這東旦渡上展開，後世稱為「東旦之決」。

「這一戰，我想我們彼此都已期待很久，期待著這場決定命運、決定最終結果之戰。」皇朝對著身旁的玉無緣道，金眸燦亮地望向對面的對手。

「玉無緣位列四公子之首，這一戰便看看他能否當得起這『天下第一』的名號，看看我們誰才能登上『天下第一』的玉座。」豐蘭息平靜地對身旁的風惜雲道，黑眸遙遙望向對面的對手。

君王的手同時揮下，那一刻，戰鼓齊響，如雷貫耳！戰士齊進，如濤怒湧！旌旗搖曳，如雲狂捲！

「喬謹、齊恕、棄殊、徐淵。」豐蘭息召喚。

「在！」四人躬身。

「東、南、西、北四方之首。」手指前陣。

「是！」

「金衣騎與數月前已不可同日而語，皇朝御兵之能當世罕有。」風惜雲目光看向戰場上銳氣凜然的金甲士兵感嘆道，「今日方是真正的四大名騎會戰！」

「端木、程知、穿雲，後方三尾。」豐蘭息再喚。

「是！」

風惜雲轉頭看他，「你如此布置，我倒真不知你打算以何陣決戰。」

「何須死守一陣，戰場上瞬息千變才可令對手無可捉摸。」豐蘭息淡然一笑。

風惜雲唇角一勾，似笑非笑，「你不怕任是千變萬化也逃不過一座五指山？」

「正想一試。」豐蘭息側目。

對面，皇朝目光不移前方，喚道：「皇雨。」

「在！」皇雨迅速上前。

「去吧，中軍首將。」

「是！」皇雨領命。

「雪空、九霜。」

「在！」蕭雪空、秋九霜上前，一個雪似的長髮在風中飛舞，一個銀色的羽箭裝滿囊袋。

「左、右兩翼。」

「是！」

大軍雙方的陣式已展開，各軍將領已各就各位，兩邊高高的瞭臺上屹立著雙方主君，決戰即始。

「傳令，北以弩門進發！」墨色的旗下發出號令。

傳令兵飛快傳出命令，霎時，北方的風雲騎陣形變換，仿如箭在弦上、一觸即發的長弓般快速前衝，首當其衝的金衣騎頓時被「弩箭」射倒一片！

「中軍弧海禦敵！」紫色的焰旗下傳出命令。

傳令兵馬上傳令，位居中軍的金衣騎頓時疾退，片刻便化為弧形深海，如弩箭而出的風雲騎便如石沉大海，被深廣的金色海水吞噬而盡。

「傳令，東軍雙刃！」豐蘭息對戰場的變化淡然一笑。

傳令兵傳下命令，東邊的墨羽騎霎時化為一柄雙刃劍，配以墨羽騎當世無以匹敵的速度如電而出，位居左翼的爭天騎被刺了個措手不及！

「傳令，左翼空流！」皇朝迅速發令。

左翼的爭天騎化為滔滔江流，墨羽騎之劍直穿而出，卻刺個空，爭天騎已兩邊分開，有如江流拍岸而上，再紛湧而上圍殲墨羽騎，墨羽騎頓如劍束鞘中，動彈不得。

「傳令，穿雲長槍！」豐蘭息絲毫不驚。

霎時，只見右翼的墨羽騎如長槍刺出，鋒利的墨色長槍劃過紫色的「劍鞘」，頓時飛濺出血色的火花，而鞘中的墨羽騎如劍橫劃而過，衝破「劍鞘」直逼中軍金衣騎，將陷入金色弧海的風雲騎解救出來。

「傳令，中軍柱石，左翼風動！」皇朝下令。

中軍金衣騎陣前頓時豎立無數盾甲，仿如擎天支柱，任風雲騎、墨羽騎如潮洶湧，它自巋然不動，壁堅如石；左翼則化為風中紫柳，墨羽長槍刺來，它自隨風隱遁。

「皇朝名不虛傳呀。」豐蘭息笑讚，卻也迅速下令，「東、北暫無大礙，西軍陣雨！」

軍令方下，位居西方的墨羽騎已長弓如日，賀棄殊大手一揮，霎時一陣墨色的箭雨疾射而出，右翼的爭天騎未及反應，便被射倒了一大片。

「爭天騎右翼的將領似乎是那個有著神箭手之稱的秋九霜，那她率領的右翼軍必也精於騎射。」豐蘭息看著陣中那飄揚著的，有著斗大「秋」字的旗幟微笑道，「但制敵須取先機，我倒想看看皇朝該怎麼破這一招，看看當世僅次於妳的女將有什麼作為。」

「論到箭術，秋九霜……已是當世無二了。」風惜雲看著戰場，墨羽騎的箭如陣雨連綿，雨勢如洪，無數爭天騎在箭洪中掙扎倒地。

豐蘭息聞言看她一眼，眸光一閃，似要說什麼，卻終只是默然轉頭。

「傳令，右翼壁刀！」皇朝洪亮的聲音響起。

命令傳下，右翼爭天騎中忽一箭射出，如銀色長虹飛越千軍，直射向墨羽騎陣中，迅猛無擋，還來不及為這一箭驚嘆，一頂墨色頭盔已飛向半空，被長箭緊緊釘在有著「賀」字大旗的旗杆上。

「將軍！」墨羽騎陣中傳來陣陣驚呼，瞭臺上豐蘭息眉峰微動，但眨眼間卻是了無痕跡的平靜。

「本將無事，不要亂動，守好陣形！」伏在馬背上的賀棄殊起身，除失去頭盔外，並無半點傷痕，抬眼遙望對面，暗自咬牙。

好妳個秋九霜！若非躲避及時，此刻釘於旗杆上的便不只頭盔，而是本將的腦袋了！

墨羽騎因這一箭而軍心稍慌不過是片刻之事，但對面的爭天騎卻已趁機變動陣勢，當墨羽騎回神之時，爭天騎陣前已齊列全身甲冑的戰馬，戰馬之前是厚實長盾，密密嚴嚴、整整齊齊一排，墨羽騎射出的箭全部無功而墜。

爭天騎在長盾的掩護之下，步伐一致地向墨羽騎衝殺而來，箭已無用，墨羽騎迅速拔刀迎敵，兩軍相交，墨羽騎的刀全砍在了長盾之上，而爭天騎盾甲之中忽伸出長長一排利刃，霎時，墨羽騎戰士血淋淋地倒下大片。

「挫敵先挫其勢！好，秋九霜不負盛名！」豐蘭息讚曰，眉峰一凜，「端木，錘刀！」

左角墨羽騎聞令而動，直衝爭天騎，即要相會之時，迅速變陣，頭如錘，尾似刀，爭天騎還未明其意之時，那墨色鋃錘已夾雷霆之勢錘向堅實的長盾，尾刀伏地掃向戰馬甲冑披掛不到的四蹄，「啊呀」之聲不絕於耳，爭天騎兵紛紛落馬，堅實的盾壁頃刻間便被瓦解。

「除風惜雲外，我未曾遇如此強敵，豐蘭息不愧是我久候的對手。」皇朝沉聲道，目光炯炯地望向敵陣，眉間銳氣畢現，「傳令，右翼疏林，中軍傾山！」

軍令下達，右翼爭天騎前後左右疾走，頓時散如疏林，鋃錘揮下，觸敵寥寥。

中軍重騎縱馬飛躍，不顧一切地衝向敵人，有如金色山石砸向那一波一波襲來的銀洪墨潮，無數石落，阻敵於外，殲敵於內。

「傳令，北軍鷹擊！」

「傳令，左翼豹突！」

「傳令，東軍狼奔！」

「傳令，右翼虎躍！」

一道道的命令從雙方的主帥口中下達，下方大軍迅速而分毫不差地執行。

兩軍陣式變幻莫測，戰場上塵沙滾滾，戰馬嘶風，刀劍鳴擊，喊殺震天。

那一戰從日升殺至日中，又從日中殺至日暮，無數的戰士衝出，又無數的戰士倒下，放目而視，銀、黑、紫、金甲的士兵無處不是，倒著的、站著的、揮刀的、揚槍的……一雙雙眼睛都是紅通通的，不知是血光的映射，還是吸進了鮮血。

風狂捲著、怒吼著，吹起戰士的長麾，揚起血濺的戰旗，卻吹不熄場上的戰火……血飛，血落，聲揚，聲息，風來了，風過了，戰場上依然鼓聲震耳，依然刀寒劍冷，依然淒嚎厲吼。

「傳令，左翼五行封塞！」

「傳令，西軍八卦通天！」

瞭望臺上的主帥依然頭腦冷靜，依然反應靈捷，為這場決定最終命運的戰鬥、為著這世所難求的對手，雙方都傾盡一生所學、傾盡己身所能。

皇朝目光赤熱，劍眉飛揚，談笑揮令，傲氣畢現。

玉無緣無緒淡然的臉上此刻一片凝重，眉峰隱蹙。

風惜雲負手而立，靜觀戰局，神情淡定。

「傳令，中軍蛇行……」

「不可！」一直靜觀的玉無緣忽然出聲，「中軍指峰，左翼龜守，右翼鶴翔！」一氣道完後，玉無緣轉首看向皇朝，「雍王是一個讓人興奮的好對手，但不要忘了月輕煙評他的那個『隱』字，他的左、右尾翼至今未動。」

「是。」皇朝頷首，長舒一口氣，有些自嘲，「這樣的對手太難得，以致忘形。後面的你來吧。」

「論行軍布戰，你並不差他，但若論心計之深，思慮之密，這世上難有人能出其右。」玉無緣目光深沉地看著下面，雙方陣勢已是數變再變，彼此深入，複雜至極，稍有不慎便會一敗塗地。

對面豐蘭息見爭天騎之舉動不禁訝異地挑起眉頭，但隨即淡淡一笑，「東軍鰈游，西軍龍行！」

「難道他……」玉無緣一驚，眉頭一跳又蹙，「右翼四海，左翼八荒！」聲音俐落沉著，一雙縹緲難捉的眼眸此刻卻是亮奪寒星。

「唔，被看穿了嗎？」豐蘭息輕輕自語，看看戰場上的陣勢，復又自信一笑，「但已經晚了。」

「傳令，左尾極天。」

「好一個老謀深算的豐蘭息！」玉無緣看著兩軍的陣勢感嘆著，「他果然早有算計，左翼無為！」

「右尾星動，結了。」豐蘭息輕輕舒一口氣，志得意滿的一笑。

「中軍歸元，成了。」玉無緣輕輕舒一口氣，展開眉頭。

但下一刻，看著陣勢的兩人卻同時一愣，然後齊齊苦笑。

風惜雲看著戰場，側首嘆道：「若此為下棋，該叫死棋還是平局？」

第五十一章　孰重孰輕取捨間

「五星連珠！只曾在古書上見過，寥寥數筆，無跡可尋，卻想不到今日竟然有人能擺出此陣……豐蘭息可謂當世第一人！」玉無緣感慨地遙望對面瞭臺，那裡有他第一次全力以赴的對手。

「本以為『五星連珠』世所無敵，誰知竟被他識破，並以『三才歸元』相禦，玉無緣不負天下第一的名號。」豐蘭息望著對面瞭臺長長嘆息，這也是他第一次折服一個人。

「五星連珠，八面相動」古書雖有記載，但此陣複雜凶險，無論布陣、破陣數百年來都未有人成功過，而今它卻出現在這東旦渡，便是玉無緣這樣的人也為之震驚。

「三才歸元，天地相俯。」是《玉言兵書》結尾記載的話，世人熟讀此書者不計其數，卻從未有人能布出此陣，久了，便只當是兵書的結語，而此刻，它卻出現在世人眼前。

「五星連珠、三才歸元，此等絕世陣法今日同時出現，真叫人大開眼界！」風惜雲清亮的眸子此刻更亮了，「只是如此一來，豈非僵局？」

「怎麼可能。」豐蘭息目視對面，「平手之局毫無意義，我想對面之人也是同感。」

「那麼五星連珠與三才歸元都要在這東旦渡上一顯神威嗎？」風惜雲目光微斂，「極有可能便是兩敗俱傷。」

豐蘭息聞言默然，目光緊緊盯著戰場，最後沉聲道：「五星連珠陣我也是第一次用，其威力如何我也不知，但……事已至此，避無可避！」

風惜雲心頭一凜，看著他，然後轉頭望向戰場，「這種不計後果的行為，一點也不像你。」

豐蘭息側首看她一眼，然後移目遙視對面，幽深的眸子裡罕有地射出灼亮的光芒，「面對皇朝和玉無緣這樣的對手，不盡全力是不可能獲勝，而今日五星連珠與三才歸元同時出現，我想但凡是略通兵略的都會想試一試，看看兩陣孰會更勝一籌！我若錯過今日，再去哪裡尋此對手？況且……」他聲音微微一頓，目光一冷，「我就要看看玉家人的仁心與能耐，看他們是不是真的無所不能！」

前面的話倒也沒什麼，最後一句卻讓風惜雲愣了愣，有些不敢相信這隱帶任性的話會是出自冷靜雍容的豐蘭息之口，以致她一時只是呆呆看著他，半晌後回神，心生寒意之餘不禁咬牙切齒，「若是玉石俱粉，那你便從蒼茫山頂跳下去吧！」

豐蘭息笑吟吟的側首看她，「放心，我一定會拉著妳一起跳的。」

只是此話一出，兩人同時一驚。

四目相對，剎那間，腳下千軍萬馬全都消失，整個天地安靜至極，耳邊只有對面傳來的細微呼吸，眼中只有對面那雙眸子，怔怔地定定地看著。

下方的兩軍未得主君的命令，此刻都只是嚴陣以待，未敢有絲毫妄動。

「五星連珠對三才歸元嗎？」皇朝金眸燦亮，有著躍躍欲試的期待，「無緣，誰勝誰負？」

「不知道。」玉無緣目光清亮，臉上浮起淡淡的微笑，「五星連珠從未有人破過，三才歸元也一樣，所以最後，或許會是最不願意看到的兩敗俱傷。」他抬眸望向對面，目光變得朦朧幽遠，「只是……我也挺想知道結果的。」

最後那句說得極輕，若非皇朝功力深厚，否則一定聽不到。一時他眼中厲光收斂，變得深邃沉靜，片刻，他驀然抻手扣住玉無緣的肩膀，「無緣，玉石俱焚的想法你趁早打消，我是決不允許的！豐蘭息有風惜雲相伴一生，那麼你我也會相伴一生！這世間，離我最近的也只有你！」他的話很霸道，他的聲音很堅定，可那一刻，他的身上卻湧出一股落寞孤絕。

玉無緣的目光依然遙遙落在遠方，似乎他的人在此，但神魂卻已不知飄向何處。

皇朝只是扣緊玉無緣的肩膀，越扣越緊。

「你放心。」良久後，玉無緣才開口，轉身面向皇朝，神色平靜，那雙眸子依是無波無緒的淡然，「現在對面有你此生最強大的對手，不要分心。」

「嗯，」皇朝目光移回戰場，看著下方僵持著的兩軍，傲然一笑，「任是你智計深遠，我依要贏這一戰！傳令，火炮！」

「是！」傳令兵揮動令旗，片刻，下方四輛戰車推出。

「火炮！那是幽州的火炮！」剛剛登上瞭臺想一探究竟的任穿雨一見之下不禁驚呼，同時也驚醒了對視中的豐蘭息與風惜雲，「難道冀王想用火炮破陣？但此刻兩軍聯結一處，它必會誤傷己軍呀。」

豐蘭息和風惜雲的目光也落回戰場，彼此俱是面色一緊。

「想不到皇朝竟然還留有這手，只是即算他可看清陣勢，但士兵卻無此眼力……」風惜雲的話驀然止了。

下方，爭天騎中軍士兵忽都微微散開，然後露出藏於陣中的一輛戰車，車上緩緩升起一座小小的瞭臺。那瞭望臺做得十分精巧，桅杆以精鋼築成，並可折疊，此刻一節一節升起，竟高約十丈，四面也都是精鋼，只餘一個一尺見方的小窗，下方士兵緩緩轉動戰車，瞭臺也隨即跟著轉動，將整個戰場盡收眼底。

「原來早有準備！」豐蘭息黑眸微瞇，「瞭望臺中的人縱觀全場，自可知孰敵孰友，由他發號施令，便不會誤傷己軍。」他說完，驀地揚聲喚道，「棄殊！」

聲音遠遠傳出，話音剛落，墨甲大軍中一箭射出，直取瞭臺前方的小窗，但箭未及窗口便不知被何物所擊，直墜而下。

「果然如此。」豐蘭息眉一皺，盯著陣中的小瞭望臺。

此時小瞭臺的窗口伸出旗幟，但見那旗一揮，三人心頭一跳，即知那是火炮命令。

「五星連飛！」那一刻，豐蘭息的聲音又快又急，卻也清清楚楚地傳出。

剎那間，陣中的墨羽騎、風雲騎忽然變動陣勢，情況急劇變化，連帶的爭天騎、金衣騎也無可避免地跟著變動。也就在那時，小瞭臺窗前旗幟再次快速一揮，同時響起一聲如雷暴喝：「轉！」

引線已被點燃的火炮被炮手急劇一轉，緊接著「砰」的一聲巨響，爭天騎右翼五丈遠處塵土飛濺。

「可惜。」豐蘭息看著遠處半空上的塵土有些惋惜，剛才這一炮若非小瞭臺中的人下令及時，那麼他們便要自食其果了。

「好險！」任穿雨鬆了一口氣，「只是若每一次皆以如此行動避其火炮，那我們會消耗大量體力，反之敵軍則可以逸待勞。而且火炮威力奇大，一刀一劍再利再狠也只可殺一人，而它卻可一擊毀人千百。」他的話剛落，小瞭臺的窗口忽然伸出四面旗幟。

「這人不但反應極快而且聰明，這一下便連他是何時發令，哪一面旗才是真正的命令也難知了。」任穿雨頓時瞪眼。

風惜雲轉頭看著他，微勾唇角，「軍師素來多謀，不知可有對策？」

任穿雨搖頭，「敵我雙方本是勢均力敵，只是他們有火炮助威，勝我們一籌。」說著他目光望向小瞭臺，「若能毀了瞭望臺，那就依舊是五五之算。」

「哦？」風惜雲眉尖微挑，「那瞭望臺四面精鋼，刀砍不進，箭射不穿，更何況高達十丈，無人能及，如何毀得。當然，如果軍師得了神通，可揮手間移山碎石，那自是另當別論。」

任穿雨習慣性地抬手撫著下巴，一邊側目看向風惜雲，道：「穿雨無此才能。」目光對視時，他心頭一跳，隱約有些慌神。

風惜雲看著任穿雨，臉上似笑非笑的，「若是有個武功高強的人持神兵利器冒死一擊，大約能毀了瞭臺吧？」

聞言，任穿雨心頭劇跳，看著風惜雲的目光便有些憂慮。

風惜雲自然無須他回答，回首目光望向前方，「孤倒是想試一試。」說著，她側首看向豐蘭息，神色淡然，「五星連珠必應不敗，你無須顧我，做該做的便是。」話音一落，人已躍上欄杆，足尖輕點，身形飛起時復又回眸一笑，恬靜如水，「我一直認為，作為帝王，你必然是出色的。」

人已遠去，笑已模糊，只留那清晰的話語輕輕縈繞在瞭望臺。

「妳……」豐蘭息伸手卻抓了個空，握拳垂首，片刻後再抬頭，只是神色冷靜地吩咐，「傳令，若敵軍瞭望臺裡揮動旗令……五蘊剎化！」那一刻，他的聲音徹骨的冷厲，黑眸中彷彿是暗夜裡最洶湧的寒潮。

身後的任穿雨清清楚楚地看見了他面上的神色，明明白白地聽見了他的命令，想要說些什麼，最終卻只是默然而立。

青王此舉到底是為著陣中那數萬將士的性命還是為著主上，似乎並不重要，重要的是結果會如何。

他抬首，目光追著那道化為白鶴飛入戰場的身影，千軍萬馬的虎視也無損她的鎮定與從容，這樣的女子啊，不應屬於這個鮮血淋漓的亂世。回頭看著身旁的主上，十多年的相處自然能看懂此刻那雙黑眸深處的悸動，這樣無情的人終也不能逃脫嗎？

半空中飛掠的那道白影頓時吸住戰場上所有的目光，有讚嘆的，有驚羨的，有畏懼的，有憂心的，也有凌厲冷酷的。

「她終於出手了。」皇朝目光緊鎖住半空中仿如御風而行的身影，「她其實更適合做武林中那個第一女俠，作為一州之王，她並不合格，否則豈能有如此輕率之舉。」他眼神複雜，「只是……能得她如此相待，也算是豐蘭息修了幾世才有的福氣。」

「長恨此身非我有。」玉無緣目光空濛地望著那越飛越近的身影。

「長恨此身非我有……」皇朝喃喃重複。這一刻，他隱隱明白了那種遺憾。無論是她、是他，還是自己，都是「此身非我有」。

「她即已出手，那麼皇雨便危險了。」玉無緣垂眸，無意識地抬起手掌，目光落在掌心，然後緊緊攏起手掌。

「她非嗜血噬殺之人，目的只是瞭臺，況且皇雨也非弱者。」皇朝淡然道，目光看著半空中的白影，然後抬手招來侍衛。

那時刻，爭天騎右翼陣中，無數長箭瞄準了半空上的人。

「射！」一聲輕喝，箭如蝗雨飛出。

「主上！」風雲騎發出驚呼。

箭在疾射，人在疾飛，相隔不遠，有人閉上眼不忍目睹。

「啊！」驚嘆四起，卻見那白影猛然下墜，頓時，那瞄準她的箭雨便全部射空，然後力竭而墜。

風雲騎提到嗓子眼的心還未來得及放下，又被緊緊提起，一支銀色的長箭凌厲而出，那一箭之猛，一箭之快，決非前面的箭雨可比，半空上的人避無可避！

叮！但見半空中劍光一閃，長箭化為兩截墜落，而白影半空中足尖互踏，身形猛然前飛，然後輕盈地落在風雲騎陣中。

「主上！」馬背上端坐著的徐淵在這寒天裡已是大汗淋淋。

風惜雲抬首一笑，拍拍徐淵坐騎的馬頭：「別擔心。」目光環視周圍以敬服的目光注視著自己的風雲騎士兵，「記住，此刻是在戰鬥，不論發生什麼事，都必遵從軍令，不可妄動！」

「是！」徐淵垂首，眾士兵則以眼神答應。

「那就好！」風惜雲輕輕躍起，落在徐淵的馬背，抬首遙視前方小瞭臺，長長深呼吸，「徐淵，助孤一臂之力！」

「是！」徐淵伸掌平攤，風惜雲足尖一點，輕飄飄地落在他的手掌上。

「去！」一聲輕喝，徐淵長臂揚起，掌上的風惜雲騰空躍起，雙臂平張，衣袂飛揚，仿如展翅鳳凰，飛上九天。

「射下她！」爭天騎右翼陣中秋九霜厲聲喝道。此時的她眉峰緊鎖，目光焦銳，同時，手中長箭已離弦而去。

霎時，無數飛箭跟隨著銀色長箭飛射向空中的鳳凰，也就在那刻，風雲騎陣中飛起三道人影，半空中劃起一陣銀芒，便見斷箭如雨，紛紛墜落，而後三道人影落回陣中，千萬士兵也無人看清他們的身形面貌。

空中的鳳凰此刻離小瞭臺已不過數丈，卻身形微滯，顯是力氣將竭，眾人正擔心著她是否會墜落，卻見她左手微揚，一道白綾飛出，縛上瞭望臺一角，手一拉，身形借力再次飛起，直向瞭臺而去。

「射下她，決不可讓她靠近瞭臺！」秋九霜的聲音此刻已是淒厲惶然，雙目赤紅，雙手緊緊拉開長弓，弦上三支長箭，銀牙一咬，三箭如雷電射出，銀色的光芒劃過上空，撕裂長風。

爭天騎左翼中冰雪般冷徹的男子猛然抬首，滿頭雪髮在風中飛揚，他的目光追著那劃空而過的銀箭，眼眸慢慢變化，化為純淨透明的雪空，盈盈似雪欲融。

風雲騎陣中的三道人影再次躍起，上、中、下三柄長劍在空中一閃，在那一刻，士兵們只覺得冷電炫目，一陣刺痛，不由自主地閉上眼睛，迷糊之中似有金石之音不絕於耳，再睜眼之時，看到的卻是另一番景象。

半空中，小瞭望臺前不知何時多了四名男子，手中長劍帶著熾日的金輝，直刺那迎面而來、猝不及防的鳳凰！千鈞一髮之際，墨羽騎陣中四支長箭飛射而出，可那四人卻不躲不避，長劍依然疾刺，竟是拚死相阻，以自己的性命來庇護瞭臺中人。

眼見四劍即要刺中之時，白影左手一抖，白綾擊在瞭臺，人已借這一擊之力身形猛然後退，右手一揚，鳳痕劍出鞘，手腕一轉，劍鋒一劃，半空中與四柄長劍相碰，執劍的四人卻是下定決心要在這一擊取她性命，是以這一劍均挾千斤之力，並未被阻住，反以更大的衝力直刺而來，但她並未打算一劍得手，反是藉著對手擊來的力道，身形再次高高躍起，令四劍刺空，然後她翻身、旋腰、張臂，從高而下，如鳳凰臨空直撲向四人。

「去！」一聲清叱，白綾飛舞，鳳嘯長空，長劍揮出，匹練蔽日。

那刻，戰場上的人只見半空中長綾飛捲，如狂龍掃空，勢不可擋，銀虹燦爍如雪鳳耀天，氣沖霄漢！一時，空中彷彿有兩個太陽，金芒白光，交輝映射，炙膚刺目，凌厲的勁風凌空橫掃，沙塵暴起，人立不穩，似隨時都會被捲上空去。

叮叮叮的叩擊之聲響起，劍芒散去，白綾止飛，四道人影和著斷劍從半空墜落。

「快收起瞭望臺！」爭天騎右翼陣中傳來急切的命令。

瞭臺下驚呆的士兵終於回過神，急忙要將瞭臺降下，卻一下手慌腳亂，反將瞭臺搖得團團轉，而瞭臺中人枉自有一身武藝，此刻卻也撞個鼻青臉腫，咒罵連連，只可惜無人聽到。

半空中，白影一閃，輕飄飄落在高高的瞭望臺上。

長身玉立，銀甲在陽光下閃著燦目光芒，白色的披風、黑色的長髮皆被風捲起，在身後交纏飛揚，任瞭望臺如何轉動，她自巋然不動，抬目四視，前方青山碧湖，腳下雄獅百萬，霎時一股豪情充溢胸襟，一朵傲然的微笑便這樣輕輕綻放。

那一刻，戰場上數十萬士兵目不轉睛，所謂的風華絕代，不外如是！

「主上，弓箭到！」紫焰旗下，侍衛恭敬地奉上弓箭。

皇朝看著弓箭，接過。

「你……」一旁的玉無緣忽然伸手搭在長弓上。

皇朝回頭看著玉無緣，眼中光芒閃爍，時熾時冷，「我只有一次機會！」目光中似在燃燒著什麼，炙熱得令人窒息，又無情得令人絕望。

玉無緣目光與他對視，如極淵之處的冰水，空明而遙遠。

對視片刻，玉無緣鬆開了手。

那時，只有那名送上弓箭的侍衛看到了，陽光下，那手晶瑩如雪玉雕成，完美得無一絲瑕疵，卻也完美得令人悚然而懼，看得他心神一慌，趕忙移開視線，卻對上了玉無緣的眼，那雙眼睛看著他輕輕淡淡一笑。

如此完美無瑕的面容，如此淡然出塵的笑容……可那一刻，那名侍衛呆呆站著，兩行眼淚就這樣流下，自己卻渾然未覺。

「你會後悔的。」玉無緣的聲音顯得縹緲。

「我決不後悔！」皇朝的聲音堅定決絕。

小瞭望臺上的風惜雲抬手，鳳痕劍若一泓秋水，秋水中蕩漾著的一線輕紅，指尖輕彈，劍鳴似鳳。

瞭望臺上的皇朝抬手，金色的長弓，金色的長箭，那是驕陽的顏色。

劍舉起，如虹炫目。

箭搭弓，弦張如日。

皇朝抬目，最後看一眼她。

即算這麼遙遠，隔著千軍萬馬，隔著他們永遠也無法跨越的鴻溝，他依然能清清楚楚地看清她，看清她銀甲的盔甲，看清她黑色的長髮，看清她額間那彎瑩瑩雪月，看清她清亮如星的眸，更甚至她唇畔那一絲淡淡的，滿不在乎的微笑……那是無論時光如何流逝，無論滄海如何幻變亦不會忘卻的。

小瞭臺上，鳳凰高高躍起，長劍高高揚起，瞭臺還在搖晃下降，銀虹已從天而貫！

那一劍的光華令天上的朗日黯然。

那一劍的鳴嘯令爭天騎右翼陣中的秋九霜發出絕望的淒叫。

那一劍氣如劈山，勢如地動。

那一劍是傾盡畢生功力而揮！

那一劍是為她所關注的所有人而擊，那一劍必不失手！

砰！兩米高的瞭臺被銀虹一劈為二！

臺開，她看到臺中的人，臺中的人看著她。

她訝異，他震驚。

一雙大眼正瞪得不能再大，不可置信地看著她，那是一個朗朗男子，毫髮無傷。

她不禁展眉一笑，笑如春日的清風。

然後那人也揚眉一笑，笑如夏日的燦陽。

無論他們是敵人還是仇人，此刻他們一笑相逢。

那只是一瞬間的事。

半空中身影交錯，一個失力而墜，一個力盡而落。

「風夕！」朗喝響起，皇朝手中拉得緊緊的弦同時鬆開。

那聲呼喚令戰場上所有的人耳膜一陣雷鳴，抬首瞬間，只見一支金箭如流星劃過天際，拖著耀目的金芒，穿越千軍萬馬，穿越蒼穹大地，撕裂虛空氣流，挾著射破霄漢的氣勢，如一道掩目不及的閃電，直直沒入空中那力竭無避的白色身影。

霎時，戰場上一片寂靜。

「唔……」

那聲痛呼極低極淺，可戰場上的萬千士兵卻都清清楚楚地聽到了。一瞬間，那一箭似射在了自己身上，還未來得及感到痛楚，空中那道白影便已無力墜下，白色的披風高高揚起，若鳳凰被折的羽翼，鎧甲在陽光下閃著銀光，彷彿是折翼鳳凰發出的最後光芒，在那最後的璀璨中慢慢隕落。

「惜雲！」

這一聲呼喚是那麼震驚與不信，是那麼的激烈與驚懼，夾著深沉的，無法掩飾的，彷彿是撕裂一個人的心肺一般的劇痛，也刺痛了戰場上每個人的心。

聲音未落，一道黑影從大軍的上空飛掠而過，比閃電還要快，比疾風還要迅猛。

空中的鳳凰即將墜落於地時，落入了黑影張開的懷抱中。

砰！重物墜擊地面的巨響，塵土飛揚中，落在下面的黑影緊緊抱住懷中的白影。

「皇雨！」

爭天騎陣中也飛出一道身影接住了另一個從天而落的人。懷中那身體的觸感是溫熱而充滿活力的，這一刻，秋九霜收緊了手，淚水潸然。

「哈哈……我現在知道了，對妳來說，我真的很重要。」皇雨歡笑地看著緊緊抱住自己的人，雖然剛在鬼門關前轉了一圈，心情卻是從未有過的高興，「而且妳竟然也會流眼淚，看來妳還算得上是個女人。」

「哼！怎麼你還沒死！」惱羞成怒，秋九霜一拳狠狠揮出，正中目標，本以為他會很快還手，誰知皇雨的目光卻望向空空的天空，輕輕嘆息，「那便是青王風惜雲嗎？」

「惜雲、惜雲！」豐蘭息呼喚著，輕輕地搖晃著懷中緊閉雙眸的人。

從未有過的緊張、恐懼、戰慄緊緊地將他攫住。這一刻他害怕，從不知畏懼為何物的雍王此刻非常非常的害怕！害怕得心臟都痙攣著、抽搐著，似隨時都會停止跳動……他害怕懷中這個人再也不會睜開她的雙眼，那閉著的唇畔再也不會對他吐出冷嘲熱諷……

「惜雲、惜雲！」他溫柔地拍著她有些發白微冷的臉頰，「惜……」

忽地，懷中的人睜開雙眼，眼中分明藏著戲謔，唇角淺淺上揚，勾起一抹熟悉的訕笑，「我現在承認你的『蘭暗天下』比我的『鳳嘯九天』要快了。」

耳邊清晰地響起獨屬於她的清越嗓音，豐蘭息有些遲疑地開口，「妳……沒事？」

「嘻嘻……多虧了這顆寶石。」風惜雲輕輕一笑，從胸前拔出那支金箭，箭尖帶出本嵌在銀甲上的紅寶石，手一晃動，寶石碎如粉末落下。

「嘖，這一箭好大的勁道。」風惜雲咋舌道，並在豐蘭息懷中舒服地伸了一個懶腰。

豐蘭息定定看著她，定定地看了許久，猛地，他毫無預警地將她往地上一扔，然後自顧自站起身來，轉身便往回走。

才走一步，豐蘭息便發現雙腿虛軟得無法使力，抬起雙手，還在激烈地顫抖著，他慢慢握緊成拳，閉上眼，深深吸一口氣，平息全身流竄的氣息，平復狂跳不止的心，這一刻竟是無法訴說的喜悅，喜悅中卻又夾著酸楚、惱怒。

他一甩袖，抬步離去。

「黑狐狸，你……」

耳邊聽到風惜雲輕輕的呼喚，甚至帶著一絲溫柔的挽留。

她已經很久不曾如此喚過他了。

豐蘭息不禁轉身回頭，回頭的剎那，他驚恐地睜大雙眼。

「你……我……」風惜雲右手微伸，似想拉住離去的他，左手卻輕抬撫在胸口，嘴角溢出絲絲鮮血，一張臉慘白如雪紙。「我……」口才一張，鮮血便如噴湧的泉，瞬間染紅她一身。

「惜雲！」豐蘭息跨前一步，雙臂伸出。

風惜雲張口，卻終未能講出話來，眼眸一閉，無力地倒入豐蘭息懷中，嘴角微微上揚，似想最後再對他笑笑，卻終未來得及。仿若一朵雪曇花，開得最盛時，卻毫無預警地敗去，帶著萬般不捨的依戀，絕豔而淒哀。

「惜雲！」咆哮聲響徹整個戰場，彷彿是重傷垂死的猛獸發出的最後狂嘯，慘烈淒厲，讓每個人的心神為之震撼。

「他們傷了主上，他們傷了主上！為主上報仇！」

戰場上的風雲騎狂怒了，發出震天的怒吼，刀劍揚起，殺氣狂捲……卻依然未敢有絲毫妄動，只因他們的主上曾經下令，未得軍令不可妄動。

在那一聲咆哮響起的同時，玉無緣全身一顫，瞳眸無神地盯著虛空。

而皇朝在那慘烈的咆哮聲過後，他手中已被他握得變形的金弓終於掉落。

「傳令……」

「不可！」皇朝的聲音令玉無緣清醒過來，他抬手抓住皇朝的手，那力道令皇朝痛得全身一顫。

「現在雍王心緒已亂，理智已失，正是一舉擊潰他的時候。」皇朝看著他一字一頓地說道。

「那裡……」玉無緣抬手遙指對面瞭臺，氣息虛弱卻語氣堅定，「那裡還站著一個人，那個人不簡單，他站在那裡，便等於雍王！你若妄動，他必會發動五星連珠陣，此刻我心緒已亂，無法把握……若你們在此兩敗俱傷，那還能有何作為？」

而在對面的瞭望臺上，猛然一聲「下令收兵！」響起，嚇得任穿雨身子一抖，轉頭便見久微就站在身旁，卻不知他是何時登上瞭望臺的。

「收兵？怎麼可以！」任穿雨一聽差點跳起來，「若他們趁機……」

「不會，那邊有玉無緣。」久微不以為然。

「但是此刻青王她……所謂哀兵必勝，若趁此我們定可……」

「下令收兵！」久微看著他，眼光又亮又利，如劍逼頸。

兩人目光對視，互不相讓。

「如若你死了，那麼以此刻雍王的心境來說，你們必敗！」久微的手抬起，指間青色靈氣帶著森森寒氣直逼任穿雨，離額一寸處停住，「是選收兵還是一敗塗地？」

「你！」任穿雨狠狠瞪他一眼，然後轉身，「……傳令，收兵！」

「不但收兵井然有序，且一直保持雙翦陣，若遭襲擊便可隨時反擊。收兵之後，中軍以橫索為守，左翼以隔岸為觀，右翼以亂鷗為窺。」瞭望臺上將下方情況盡收眼底，玉無緣依是面白如紙，眼神卻已復清醒，「墨羽騎的軍師任穿雨果然也非泛泛之輩，即算此刻雍王、青王不在，他也決不容你渡過蒼佑湖。」

「去喚蕭將軍來。」皇朝轉頭吩咐。

「是！」親兵領命而去。

「你是要奪下康城？」玉無緣目光一閃，「鯨城離康城更近些。」

「沒關係。」皇朝移目看向戰場，似想從中找尋著什麼，「剛才你也聽到了，此刻他根本無暇顧及。為著這一戰，我們雙方所有將士都已調至此處，鯨城也不過一些守軍，康城那裡……師父曾說過，即算能上蒼茫山，但若失東旦與康城，那便已先輸一著，所以康城我決不能讓與他！」

玉無緣默然，半晌後才開口，「那一箭……真能奪她性命？」

「她必死無疑。」皇朝閉上眼，「那一箭若在平時，以她的功力最多重傷，但她以全力劈開瞭望臺，力盡之時護體的功力便也散盡，那是她最脆弱之時，那一箭挾我全部功力，她必是五臟俱裂。」

「是嗎？」玉無緣的聲音輕飄得好似風一吹便散。

皇朝雙手骨節緊得發白，緊閉的雙眼閉得更緊，似不想看到任何東西，良久後，他才輕輕吐出：「……是！」

這一句話吐出，心底深處彷彿有著什麼隨著最後一字吐出，瞬間散於天地間，頓時一片空蕩蕩的。

「我親手……殺了她！」皇朝低低念著，彷彿是為著加強心底的信念，只是那破碎的聲音中，怎麼也無法掩藏那一絲痛楚。

玉無緣無言，移目遠視，那雙空茫的眼睛此刻已與這蒼茫的天地一體。

「但願你永遠無悔。」輕輕丟下這一句，移步下臺。

留下皇朝依然佇立於瞭臺上，背影挺拔，卻不知為何顯得那樣的孤寂。

日已西墜，天色漸暗，眼前已開始模糊，看不清天，看不清地，也看不清底下的兵馬。周圍似乎很吵鬧，耳膜一直嗡嗡作響，但又似乎很安靜，耳中什麼都沒有聽到。

「主上、主上、主上！」

有什麼在拉扯著，皇朝茫然回頭，卻見蕭雪空正握住他的左臂，他似乎握得很用力，骨頭都在作痛，直痛到心底。

「主上，您……」蕭雪空的話沒有說出口，只是震驚地看著皇朝。

「你領一萬大軍前往康城，五日內必要奪下。」皇朝吩咐。

「是！」蕭雪空領命，走前回頭看一眼皇朝，「主上……」

「快去！」

「是！」蕭雪空按下滿懷的震驚與心頭的絞痛，轉身快步離去。

「雪人，你是被火燒了嗎？跑這麼急幹嘛！」窄窄的梯臺上，迎面走來的皇雨撫著被蕭雪空撞疼的肩膀道，卻忽然被那雙藍空似的瞳眸中深絕的悲慟嚇了一跳，「雪人，你、你怎麼……」話未說完，耳邊一陣冷風刮過，眼前的人已不見了。

「該死的雪人，竟敢不理我！」皇雨瞪了一眼遠去的背影，然後繼續拾級而上，可一登上瞭臺，不禁當場驚呆，「王……王、王兄，你怎麼哭了？啊……不、不是，是你臉上為什麼有眼淚？是不是受傷了？很痛嗎？誰……誰竟敢傷王兄？我要為你報仇！」

『笨蛋皇雨，你真是……自求多福吧！』聽著身後傳來的叫囂，蕭雪空暗暗嘆氣。

「主上，現冀王也已收兵，雙方皆不敢輕渡蒼佑湖，那我們此時應派黥城的墨羽騎攻下康城，只要將康城拿下，到時可兩面夾攻，冀王必敗無疑。」營帳前，任穿雨急急地追上豐蘭息，而豐蘭息卻是抱著懷中的風惜雲直奔王帳，對於任穿雨的話充耳未聞。

「主上！」任穿雨擋在他身前，「請下令攻取康城！」

「讓開！」豐蘭息冷冷地看著任穿雨，短短地吐出兩字，卻散發著森冷的寒意。

「主上……」

任穿雨還要再勸，卻聽到豐蘭息猛然一聲暴喝，「滾開！」

任穿雨心頭一顫，不由自主側開一步，臉上冷風刮過，再回神時，豐蘭息已走出很遠。

「你們怎麼不勸勸他？」他猛地對身後跟著的那一大幫人喝道，有些挫敗地握緊雙拳，眾人則是默然不語。

這麼好的機會，卻……

「任公子，你此時說什麼話都沒用。」聞訊而來的鳳棲梧輕聲勸了句，目送那匆匆而去的背影，「雍王現在心中、眼中只有青王。」

「可是這個天下，比青王更重要！」任穿雨望著那個背影喊道，可那個背影一個轉身便消失在眾人眼中。

「你還不明白嗎？」鳳棲梧看著他，冷豔的臉上浮起一絲嘲笑，夾著一絲自憐，「現在整個天下加起來也不及他懷中重傷的青王。」

「不行……不行！我決不能讓他一時感情用事而毀了這十多年的辛苦！」任穿雨同樣聽不進鳳棲梧的勸阻，抬步追去。

鳳棲梧看著緊隨任穿雨身後的諸將，微微嘆口氣，不由自主地抬步跟去，垂首的瞬間，一行清淚劃過臉頰，滴在地上，嘴角卻勾起一絲淺笑。

「鍾離、鍾園，守住帳門，任何人都不得打擾，違者格殺勿論！」王帳前，豐蘭息冷冷地看著追來的任穿雨他們，聲若寒霜。

「是。」鍾離、鍾園垂首。

「主上！」任穿雨快步上前想要拉住豐蘭息，回應他的卻是緊閉的帳門，他抬手想推，鍾氏兄弟卻一個伸手格住，一個伸手將他推開。

「主上！康城決不能被冀王奪得，那是在蒼茫山下呀！蒼茫山是王山，決不能失！」任穿雨不顧鍾氏兄弟的推阻焦急地喊道。

他話音未落，忽然全身一輕，然後身子被空移三尺，「叮」的一聲，眼前寒光一閃，兩柄寶劍架在頸前。

「請不要再打擾，否則我們便執行主上的命令。」鍾離、鍾園一人一劍逼視著任穿雨。

「你們想誤了主上的大業嗎？讓開！」任穿雨目中怒火狂燒，就要上前。

「大哥，你就別再費勁了！」任穿雲上前拉住哥哥，「鍾離、鍾園只聽主上的命令，他們真的會殺了你的！」

「只要主上恢復理智，拿去我這條命去又如何！」任穿雨卻無懼，甩手想將弟弟甩開，耐何書生之身，力氣根本比不上武功高強的弟弟，雙臂被鉗得緊緊的，當下又急又怒又恨，「穿雲放手！」

「哥，你怎麼還不明白，青王不醒，主上又如何會醒！」任穿雨抱住自家哥哥，不讓他不要命地往前衝，因為那對雙胞胎手中的劍絕非唬人的。他們自小受教於主上，年紀雖小，武功卻遠勝於他們四將，只要再進一步，必會血濺三尺。

任穿雨聞言呆住了。

「穿雨，你何時見過這樣的主上？」身後喬謹抬步上前，拍拍任穿雨的肩膀，目光看向緊閉的帳門，深深嘆息。

這樣的主上……是的，他也從未見過。

「果然！」任穿雨恨恨開口，目射怨毒，「都是青王！我果然沒看錯，她便是要毀了主上的人！女人禍水，千古至理！早知今日，我便是拚著被主上責罵也要取她性命才是！」

「你再對我主不敬，便拚著兩州分裂，本將也要取你性命！」徐淵冷冷地逼視任穿雨，腰間長劍直指他頸前。

「任軍師，你道青王禍水毀你雍王，可你怎能肯定雍王不是心甘情願的？」一直靜觀的久微終於出聲，抬手推開徐淵的長劍，目光平靜地看著任穿雨，「就如你為雍王的大業願肝腦塗，百死不辭，那麼……雍王為青王也願傾懷以護、傾國以許。」

「那怎麼可比……千古大業與兒女私情孰重孰輕，這還不明白！」任穿雨大聲道，可在久微澄靜如湖的目光中，他只覺得希望破滅，大勢已去，可卻猶是心有不甘，心不能平，「主上是要成大事的明主，怎麼可以捨大取小……怎麼可以為一個女人而失去理智！十多年的心血啊，我們為著今日費了多少神思，不惜以手染血，不惜負孽於身……可是一個女人……一個女人便要毀了這一切嗎？」話至最後已聲音哽咽，雙目赤紅地盯著帳門，身形搖搖欲墜。

所有的人都看著他，這一刻，風雲騎諸將也不忍苛責，墨羽騎諸將感同身受。

還是喬謹上前，道：「穿雨，當前要緊的是守住東旦渡，不要讓冀王得逞。」

這話令任穿雨自滿懷失落中醒轉，「只能如此了。」

第五十二章 付卿江山以相許

從豐蘭息走入帳中算起，已兩天兩夜過去。

風雲騎、墨羽騎諸將雖然憂心如焚地想守在帳前，但都被任穿雨一句「別忘了自己的身分與責任」喚走，只一有空閒便都會前來，可每每都只看到帳前默然而立的久微與鳳棲梧。

任穿雨自那日後便不再前來，為著守住東旦渡他已殫精竭慮，對面是他此生未逢之強敵，不敢有絲毫大意，也因他的坐鎮，暫失主帥的雍、青大軍才未軍心渙散，依舊嚴陣以守，銳氣不減，令對面的皇朝也不禁刮目相看，一時雙方相安無事。

第三日的清晨，帳內終於傳出聲音。

「參湯！」

只是簡短的兩字，卻讓守在帳外的人如聞天籟。

鍾氏兄弟很快便將參湯送入帳中，而帳外的人從久微、鳳棲梧至聞訊而來的諸將卻依舊不得入帳，一個個盯著帳門，滿眼的焦灼，程知這個五大三粗的大漢甚至目中蓄淚，不住地合掌向天，祈求老天爺的保佑。

日升又日落，月懸又月隱，朝朝復暮暮，煎煎復焦焦，度日如年但總算也有個盡頭。

第五天的清晨，帳內終於響起輕盈的腳步聲，頓讓帳外守候的一干人振奮不已。

帳門終於開啟，金色晨曦斜斜投在門口的人身上，銀甲泛起燦目的光輝，如同天人佇立，令人幾疑是幻影。

帳門前，立著完好無損、氣色如常、神情平靜的青王。

「主上！」

「青王，主上呢？」

眾人急切地上前。

風惜雲一擺手，目光掃視一圈，那一刻，惶然、激動、焦灼的眾人不由自主地噤聲。她的目光最後落在久微身上，「久微，他就拜託你了。」

久微目光微凝，然後道：「我定盡我所能！」

風惜雲目光再掃過諸將，然後抬步走出大帳，「你們隨孤來！」

諸將相視一眼，然後都沉默地跟隨風惜雲而去，帳外很快恢復寧靜，只餘久微、鳳棲梧、笑兒及鍾氏兄弟。

「鳳姑娘先回去休息吧，我會照料好雍王的。」久微沖鳳棲梧一點頭，抬步跨入帳中。

「等等！」鳳棲梧喚住他，「請讓我看一眼他。」

久微回頭看看鳳棲梧，良久後微微一嘆，「好。」

兩人走入帳中，繞著屏風，拂開床前絲縵，露出床榻中閉目而臥的人。

那一刻，兩人只覺得胸口有什麼轟然倒下，沉甸甸的讓人窒息，眼鼻一酸，已是淚盈於眶。

那個人啊，那個臥在榻中的人，真是他們所熟悉的那個雍容高貴的雍王嗎？真是那個俊雅無雙、風采絕世的蘭息公子嗎？

榻中的那個人，似乎一夜間老去了三十年。

曾經如美玉一般的容顏此刻布滿細紋，曾經白皙光潔的肌膚此刻枯黃無澤，曾經如墨綢般的黑髮此刻已全部灰白，曾經如幽海一般懾人心魂的眼眸此刻黯然合上，那任何時刻都飛揚雅逸的神采已消逝無跡，只是死氣沉沉地躺在榻上，若非胸口那一絲微弱的起伏，幾乎讓人以為這只是一個死人。

「為她，他竟至此！」鳳棲梧伸出手來想要碰觸榻中之人，卻終是半途垂下，無聲落下的淚珠便滴在了手心。

海枯石爛，天荒地老，從來仿如絢爛的神話，可美麗的神話此刻是如此的蒼白無力，眼前的蒼顏白髮便已是永恆。

「仿如最美的墨玉一夜之間被風霜刻下了一生的痕跡。」久微看著榻中的人也不禁動容，「『雪老天山』原來真的不是傳說，『天老』傳人便是他嗎？」

鳳棲梧抬首看向他，雪老天山是什麼，天老又是什麼人，那與她無關，她只在乎一件事：「他會如何？」

「『雪老天山』是天老救人性命的祕技，只是……」久微輕輕嘆息，「他救了她，卻也等同於用自己的性命去交換。」

鳳棲梧頓時心口一窒，淚水潸然，「性命交換？」

「他只剩一月壽命。」久微輕聲道。

腳下一個踉蹌，鳳棲梧跌坐於地，眼神悲痛，「只有一月？」

「是的。」久微點頭，並沒有去扶地上的鳳棲梧。

「一月……怎麼可能……」鳳棲梧摀臉哽咽，「怎麼可以這樣？」

久微看看鳳棲梧，再看看榻中的豐蘭息，長長嘆息，「他既肯如此對青王，又是天老的傳人，那我便要救他一命。天老、地老在蒼茫山頂留下的那盤棋可還等著他去。」

說罷他脫去鞋，盤膝坐上床榻，扶起豐蘭息，一手覆其胸，一手覆其額，青色的靈氣霎時籠罩在豐蘭息全身。

那時，青王帳中，風惜雲下達了一個令諸將震驚的命令。

「主上……」性急的程知立刻開口，卻被齊恕拉住。

而其餘的人都呆呆地看著風惜雲，不明白她為何要下這道命令。

「任軍師。」風惜雲的目光落在任穿雨身上。

任穿雨腦中一瞬間便閃過許多念頭，然後恭恭敬敬地低頭，「穿雨遵令。」

風惜雲頷首，目光再轉向其他諸將。

諸將只是猶疑片刻，便都俯首，「臣等遵令。」

風惜雲點頭，「那麼都下去依令行事吧。」

諸將退下。

元月十四日，雍、青營陣裡升起白幡，全軍縞素，白鳳旗倒掛於空。

東旦渡的千軍萬馬在那一刻都明白了一件事——青王薨逝。

獲此消息，便是處於敵對位置的爭天騎、金衣騎也無不震動。

青州的女王死了？那個鳳凰般耀眼的女子真的死了？

元月十六日，風雲騎發動攻勢，白幡如雲，縞衣如雪，鳳旗翻捲，殺氣騰騰。

皇朝命金衣騎布下金甲陣，風雲騎未能破陣。

十七日，風雲騎再次發動攻勢。

皇朝依命金衣騎布下金甲陣，風雲騎依未能破陣。

十八日，風雲騎第三次發動攻擊。

皇朝命金衣騎布下九輪陣，風雲騎堪堪入陣即收到命令撤退。

十九日、二十日，風雲騎皆未有動靜。

正當皇朝心存疑惑時，二十一日，風雲騎與墨羽騎聯合出擊，皇朝命皇雨、秋九霜領爭天騎與金衣騎戰，雙方勢均力敵，各有小小損傷，而後偃旗息鼓。

二十二日，康城。

一大早，蕭雪空推開門，便發現下起了小雪，細細絨絨，飄飄蕩蕩，為大地染上一層淺淺的白。他伸出手掌，想接住從天而降的雪，抬眼間卻看到了立在樹梢上的人。

白衣黑髮，迎風而立，綽約如仙，似真似幻。

那一瞬間，湧上心頭的是不可抑止的狂喜——她沒有死！但下一瞬，卻如墜冰窖。

她未死，她在此刻現身，那只代表一件事——康城危矣！

「雖然下雪，但我知道，拂開這些雪花，天空必然是湛藍如洗。」樹梢上站著的風惜雲仰望天空，聲音極輕，但滿天風雪中卻清晰入耳，「有藍空，有白雪，還有從極北的冰峰吹來的最潔淨的風。雪空，這樣乾淨的日子，最適合你了，今天的雪是為你下的。」

蕭雪空握住腰間佩劍，一寸一寸輕輕拔出，晶亮的劍身映照著飄舞的雪花，幻美迷離。

風惜雲低頭看著院中如劍挺峭、如雪靜寒的蕭雪空，無聲嘆息，「你只要不踏出此院，我便不會出手。」

「已經攻城了嗎？」蕭雪空的聲音如冰珠墜地，清脆鏗然卻無溫。

「是的。」風惜雲點頭，「康城不但是兵家必爭之地，對於雍王來說還有另一種意義，所以昔年他與我一起踏平斷魂門後，即在城中為今日布下了暗局。而今，我來了，你當知你已無勝算。」她語氣平靜，這些本無須解釋，但她卻還是說出，或許她依然希望他能放下他的劍，雖然明知不可能。

「主上說康城有另一條通往蒼茫山的路，乃他恩師地老昔年上山與天老觀星鬥棋所留，是通往蒼茫棋局之路，是以康城決不能失。」蕭雪空也平靜地道。

「雪空，你守不住康城。」風惜雲伸出手掌，接住眼前飄落的雪絮，看著它靜靜地融化在手心，「你便與我在此賞雪如何？」

「可以與青王一起賞雪，那實是雪空無上的榮耀，但是……」蕭雪空眉峰一揚，「我是冀州掃雪將軍，士兵浴血奮戰之時，豈有為將者畏縮不出之理。我為冀王之臣，自當為王盡忠。」話落的同時，長劍出鞘，佇立於風雪，巋然不動。

「即使知道結果是敗亡？」風惜雲語氣輕柔，說出的卻是決絕之語。

「是！」蕭雪空答得斬釘截鐵，澄澈的眸子中風雪如聚，藍空隱納，「能與青王一戰，雪空無憾！」

風惜雲看著院中的一人一劍，半晌後喟然輕嘆，「掃雪將軍的『掃雪劍法』當世罕見，我一生懶惰，未能於劍上下工夫。」她微微一頓，然後又道，「我有一名臣子名折笛，他雖未曾出世，但其武藝放眼天下也是屈指可數，他隱居淺碧山十年，獨創一套『碧山絕劍』鮮有對手，今日我便以他的『碧山劍』會一會將軍的『掃雪劍』，也算不辱將軍。」說罷手腕一揚，鳳痕劍出鞘，漫天的風雪也不能掩那一線輕紅。

雪似乎下得更大了，風似乎更急了。

一人靜立庭院，一人盈立樹梢。

一劍晶亮如冰，一劍澄亮如水。

一個凝眉冷峻，一個靜然無波。

雪絮紛紛揚揚落下，寒風橫飛掃蕩，但無損那兩人筆挺的身姿，一個佇劍如山，一個橫劍如帶，風雪飛捲，卻未有一片雪花落在兩人身上，便是長劍上也未沾分毫。

遠處傳來廝殺聲、刀劍相擊聲、人的淒厲呼痛聲……再後來便是急促的腳步聲，急劇的喘息聲。

「將軍、將軍！城門被攻破了！將軍、將軍！你在不在？」

門外有人使勁地捶打著門板，嘶聲呼喚，奈何門板任你如何敲打推拉也無法開啟，門內任你如何叫感也無人答應。

「將軍、將軍！你到底在不在？城裡有細作，他們裡應外合，墨羽騎攻了進來，他們人數太多，我們根本無法阻擋！將軍……」聲音忽然消失了，門外「咚」的一聲有什麼倒落，或許是兵器，或許是人。

院中凝眉不動的人終於忍不住動了，剎那間，人如劍飛，劍如電射。

樹梢的人也動了，看著迎面而來的劍光，輕輕一嘆，手中長劍揮出，輕鬆寫意的一招，卻如山嶽般穩實，將所有的攻擊全部封阻。

冰雪般的長劍凜冽如火，秋水般的長劍瀟灑如風，無論是如火還是如風，一劍揮出，裂石穿雲，風被斬裂而發出厲吼，雪被切割而發出淒叫。

那一刻，小院中風雪狂舞，寒光爍爍，人影如魅，劍氣縱橫。

那一刻，無人能靠近小院，只餘那漫天飛舞的雪花與那籠罩天地的劍意。

忽然間，一縷清亮的歌聲劃開劍氣，衝破風雪，在天地間悠悠蕩起：

劍，

刺破青天鍔未殘。

長佇立，

風雪過千山！

劍，

滴滴鮮血渾不見。

鞘中鳴，

霜刃風華現。

劍，

三尺青鋒照膽寒。

光乍起，

恍若驚雷綻。

院中雪芒飛射，劍氣如穹，可那歌聲卻於風雪劍氣中從容唱來，氣息平穩，不急不緩。當一句「恍若驚雷綻」時，風雪中綻開一朵雪蓮，蓮心裡裹著一線紅蕊於院中輕盈一繞，霎時滿院的雪花紅蕊，再也看不見其他，眼花繚亂驚豔不已時，「叮」的一聲清脆劍鳴，然後清亮的歌聲停止，滿天的風雪靜止，滿院的劍氣消逝，一切都歸於平靜。

雪地中倒伏著一個與雪融為一體的人，雪中慢慢有股紅色的血暈染開，在那潔白中綻開一朵血色蓮花。

站立著的人凝視著劍身上的那一縷鮮血，看著它凝成一線，凝聚於劍尖，然後滴落雪地，劍身便恢復成一泓秋水，澄澈明亮。

醉裡挑燈麾下看。孤煙起，狂歌笑經年。

一聲聲慢慢吟來，一寸寸慢慢移開目光，聲音清如澗流，偏輕綿如空中飄落的雪絮，空濛而悵然，微帶一絲歷盡滄海的淡淡倦意。

「無寒。」風惜雲輕聲喚道。

「在。」銀衣武士悄然而落。

風惜雲的目光從天空移向雪地中倒臥的人，移步走近，蹲下身來，伸手托起雪地中的人。拂開銀髮，那張如雪花般美麗的臉此刻也真如雪花般脆弱，似一碰即化，唇邊溢出的血絲分外豔紅，那曾經澄澈的眸子此刻黯淡地看著她，眸子深處卻隱著一抹幽藍，那樣深沉而魅惑地看著她，似乎有無數的話藏在其中，又似什麼都沒有的空明。

「送他去品玉軒吧。」

「是。」

無寒移步抱起地上的人，然後一個起縱，身影消失，只餘一朵血蓮猶自在雪地中怒放。

待無寒走後，風惜雲身子一晃便坐倒在雪地中，摀住胸口，尖銳的痛楚令她鎖起長眉。屏息靜氣，片刻後那痛楚才是緩去，輕輕一嘆，「到底不比從前了。」抬首遙望那屹立天地間的蒼茫山，喃喃自語，「你以性命相許，我便回報這一條通往玉座的王道吧。」

風惜雲起身，輕躍，越過牆頭，遠遠地便見一隊黑甲騎兵風速般馳來，當先的一人白袍銀槍。

「青王，康城已取下。」任穿雲躍馬躬身。

「嗯。」風惜雲淡淡頷首，「喬謹那邊如何？」

「他說，雖截住了秋九霜，但未能全功，被其領著餘下的人逃走了，想來女人就是膽小些，逃命的功夫厲害些。」任穿雲這次未費什麼大力便取下康城，心下正輕鬆，所以有啥便脫口道來，話一說完，忽想起眼前的人就是個女人，當下不禁心慌，「臣……青王，臣不是……不是說您！」一句話說得磕磕絆絆甚是辛苦，更兼急得面紅耳赤，沒有半分剛才英勇殺敵的豪爽勁，令身後一干將士看得撫額暗嘆。

風惜雲擺手示意不必在意，心下倒是有些奇怪任穿雨那等心機深沉，狼顧狐疑之人倒是有個爽利明朗的弟弟，只是再想想也就明白了，或就因有那樣的哥哥，所以才有這樣的弟弟，哥哥能為弟弟做的已全部做盡了。

「收拾好康城，靜待雍王到來吧。」

「是！」

就墨羽騎奪取康城之時，東旦渡對峙的兩軍也發生了轉變。

二十二日，數日來一直採取守勢的皇朝忽然發動攻勢，出動全部兵力以迅雷不及掩耳之勢向風雲騎、墨羽騎發起攻擊。

冀王親自出戰，爭天騎、金衣騎氣沖霄漢！

「真是糟糕，老虎頭上拍了幾巴掌便將牠激怒了。」任穿雨聽到稟報，不禁暗暗苦笑，「發怒的老虎不好對付啊。」

「嘮叨完了沒。」賀棄殊白他一眼。

「知道了。」任穿雨一整容，「我們也迎戰吧。」

「是！」

任穿雨爬上馬背，望著前方翻滾的沙塵與風雪，問著身後的親兵：「主上還沒醒嗎？」

「久微公子說主上至少要今日申時才能醒。」親兵答道。

「申時嗎？但願……」廝殺聲響起，令任穿雨的話有些模糊。

「軍師說什麼？」親兵怕自己漏掉了什麼重要的命令。

「迎敵吧！」任穿雨回頭看他一眼，書生白淨的臉上有著男兒的慨然無畏。

戰鼓擂起，喊聲震天，旌旗搖曳，刀劍光寒。

風雲騎、墨羽騎分以左、中、右三路大軍，左軍端木文聲、徐淵，右軍賀棄殊、程知，中軍齊恕，三軍聯成連雲陣，此陣攻守兼備，更兼軍師任穿雨指揮得當，陣形調動靈活，當是行如連雲輕渡，攻如百獸奔嘯，守如鐵壁銅牆。

而爭天騎、金衣騎則是連成一線，如洶潮狂湧，連綿不絕，大有氣吞山河之勢！

待到兩軍即要相遇之時，狂潮忽化為無數劍潮，鋒利的劍尖如針般插入風雲騎、墨羽騎，霎時在猛獸之身刺穿無數小洞，待風雲騎、墨羽騎痛醒過來化攻為守時，劍潮忽退，又成一線洶潮，咆哮著窺視著眼前的獵物，

「傳令，左、右翼龜守，中軍橫索！」

傳令兵迅速傳令，頓時風雲騎、墨羽騎立刻變陣，收起所有攻勢，全軍化為守勢，將萬道劍潮擋於陣外。

「竟然無法抵擋冀王的全力一擊嗎？」任穿雨看著前方喃喃自語。

雖暫將爭天騎、金衣騎攻勢阻住，但其攻勢如潮，前赴後繼，一次又一次地攻向風雲騎、墨羽騎。

「那是氣勢的不同。」猛然身後傳來聲音，任穿雨回頭，卻見齊恕提劍而來。

「冀州爭天騎素來以勇猛稱世，更兼冀王親自出戰，士氣高昂，鬥氣沖宵。而我軍連

續幾日出兵，士氣早已消耗，再兼兩位主上不在，士心惶然，是以不及爭天騎與金衣騎。」齊恕一氣說完，目光坦然地看著任穿雨，「而且你我也非冀王對手，無論布陣、變陣皆有不及。」

「喂，決戰中別說這種喪氣話，而且身為中軍主將，不是應該立於最前方嗎？」任穿雨沒好氣地看著他。

「非我說喪氣話，而是你的心已動搖，面對冀王，你已先失信心！」齊恕目光明利地看著他，手腕一動，一枚玄令現於掌心，「我來是為傳君令：『非敵之時即退！』」

任穿雨臉色一變，眸光銳利地盯著齊恕，而齊恕毫不動搖地與之對視。

「我知你對雍王忠心，決不肯失了東旦渡，但你若在此與冀王拚死一戰，或許能守住這半個東旦渡，但我們必然要傷亡大半！」齊恕一字一頓道，「若是那樣，你又有何面目去見雍王？」

任穿雨緊緊握拳，憤恨地盯著齊恕，半晌後才鬆開雙拳，吐一口氣。

齊恕見此，即知目的達成，策馬回轉，忽又回頭，「任軍師，你的才幹大家有目共睹，東旦渡能守至今日是你的功勞，但……若兩位主上有一位在此，也不是今日局面，是以你當知臣守臣道，臣盡臣責。」最後一語隱含告誡。

二十二日未時，風雲騎、墨羽騎退出東旦渡五十里。

爭天騎、金衣騎渡過蒼佑湖，進駐蒼舒城。

申時末，雍王醒來，風雲騎、墨羽騎大安。

次日，東旦渡失守、青王未死、康城失守的消息分別傳報至康城與東旦，那一刻雙方各自一笑，苦樂參半。

「所謂有得有失便是如此。」玉無緣站在蒼舒城的城樓上，眺遠幽藍的蒼佑湖，似乎對於這一結果他並不驚訝，「圍繞蒼茫山有四城，你得蒼舒、徑城，他得康城、黥城，以蒼茫山為界，你與他真正地各握半壁江山，各得一條王道，這就如當年天老、地老所觀的星象，就如蒼茫山頂那一局下了一半、勢均力敵的棋局。」

皇朝默然不語，仰望頭頂的蒼茫山，白雪覆蓋，仿如玉山，巍峨聳立，一柱擎天。

「皇朝，去蒼茫山頂吧。那裡會給予你答案，那裡有你們兩人想要的答案。」

第五十三章　蒼茫殘局虛席待

元月二十六日，康城。

風惜雲推開窗，外面暮色初降，只是前些日下的那一場小雪還未化完，白皚皚的殘雪映著天光，天色倒也未顯得陰暗。

「冬日裡最後的一場雪也要盡了。」她幽幽一嘆，「再來該是春暖花開了。」

她的目光落在庭院中的一樹紅梅上，或也因花期將盡，梅瓣和著風吹簌簌飄落，殘雪中落紅如雨。

把酒祝東風。且共從容。

垂楊紫陌洛城東，總是當時攜手處，遊遍芳叢。[2]

不知不覺憶起當年與豐蘭息一道踏平斷魂門的光景，那時正是三月春光無限好的時節，桃開如雲似霞，兩人各攜一罈美酒，一路折花而歌，歌的便是這首詞。

那時年少春衫薄，意氣相惜，無拘無束，瀟灑恣意，但而今……

「聚散苦匆匆，此恨無窮。」她輕嘆一聲，抬手接住一瓣隨風飄蕩的梅花，「今年花勝去年紅……」

「可惜明年花更好，知與誰同。」一道清渺無塵的嗓音接道。

風惜雲一驚，抬眸望去，一道比殘雪更白、更潔，比落梅風姿更寂、更倦的身影悄然立在院中。

「好久不見。」

兩人同時一句，然後微微一笑，只是一語之後，卻有恍如隔世之感。

天支山上兩人把酒言歡也不過年多時光，此刻回想，卻如前世一般遙遠，那時心惜意通，而今日卻是敵我不同。

「想不到這最後的殘雪落梅竟可與玉公子同賞。」風惜雲輕嘆，看著眼前如玉出塵的人，心頭微有遺憾與傷感。

「能於天支山上同賞一輪月，能於康城同賞一場落梅殘雪，便是人生聚散無常，年華易逝，無緣也覺無憾。」玉無緣抬手從梅枝上拈一撮雪，手腕輕輕一揚，那雪便正落在風惜雲掌心，與掌心的紅梅相對，輝映成畫。

「今日來的是天支山上的玉無緣還是冀王身邊的天人玉無緣？」風惜雲看著掌中梅雪輕輕問道。

「青州女王風惜雲與武林名俠白風夕，妳可能分割開？」玉無緣淡淡反問，「雍王與黑豐息妳是否又能兩者不同相待？」

風惜雲默然。

「所以天支山上的玉無緣與天人玉家的玉無緣又有什麼區別。」

風惜雲看著他，那雙眼眸是可看透紅塵的明澈淨色，又是穿越紅塵的空茫倦色。

這個人，無論何時何地，於她，總是心生一股痛惜，無由無解。

看倦了紅塵，看淡了世情，所以他心若古井，無波無緒，所以他瀟灑去來，無跡可尋，可那雙眼睛裡為何總是蘊著那樣深沉的鬱色？世人敬仰他、戀慕他、依靠他，可世人又何曾看清他，看清他滿心滿懷滿身的疲倦寂寥。

無緣……

風惜雲深深吸氣，垂眸，收斂起所有的情緒，「那麼玉公子此番前來，有何貴幹？」

玉無緣看著她，良久後伸出手來，「我來找妳下一盤棋。」

風惜雲一震，抬眸，盯住對面那雙眼眸。

映透了萬物，滌盡了萬物，偏還無情無塵。

玉無緣抬手握住風惜雲的手，連著那落梅殘雪一起握於掌中，兩人的手都是雪一般白，雪一般冷。

凝眸相視，四目相近，玉無緣平靜地，一字一字地輕輕吐出，「玉無緣與風惜雲為天下蒼生下一盤棋——下蒼茫之局。」

「蒼茫之局？」風惜雲呆呆看著他。

「對，蒼茫之局。」玉無緣雙眸緊鎖惜雲，那樣的目光似從她的眼看到她的心底，「非以妳之智，而以妳之心。以妳之心下一局妳心中真正想要的棋，下出妳心中最想要的！」

以妳之妳下一局妳心中真正想要的棋！下出妳心中最想要的！

那一語輕淡無波，卻如驚雷響徹，轟得她雙耳陣陣嗡鳴，擊得她心跳如鼓。

什麼是她真正想要的？什麼是她心中最想要的？她二十多年來，是否曾停步細細思索？她是否曾認真確認？她又是否曾如實回答？又或是她從未發問？

可是眼前這人為何要這般問她？

她心頭戰慄，一切在他眼中無所遁形，他看穿了她所有不自覺的隱藏，他看透了她所有不自覺的希冀。

白風夕是知道她真正想要的，可風惜雲不會有她真正想要的！

白風夕知道她最想要的，可風惜雲不可能擁有她最想要的！

「以妳之心為自己、為蒼生下這蒼茫之局吧。」

那聲音近在眼前，如耳語輕淡低柔，那聲音從遙遠的天際傳來，如暮鼓晨鐘，直叩心門。

二十七日，寅時末。

淡淡的晨曦中，喬謹輕輕放開韁繩，馬兒便稍稍走得急了，蹄聲在人煙未起的清晨顯得格外的清晰。

康城已巡視完畢，該去向青王稟報諸事兼問安了。

才行至康城府邸前，他偶一個抬頭，頓心頭一跳，韁繩不自覺拉緊，馬兒一聲嘶鳴，停下步來。

「將軍？」身後跟隨的士兵疑惑地叫道。

喬謹定了定心神，下馬，將韁繩交由親兵，「你們自去換班就是。」

「是！」

待所有士兵都離去後，喬謹輕輕一躍便飛上屋簷，幾個起縱，便落在府中最高的屋頂上，一道白色身影正倚坐於屋頂上，微寒的晨風拂起她的衣襟長髮，她卻毫無知覺一般，只是怔怔地看著前方，清亮的眸子似要穿透茫茫虛空望到極遠極遙之處，又似早已望到盡頭，所有已盡在眸中。

「青王，風寒露重，請保重身體。」喬謹微微躬身。早就聽穿雲說過，青王昔日化名白風夕行走江湖時是如何無忌的一個奇女子，只是他卻還是第一次見到。

「喬將軍。」風惜雲目光依望前方，「這世上你有沒有最想要的東西？」

「呃？」喬謹一怔。

「將軍未曾想過嗎？」風惜雲回首，眸子彷彿是天幕上未隱的寒星，是這世間最亮的光源，「將軍跟隨雍王多久了？」

「自十四歲跟隨主上，已十四個年頭。」喬謹恭敬地答道。

「十四年了麼？」風惜雲偏首，淡淡一笑，「這麼多年啊，那即算不能全部瞭解，那也應該略知一二吧。將軍知道雍王最想要什麼嗎？」

「主上想要的？」喬謹又是一愣。

「嗯。」風惜雲點頭。

主上最想要的是什麼？喬謹一時竟答不出來。

江山帝位嗎？看起來似乎應該是。

『我帶著你們，將這萬里山河踏於足下，讓你們名留青史。』

那是很久前主上說過的話，那時主上還只是一個纖弱少年，可他說出此話時他們沒有一人置疑，他們都相信那個淡吐狂語的少年一定會帶他們實現，那這算是他最想要的嗎？

目光望向眼前的女王，不過一襲簡單的白色長袍，黑髮直披，隨意地倚坐於屋頂上，卻依是風華清絕。當日東旦渡大戰中那一箭後主上言行一一浮現於腦中。

這世間，什麼才是主上心中最重要的？此刻，似明瞭，又似模糊。

「喬謹愚昧，不知主上最想要什麼。」喬謹深深躬身，「只是喬謹覺得，青王於主上，足抵這萬里江山。」

「哈哈哈哈……」一陣清越的笑聲便這樣輕輕蕩開，隨著晨風散於天地。

喬謹依舊躬身不敢抬頭，這笑聲如此好聽，但他辨不出悲喜。

笑聲漸漸消了，屋頂上一片靜寂，很久後，風惜雲才幽幽地嘆道：「不論哪一樣才是最重要的，我成全他。」

喬謹一震，可還未等他想明白，身前風動，抬首，已無人影。

二十八日，雍王王駕至康城的日子。

午時剛過，康城城樓上，風惜雲靜靜佇立，遙望前方，身後立著喬謹、任穿雲。

也不知等了多久，等得任穿雲脖子都拉長了不少時，城樓上的風惜雲驀然飛身躍下城樓，城樓上的將士還來不及驚呼，便見她輕盈如白蝶般落在城下的一匹駿馬上，而後她一抖韁繩，駿馬張開四蹄，飛馳而去。

一路風馳電掣般，不到一盞茶的工夫，前方已見塵煙，她拉住韁繩，馬兒放慢了速度，然後停步佇立。

荒原上，她靜靜等待，風吹起那白衣長髮，似欲隨風飛去，風姿意態，畫圖難書。

蹄聲如雨落，銀甲、黑甲的將士如淺潮般快速蔓延，鋪天蓋地般要淹沒整個荒原，待看到前方那一騎之時，大軍慢慢緩速，隔著十丈之距齊齊停步，於馬背上躬身行禮，然後兩旁分開，露中大軍擁護中的玉輦。

荒原前方一騎靜立，大軍之中玉輦靜駐，隔著那不遠也不近的距離。

這一刻，雖有千軍萬馬，卻是安靜至極，天地間只聞風吹之聲。

嘎吱一聲，車門開啟，鍾氏兄弟走出，然後一左一右打起簾子，躬身恭候車內的人。

一道墨黑的人影從容走出。

那一天的天氣極好，碧空如洗，絲絮似的浮雲在空中飄遊，朗日高懸，暖暖陽光灑落，天地清朗明麗。

隔著那不近也不遠的距離將陽光下的那人清晰看入眼中。

已不是容顏如玉，墨髮如綢。

明朗的陽光為那人灰白的長髮鍍上一層淺淺的銀華，銀華裡裹著一張風霜淺淺刻畫過的臉，可是那人氣度雍容如昔，意態雅逸如昔，那些滄桑痕跡無損他的神韻風骨，更顯那雙眼眸墨黑幽深如古玉溫潤，以一種從未有過的柔靜目光看著她。

陽光下，他淺淺微笑，如蘭開香湧，眼角細長的笑紋中綻著一抹紅塵盡攬的恣意風華。

陽光下，他是安好的。

那一刻，潸然淚下！

那一刻，方知何謂失而復得！

那一刻，方知天地雖廣萬生萬物雖多，最在意的，原不過眼前之人！

那一刻，願傾所有，無怨無悔！

車上的人跨下車，一步一步從容走來，馬背上的人靜靜地，一眨不眨地看著他。

距離在縮短，身影為何更模糊？

風吹過，面上一片清涼，眨眼，終於看清。

他就站在馬下，張開他的雙臂，臉上是那雍容優雅的笑容，眼眸明亮溫柔而又繾綣地看著她。

那一刻，她毫不猶豫、毫無顧忌地張開雙臂，飛身撲入他張開的懷抱中。

灰白的髮、墨黑的髮在風中交織。

白色的衣、黑色的衣在風中相逐。

修長的臂、柔軟的臂在風中緊纏。

那一抱震驚萬軍，那一抱驚豔天下！

「雍王萬歲！青王萬歲！」

無視禮法的相擁，無視天地的相抱，無視萬生萬物萬軍的相依震懾住所有的人，撼動所有的心。

萬軍下馬，屈膝，叩首，為眼前這一體的雙王山呼！

「萬歲！萬歲！萬歲！」

康城的城樓上，代表青州的鳳旗與代表雍州的蘭旗並揚於風中，城中十萬墨羽騎、風雲騎和睦相處，經過了與爭天騎、金衣騎的數場決戰，同生共死中已令兩軍將士生出惺惺相惜的感情，也真正明白兩州是一榮俱榮，一損俱損。

接了豐蘭息回到康城後，風惜雲即以車旅勞累為由，讓他先去休息，自己先去見了一干臣將，安置諸般事宜。

華燈初上時，才是完事，推開窗，一股冷風撲面而來，不禁打了個激靈，可是她又不想關窗，立在窗前，仰望夜空，漆黑的天幕上掛著疏淡的星月，地上的燈火都顯得要明亮些。

「主上，該用晚膳了。」門輕輕推開，六韻、五媚提著食盒進來。

「雍王可用晚膳了？」風惜雲問道。

「先前雍王醒來，得知主上在忙，便先用膳了。」六韻答道，一邊與五媚將盒中菜肴擺在桌上。

風惜雲走到桌前坐下，「久微哪兒去了？」

「先前為雍王探過脈，也先用過膳了，這會兒正在為雍王煎藥。」五媚答道。

「哦。」風惜雲點頭，然後舉筷用膳。

用過膳後，歇息了半個時辰，五媚、六韻又服侍著她沐浴。

溫熱香湯裡，風惜雲舒服地閉上眼睛，放鬆了身體，懶洋洋地問著兩位女官，「六韻，以後出宮了，妳最想做什麼？」

六韻動作輕柔地洗著風惜雲的一頭青絲，淺淺笑著：「想做個女先生，教些女學生。」

「傳道授業不錯。」風惜雲點頭。

「她就是愛訓人，若當個女先生不正好名正言順嘛。」一旁的五媚取笑道。

「多嘴！」六韻瞪她一眼。

「嘻嘻，難道說錯了？往常宮裡那些人沒少挨妳訓的，一個個見著妳呀，就像老鼠見著了貓，逃命似的閃。」五媚笑道。

她們兩人都是自小服侍風惜雲的，情分不同，這會兒就三人在，自然也沒什麼顧忌。

風惜雲眼睛微微睜開一條縫，「五媚想做什麼？」

五媚眨了眨眼睛，道：「想嫁個如意郎君，相夫教子過一生。」

「不害臊！」六韻屈指一彈，彈得五媚滿臉水霧。

「這有什麼臊的，男婚女嫁，人倫常情。」五媚甩甩頭，一點也不怕羞。

「女先生，賢妻良母……嗯，都不錯。」風惜雲點頭，重又閉上雙眸靠在桶沿上，「孤定會成全你們。」

聞言，六韻、五媚卻是一怔。

但風惜雲已閉上眼睛，神色靜然，顯然已不欲再說話。

兩人按下心頭疑惑，繼續服侍。

室中一時沉靜，只餘水聲，迷濛熱氣，幽幽暗香，以及那藏於朦朧水氣中的激湧思緒。

當洗沐完畢，迷霧中緩緩睜開的雙眸湛亮如星，清輝滿室。

「六韻，去召齊恕、程知、徐淵三位將軍來。」

戌時，風惜雲才跨入豐蘭息住著的院子，一進門就聽到久微的聲音。

「按這藥方，早晚一次，三月內不要斷。」

久微將藥方遞給鍾離，鍾離躬身接過，然後目光望向倚在榻上的豐蘭息。沒有主上命令，他們是不可能隨便用藥的。

「多謝。」豐蘭息淺笑頷首。

鍾離放心地將藥方收起。

「不用謝我，你不過沾了夕兒的光，若非顧著她，你的生死，與我無關。」久微毫不領情，直言不諱。

豐蘭息不以為忤，微笑點頭，「久公子說得是，孤無須致謝。公子懷中的那紙丹書可也有孤一份功勞，公子都沒謝過孤，不如就此兩相抵消罷了。」

「你……」久微瞪目看著眼前這個笑得雍容淡雅的人，肚子裡腹誹著，難怪夕兒要罵他是狐狸，「雍王不愧是雍王，公平又明理。」這話十足的譏誚。

「彼此，彼此。」豐蘭息笑得一派和氣。

「不敢，不敢。」久微面上也是一派親切。

一旁的鍾氏兄弟面色不動，各自忙著手中的活。

久微瞟了一眼道：「這兩個小子年紀雖小，若放出去也是一方人物。」

「那當然，強將手下豈有弱兵。」豐蘭息抬手拂開擋在眼角的髮絲，只是看到那灰白的頭髮，眉頭頓時皺起。

「我倒覺得是什麼樣的主子便教出什麼樣的屬下。」久微譏道，待看到豐蘭息撫髮皺眉的動作，不禁翻起了白眼，「一個大男人需要這麼在意容貌嗎？」

豐蘭息瞟一眼他，然後悠悠然道：「聽說那醫者本領只三分的越是架子高，醫人時也只盡一分力，治好三分標，留下七分根，好拿捏著病人。」

「你！」久微氣結，但隨即收斂了怒氣，看著豐蘭息笑得十分和煦，「想昔日蘭息公子乃天下傾慕的美男子，與青州惜雲公主可謂才貌相當，一對璧人，只是如今，青王依舊容華絕世，雍王卻是蒼顏白髮，可真是天差地別呀。唉……真是為我的夕兒心痛呀！」幸災樂禍的語氣裡，特意在「我的夕兒」四字上落下重音，然後滿意地看著床榻上的人面色一僵。

豐蘭息僵硬的神色不過一瞬，馬上又恢復如常，只一雙黑眸卻似冰潭般寒意森森，偏語氣還是那般溫文爾雅，「孤雖已不再容顏如昔，但可換得惜雲性命無憂，自是無怨無悔。而且……」他目光在久微臉上掃視一圈，利得似要在上面刮下一層皮來，「總比某些藏頭縮尾、不敢見人的傢伙要強些。」

久微聞言頓時氣結，偏生又被說到心病，一時竟是反駁不得。

「我倒是不知你們兩人如今竟是『意趣相投、言語相悅』呀！」清清亮亮的聲音從門邊傳來，兩人移目望去，正見風惜雲拂簾而入，面上似笑非笑。

「夕兒！」久微馬上迎上去。

這一聲頓讓床榻上的人不自覺地推倒了醋壺，什麼夕兒、夕兒的，真是刺耳！

「久微。」風惜雲目光停在久微的臉上，「說真的，我也挺好奇你的真正面貌是什麼樣子的，這世上大概沒人見過真正的你吧。」

「呃？」久微目光溜了豐蘭息一眼，然後笑道，「夕兒想看？」

「當然。」風惜雲點頭，眼眸一時晶亮異常，緊緊看住久微。

「還是不要看了。」久微似乎有些為難，只可惜滿眼的笑洩露了他的真實意圖，「我擔心某人會自卑得想撞牆。」

「我想自卑的另有其人吧。」豐蘭息卻是不溫不火地道，「若不是自卑妒忌，又怎會不肯完全治好孤。」

「妒忌？」久羅王怒了，「你以為你是誰啊？還想要我耗盡靈力來治你這張臭皮囊？豐蘭息我告訴你啊，我肯救你命那已是仁至義盡，給了夕兒天大的面子了，你以後若是敢忘恩負義，欺負夕兒，我手指動動就能讓你做回活死人！」

「久微，別氣。」豐蘭息還未有反應，風惜雲倒是牽起了久微的手安慰著，「他臉皮那麼厚，你哪裡是對手啊。」

豐蘭息聞言，頓時幽幽嘆氣，「女人的胳膊果然是往外拐的。」他抬手拾起肩膀上的頭髮，「唉，定是因為這頭華髮，讓人變心了啊。」

那聲嘆息綿綿幽幽，無限傷懷，鍾氏兄弟無礙，風惜雲無礙，卻只讓久微抖了抖，「世上怎麼會有這麼臭美惜容的男人？」

「你平時看他的挑剔勁就該知道了呀。」風惜雲擺擺手，然後繼續她關心的事，「別管他了，久微，讓我看看你的臉嘛。」

「雖然不能保證，但可以試試。」久微卻眼睛望著屋頂，「千年何首烏、百年雪蓮子、九九靈芝草、十年人參珠、桃源雪蘭根、玉谷赤玄霜。」

「鍾離，都記下了嗎？」床榻上的人慢悠悠地問。

「主上，都記下了。」鍾離說話的同時將筆放回架上。

「久微，讓我看看你的臉。」那一邊風惜雲不依不饒地念著。

久微卻充耳未聞，反是伸手拉過風惜雲的手，搭在脈搏上，過了半晌，才輕嘆一聲。

風惜雲沒在意，床榻上的人卻是豎起了雙耳，緊張萬分。

「本來以你們兩人的修為，活個百歲也是易事，只是如今……」久微嘆息，「雖然性命無憂，但到底都傷了經脈、損了元氣，老來說不定還要病痛纏身。」

「庸醫！」床榻上的人乾脆俐落地丟下兩字。

久微卻只是牽著風惜雲的手，「夕兒，和我回久羅山去，我保妳長命百歲。」

「好呀。」風惜雲答應得十分乾脆，「不過，你要先給我看你的臉。」

床榻上的人聞言心驚，黑眸霎時幽深，如暗流洶湧，危險萬分，然後閒閒淡淡地開口，「聽說久羅族的人都懂妖術，所以也都容顏妖異。」

「這哪裡是狐狸，簡直是毒蛇！」久微怒目而視。

「久微，我要看你的臉。」風惜雲概不入耳，只惦記著久微的真容。

久微看著她，頗有些無奈，然後在一旁的椅上坐下，閉目盤膝，不一會兒便見他面上浮起淡淡的青色靈氣，然後越來越濃，漸漸將整張臉都覆蓋住。

房中的人都目不轉睛地看著，片刻後，那濃郁的青色靈氣又慢慢轉淡，漸漸地露出眉眼肌骨，直至靈氣消盡，久微睜目，那樣一張曠世之容便現於人前，饒是慣見美人的幾人也不禁一震。

如若說蕭雪空如雪般淨美，修久容如桃之俏倬，皇朝如日般燦華，玉無緣如玉般溫逸，豐蘭息如蘭般幽雅，那麼眼前久微則如琉璃明澈。

雪容太過冷峻，令人不敢靠近；桃容太過嬌柔，需細心呵護；日容太過炫目，永遠高高在上；玉容太過出塵，遠在雲天之外；蘭容太過矜貴，孤芳自賞，都不若眼前之容淨無瑕穢，靈蘊天成，令人望之可親。

「久微，真好看！」風惜雲驚嘆，「傳聞久羅王族之人皆是神仙品貌，果然不假！」她伸手捧起久微的臉臉，低頭以迅雷不及掩耳之勢在那琉璃通透、未染纖塵的臉上印下響亮的一吻，「哈哈……久微，我肯定是第一個親你的女人！」

風惜雲得手便退，臉上神情就似偷了腥的貓一般得意洋洋。

「夕兒，妳親錯了。」誰知被偷親的人毫不驚奇，只是出聲加以指點，那靈氣凝聚的雙眸賊亮賊亮的，長指指指嘴唇，「應該親這裡，才能顯出妳我之間最親密的關係。」

「真的？」風惜雲眼睛一亮，就似貓忽又發現了更肥的魚。

床榻上的人生氣了嗎？沒有！他是瀟灑從容的蘭息公子，他是雍容優雅的雍王，怎麼可能會有生氣這種有失風度體面之舉？

「鍾園。」淡淡的聲音從容響起。

「在。」

「久羅妖人施展妖術迷惑青王，替孤將妖人叉出去。」床榻上的人優雅地換了個姿勢，倚靠得更舒服了。

「是。」鍾園移步向久微走去，「久羅王，夜深寒重，請讓鍾園送您回房休息。」說罷伸手挽起久微的胳膊，沒有多餘的動作，可久微就是不由自主地隨著他起身移步。

「夕……」

鍾園指尖一動，便讓久微閉上了嘴。

一室靜默，風惜雲與豐蘭息兩人，一個目光看著窗外，一個凝眸盯著几案，彼此神思恍惚，目光偶爾相對，卻是迷離如幻，如置夢中。

「惜雲。」很久後，才聽到豐蘭息輕聲呼喚。

「嗯。」風惜雲應著，目光移向床榻，他的眼神令她不由自主地走了過去，在榻上坐下。

豐蘭息伸手握住她的手，十指相扣，溫暖柔軟，輕輕嘆息，「我們都還活著。」

一句話，安兩心。

是的，都還活著，活著才有無限的未來與可能，若死了，那便只餘終生悔痛憾恨。

所以，慶幸，活著！

「世人皆道你我聰慧，可我們又何其愚昧。我們可以看透人生百態，卻看不清自己，看不透對方，定要毀滅了方能清醒！」豐蘭息摩挲著交握的手，有些自嘲地笑笑。

「我們相識十餘年，從初會起便未曾坦誠相待。」風惜雲低頭看著相纏相扣的手，淺淺地笑著，「彼此隱瞞，彼此猜忌，彼此防備，卻又彼此糾纏，到而今……人生沒有幾個十年，也沒有幾人能有你我這般的十年，所以……這些日子我總在想，我們應該有很多話要說清楚，有很多事要解釋清楚，可是……此刻我卻覺得已不必再說。」

「嗯。」豐蘭息淺笑相應。

兩人十指扣緊，眼眸相對，這一刻，無須言語，彼此的眼睛便已說清一切。

不再是以往的幽深難測，不再是以往的譏誚嘲諷，不再是以往的算計猜疑，不再是以往的躲閃逃避，從未如此刻這般澄澈坦然，這般心心相印，心意相通。

又何須再提以前，又何須再來解釋，江湖十餘年隱瞞身分的打鬧，落英山前猶疑的遲到，五萬風雲騎暗藏的防備……那些都是傷痛，都有怨恨，可那些在那一箭擊中時，在那以性命相救時，在那無顧己身的相搏時，都已煙消雲散。

這一刻，已無須言語，他們早已命脈相連，融為一體。

這一刻，四目相對，兩心相依，便是天荒地老。

左手纏在一處，風惜雲伸出右手撫向豐蘭息灰白的頭髮，撫著那風霜細畫的容顏，眸中柔情似水，胸中柔情四溢，「黑狐狸，你以後得改叫老狐……」

一個「狸」字生生咽在喉中。

嘴唇相觸，鼻息相纏，雙眸輕閉，婉轉相就。

此時正星月朦朧，此刻正良宵靜謐，此時正良人在前，此刻正情濃意動。

且將那翡翠屏開，且將那芙蓉帳掩，且將那香羅暗解，且將那鴛鴦曲唱。

唇掃過是火，手撫過是火，那輕語如火，那嘆息如火，那呼吸如火，那火從四肢百骸燒來，炙熱的似要將身融化……心卻如水，柔軟地、繾綣地蔓延，蔓過炙火，滴滴水珠滑落，激起一片清涼的戰慄……伸出手，緊緊地抱住。

頸項相交，肌骨相親，心跳相同，任那火燃得更炙，任那水暗湧如潮，任那水火交纏，任那戰慄不止，只想就這麼著……就讓此刻永無休止，又或此刻就是盡頭。

晨曦偷偷從窗逢裡射入，透過輕紗薄帳，歡喜而欣慰地看著相擁而眠的人。髮與髮糾結，頭與頭相並，頸與頸相依，手搭著肩，手摟著腰，那面容是恬靜的，那神情是恬淡的。

風惜雲先醒來，微微睜眼，慢慢適應房中的光線，轉首，癡癡地凝視著枕旁的睡容，然後俯身輕柔印下一吻。

輕巧地起身，下床，著衣，然後推開緊閉的窗，燦爛的冬日朝陽霎時便瀉了一室，暖暖金輝中，微寒的晨風灌進一室的清爽。

她瞇起眼眸，任晨風拂起披散的長髮，任清風撫過臉頰，留下一片冰涼。

「這麼好的陽光，這麼好的天氣，很適合遠行。」她沒有回頭，卻知床榻上的人已經起身了。

豐蘭息目光幽沉地看著她，心頭千思萬緒，可看到她一身白衣，隨意披著的長髮，卻已是心知肚明，霎時，胸中如萬流奔湧，狂瀾起伏，面上卻是神色不驚，鎮定從容。

「我要走了，你應該知道，也應該明白。」窗邊的人回頭，一臉無拘的燦笑，一身恣意的瀟灑，朝陽為她周身鍍上一層淺輝，似從九天而降，又似瞬息便融九天。

豐蘭息無力地坐在榻上，微微闔上眼眸。

「知道與明白是一回事，可不可以接受又是另一回事！」半晌後，房中才響起他略有些喑啞的聲音。

風惜雲眸光如水地看著他，「我本應早早離去，那樣或許很多的事便不會發生，我明明知道互相猜疑的兩人不可能同步同心，可我卻依然留下。那一半是緣於我的懷疑與防備，一半其實是緣於我的不捨，我捨不得你。」

「而今卻要捨了嗎？」豐蘭息抬眸看著她，面上的淺笑有幾分慘澹，「其實這麼多年，我明明早就察覺到我們之間的牽絆，可我卻一直不能確定也不敢確定，因為我在害怕。我害怕當一切都清晰地攤於眼前時，便是妳離我而去之時，我害怕妳會離去。」

「黑狐狸，」風惜雲輕輕嘆息，走至榻前，抬手撫著他不自覺緊皺在一處的長眉，「你說青王、雍王再並肩走下去，結果會如何呢？」

豐蘭息凝望她，望進一雙明澈如水的瞳眸，那雙眸子將所有都顯露其中，也將所有都一一看進。

「你我都清楚，那有無數無數的可能。」風惜雲指尖抹開他糾結的眉心，憐惜著他眼角的細紋，「那無數的可能簡單地分為好與不好，可不論是哪一個，你知道我都不會開心。」她目光深深地看著他，「無論是風惜雲也好，還是白風夕也罷，人骨子裡的東西總是不會改變的。而以往那些死去的人，那些流過的血，是無法抹去亦無法忘記的。更甚至以後還會有更多我不願看到的，我無法與你待那萬骨成灰之時並坐皇城，笑看萬里江山，我……終只會江湖老去。」

風惜雲俯首，眼眸一眨也不眨地看著豐蘭息，他墨玉的瞳眸便在眼下，眸中有千言萬語，眸中有萬緒千思，她都一一看進，那一刻，心是柔軟的，心是酸楚的，可即便如此，她也決然無悔。

「青州與風雲騎我全部託付於你，而我走後，你才是真正地毫無顧忌，毫無牽絆，自可放開手腳，將這江山擁入懷中。」她的手撫上他的臉，「黑狐狸，無論我在哪兒，我都會看著你，這一生，我都念著你、看著你！」指尖輕輕撫著那張令她心痛萬分的容顏，目光朦朧，俯首相依，呢喃輕語，「此刻是你我……最美好的時候。」

唇溫柔地吻上那雙墨玉眸子，將眸中那萬千情意輕輕吻進。

便是心如刀絞，便是萬箭穿身，她也已決定。

一室的靜寂，一室的空蕩，只有寒風依不停的吹進，拂過那窗櫺，拂過那絲縵，拂過灰白的長髮，拂過癡坐的人，拂過黯淡失神的眸。

抬首四顧，如置夢中。

這……剛才一切是否都為夢？剛才一切都未發生？剛才一切皆可不作數？可是胸膛中傳來的痛卻提醒著他——這一切都是真的！

相伴十餘年的人，真的抽離了他的生命。昨夜相擁入懷，昨夜頸項相交的人真的棄他而去，從今以後消失於他的生命，永不再現！

胸膛裡的痛似乎麻木了，然後便是一片空然，風吹過，便是空寂的回音。

陽光是如此的陰沉，窗外的天地是如此的黯淡，隱約入耳的是如此的聒噪……那所有看入眼的為何全無了顏色？那所有聽入耳的為何全無了意義？

隱約間似明白了，隱約間一腔怒焰勃然而生。

「該死的臭女人！」一聲暴喝直沖雲霄，震懾了康城。

那是俊雅的蘭息公子，那是雍容的雍王，有生以來第一次毫無風度的大吼怒罵。

2 引自歐陽修〈浪淘沙〉。

第五十四章　且視天下如塵芥

元月二十九日，康城雍王所住的院落裡，鍾離、鍾園聽到雍王一整天都在罵「該死的臭女人」。他們不大清楚發生了什麼事，竟能讓主上如此震怒，昨夜與青王不是處得好好的嗎？不過他們並不想去弄明白，只是小心翼翼地侍候著主上。而除了主上一反常態外，康城基本上安然無事，只是齊恕、徐淵、程知三位將軍面有異色，神情悲楚。

薄暮時分，鍾離、鍾園正要入室掌燈，可手才觸及房門，從裡面傳來一句「都下去」，聲音很輕，卻不容置疑。

於是，鍾氏兄弟悄悄退下。

房內，豐蘭息依舊坐在那張榻上，眼睛呆呆地看著窗外，似如此看著，那個人便會從窗戶飛回，可一直等到子夜……那人都未曾回來。

不肯相信，不肯放棄，在這一刻卻澈底絕望地承認，她永遠不會出現在他的眼前了，她竟如此絕情地棄他而去！

夜是如此的黑，黑得不見一絲星光。

天地是如此的空曠，無邊無垠卻只留他一人。

風是如此的冷，寒意徹心徹骨地包圍著他。

只要闔上那扇敞開的窗，他可以足踏萬里山河，他可以盤踞皇城玉座，他可以手握萬生萬物……無上的權勢與無盡的榮華就在觸手可及的地方，可是依舊那麼的黑、那麼的空、那麼的冷。

漫漫長長的一生啊，此刻卻可以看到盡頭。

沒有她的一生，至尊至貴……也至寂至空。

元月三十日，雍王終於不再怒罵了，但依舊整日閉門未出，城中諸事自有諸將安排妥當，所以也就沒有什麼事需要鍾氏兄弟冒著生命危險去敲開那扇門。

康城是平靜的，雖有十萬大軍，但城中軍民相安。

風雲騎也是平靜的，雖然他們的主上現在沒有在城中。在雍王抵達康城的第二日，青王即派齊恕將軍昭告全軍，因傷重未越，須返帝都靜養，是以全軍聽從雍王之命。

墨羽騎、風雲騎對於這一詔命都未有絲毫懷疑。

那一日青王中箭、雍王驚亂的情景依然在目，初見為救青王而一夜蒼顏白髮的雍王時的震撼依然在心，而兩王於萬軍之前相擁的畫面，清晰地刻於腦中。

所有的人都相信兩王情深義重，兩州已融一體，榮辱與共，福禍相擔！

二月初一，清晨。

這天，雍王終於啟門而出，鍾氏兄弟頓時提起十二分的精神好好侍候。不過這一天的雍王很好侍候，因為他基本上都待在書房，非常忙碌，至華燈初上，兄弟倆恭請他回房休息時，書房中的一切井井有條。

二月初二。

豐蘭息照舊一大早便入了書房，鍾氏兄弟侍候他用過早膳後便守候在門外。

「鍾離。」半晌後聽到裡面叫喚，鍾離馬上推門而入。

「著人將此信送往蒼舒城，孤邀冀王明日卯正於蒼茫山頂一較棋藝。」

「是。」鍾離趕忙接信退下。

「鍾園。」

「在。」鍾園上前。

「召喬謹、端木、棄殊、齊恕、徐淵、程知六位將軍前來。」

「是。」鍾園領令而下。

待書房中再無他人之時，豐蘭息看向窗外，正風清日朗。

「該死的女人！」脫口而出的又是一聲怒叱。

窗外的明麗風景並不能熄滅他滿腔的怒火，而書房外守著的其他侍者對於主上此種不符形象的怒罵在前幾日見識過後，便也不再稀奇了。

片刻後，門外傳來敲門聲。

「主上，六位將軍已到。」

「進來。」豐蘭息平息心緒，端正容顏，從從容容地坐下。

畢竟該來的總不會遲到，該面對的總不能跳過，該做的總是要擔當，他又不是那個該死的任性女人。

二月三日，冀王、雍王相會蒼茫山。

那一日，晨光初綻，一東一西兩位王者從容登山。

那一日，碧空如洗，風寒日暖。

那一日，蒼舒城、康城大軍翹首以待。

那一日，康城六將全都面色有異，神情複雜，卻又無可奈何。

那一日，天地靜謐如混沌初開之時。

那一日，午時，蒼茫山上一道黑影飄然而下。

那一日，康城墨羽騎、風雲騎靜候雍王詔命，但只等來雍王淡然一笑。

當所有的一切全部安排妥當時，豐蘭息長嘆一口氣，似將心頭所有憾意就此全部舒出。

「暗魅、暗魑。」凝聲輕喚。

清天白日裡卻有兩道鬼魅似的黑影無息飄入。

「去黥城。」豐蘭息微瞇雙眸，他現在心情並不痛快，偏生這陽光卻和他作對似的分外明媚，好得過頭，「將穿雨、穿雲敲暈了送去淺碧山，並留話與他們，從今以後可大大方方地告訴世人，他們是寧家子孫。」

「是。」黑影應聲消失。

「暗魍、暗魎。」

又兩道黑影無息而來。

「將這兩封信，分別送往叔父及豐葦處。」豐蘭息一手一信。

「是。」黑影各取一信，無息離去。

「該死的女人！」不由自主地又開始罵起來。

這一去便已是真正的大去，好不甘心啊！真恨不得吃那女人的肉！

「嘻……你便是如此的想我嗎？」一聲輕笑令他抬頭，窗臺上正坐著一人，白衣長髮，恣意無拘，可不正是那讓他恨得咬牙切齒的人嗎？

這時他滿腔的怒火忽都消失了，滿心的不甘頓時化為烏有，平心靜氣地，淡淡然然地瞟一眼，「妳不已經逍遙江湖去了嗎，怎麼又在此出現？」

窗臺上倚坐著的人笑得一臉燦爛：「黑狐狸，我走後發現自己少做了一件事，而這事若不能做成，那我便是死了也會後悔的。」

豐蘭息慢悠悠地看著她，笑得雲淡風輕的，「難得呀，不知什麼事竟能令妳如此記掛，記掛到死不瞑目呀。」

窗臺上的人拍拍手跳了下來，站在屋中纖指一指他，光明正大地，理直氣壯地道：「我要把你劫走！」話音一落，白綾飛出，纏在了豐蘭息的腰間，「黑狐狸，你沒意見吧？」她笑咪咪地看著那個被她纏住的人。

「我只是有點疑問……」被白綾纏著的人毫不緊張，悠悠然地站著，倒好似就等著她來綁一樣，黑眸黑幽幽地看著她，「妳劫了我做什麼？」

白綾一寸一寸收緊，將對面的人一寸一寸拉近，待人至面前之時，輕輕地，鄭重地道：「當然是劫為夫婿！」

白綾一帶，手一攬，一白一黑兩道身影便從窗口飛出，牆頭一點，轉瞬即消。

遙遙望著那遠去的身影，鍾離、鍾園難得地嘆了一口氣。

「唉……我們也該行動是吧？」兩人齊聲長嘆，齊聲互問，然後齊齊相視一眼，再齊齊笑開。

風雲騎與墨羽騎的將士們此刻齊聚於校場，只因喬謹、齊恕兩位將軍傳令，要在此頒布王詔。

那時日正當頭，天氣雖有些冷，但明朗的太陽照下，令人氣爽神怡。十萬大軍整齊地立於校場，黑白分明，鎧甲耀目，目光齊齊落於前方，等待著兩位頒詔的將軍。

只是他們等待的人還未到，卻有兩道身影自半空飛落，高高的屋頂上，一黑一白並肩而立，風拂起衣袂，飄飄然似從天而降的仙人。

眾將士還來在怔愣，一道清亮的嗓音帶著盈盈笑意在康城上空清晰地響起，「風雲騎、墨羽騎的將士們，吾聽聞你們的雍王俊雅無雙，今日得見果是名不虛傳，是以吾白風夕今日劫之為夫，於此詔告天下，膽敢與吾搶奪者，必三尺青鋒靜候！」

霎時，教場上的人呆若木雞。

「妳還真要鬧得全天下都知道呀？」豐蘭息搖頭嘆氣，看著這個張狂無忌的女人，似薄惱似無奈，心頭卻是一片欣喜。

「讓天下人都知道雍王被我白風夕搶去做老公了，不是很有趣、很有面子的事嗎？」風惜雲眉眼間全是笑。

這時底下萬軍全回過了神，頓時譁然。

舉目望去，雖距離遙遠，但依稀可辨那是雍王與青王。可青王不是回帝都去了嗎？何以又出現在此？何以如此放言？而雍王又為何任她如此？

卻見屋頂上雍王手一抬，萬軍頓時收聲斂氣。

「墨羽騎、風雲騎的眾將士，孤已留下詔書，爾等聽從喬謹、齊恕兩位將軍的安排，敢有不從者，視為忤逆之臣，就地斬殺。」

豐蘭息的話音一落，風惜雲清清亮亮的聲音再次響起，「你們都聽清楚了，敢有不從者，視為忤逆之臣！」說完，她側首看著豐蘭息，「現在我們走吧。」

「好。」豐蘭息點頭。

兩從相視一笑，伸手相牽，前方江湖浩渺，前方風雨未知，從今以後，你我相依相守。

黑與白兩道身影翩然飛去，消失於風雲騎、墨羽騎眾人眼中，消失於康城上空。

眾將士還未從震驚癡愣中回神，喬謹、齊恕已捧詔書走來。

「奉兩王詔命……」

自那以後，便有許許多多的傳說。

有的說，白風夕愛慕雍王，強搶其為夫婿；有的說，雍王為白風夕風姿所折，棄了江山追隨而去；也有的說，白風黑息其實就是青王、雍王，他們不過因為懼怕冀王，所以棄位逃去；還有的說，雍王、青王並非懼怕冀王，乃不忍蒼生受苦，是以才雙雙棄位，歸隱山林，過著神仙眷侶的生活……

傳說有很多很多種，無論是在刀光劍影的江湖，還是在柴米油鹽的民間，總是有關於那兩個人的許多故事，總是有關於那一日的許多描述，只是那些都只能當做傳說。

那一日，記入史冊的不過一句話：

景炎二十八年二月三日，雍、青兩王於康城留詔棄位而去。

傳說也好，史書也好，有精彩的，有非議的，有讚誦的，有悲傷的……但那些都比不上當日親眼目睹兩人離去的十萬大軍的感受。

那樣瀟灑無拘的身影，那樣飄然輕逸的風姿，豈是「遁逃」一詞所能輕辱的？

湛藍的天空，明麗的陽光，那兩人一條白綾相繫，仿如比翼鳥齊飛，又如龍鳳翱翔。

東旦一戰，雄兵奇陣，吾心折服；蒼茫一會，治國恤民，吾遠不及。

冀王雄者，定爲英主。區區榮華，何傷士卒？既爲民安，何累百姓？

吾今遠去，望天下臣民，稟蒼天之仁，共擁冀王，共定太平。

這是雍王親筆寫下的棄位詔書。這一番話大義在前，大仁在後，普天莫不為雍王之舉所感，便是千年之後，人們翻起《東書．列侯．雍王蘭息》篇時，也都要讚雍王一個「仁」字。

皇朝登基後，著史官撰寫《東書》，嚴正的史官記下如此一筆：「雍、青兩王才德兼備，兵強將廣，已然二分天下之勢。然兩王稟蒼天之仁，憐蒼生之苦，不欲再戰，乃棄位讓鼎，飄然而去，此為大仁大賢也。」

讓鼎！

那位史官不怕當朝皇帝降罪，也要記下兩王風骨，足見其鐵骨錚錚。

而一代雄主皇朝，卻也未降罪於史官，更未令其修改，任由史書記下這個「讓」字，無畏後世譏他「讓」得天下，其胸襟氣魄亦令後人撫掌讚嘆。

而那離去的兩人，不論是白風黑息也好，還是雍青雙王也好，無論是當世還是千百之後，那樣的兩個人都是比傳說更甚的傳奇。

這些都是後話。

不提康城萬軍的茫然無主，不提天下人的震撼激動，遠離康城數十里外的小道上，一黑一白兩騎正悠悠然並行。此刻他們已不再是雄踞半壁天下的雍王、青王，而只是江湖間那瀟灑來去的白風黑息。

「妳放得下心嗎？」豐息看看身旁那半瞇著眼似想打盹的人道。

這女人一脫下王袍，那貪睡、好吃、懶惰、張狂所有的壞毛病便全回來了，唉……罷了，罷了，這一生已無他法了。

「放心。」風夕隨意地揮揮手，打了一個哈欠，「風雲騎從不會違我詔命，況且極為敬重齊恕、徐淵、程知他們，康城有齊恕在決不會有事。而徐淵則攜詔回青州，朝裡那些異臣我繼位時便趕盡了，馮渡、謝素皆是見慣風浪的老臣，素來愛民，當不會不顧青州百姓的生死而妄起干戈。說到底，百姓最看重的不是玉座上到底坐著誰，而是能讓他們生活安康的人。皇朝又不是殘暴無能之輩，而且我給齊恕、徐淵、程知下過命令，即算他們要離開，至少要待兩年之後，那時風雲騎應早就被皇朝收服了。」說罷轉頭笑看豐息，「倒是你呢，墨羽騎可不比風雲騎。」

豐息也只是淡淡一笑，「論忠貞四大名騎中當推風雲騎，但墨羽騎有一點卻是值得誇讚，那就是完全服從君命，決不敢違。喬謹他們是良將，並無自立之心也無自立之能，而叔父那老狐狸他巴不得可以拋開這些令他躲避不及的棘手之事，好好頤養天年，豐葦那小子又有叔父在，不用擔心。至於我那些個『親人』嘛……哼，若想來一番『作為』，沒權沒兵，且憑他們那點能耐，不過正好讓皇朝來個殺雞儆猴罷了。」最後那笑便帶上了幾分冷意。

「喏，要不要猜一猜皇朝會如何待他們？」風夕眨眨眼睛。

「無聊。」豐息不屑地瞟她一眼，「他若連這些將士都不能收服，何配坐擁這片江山。他若是敢對這些人怎麼樣，他這江山便也別想坐穩了。」

「嘻嘻……黑狐狸，你後不後悔？」風夕笑咪咪地湊近他。

「後悔怎樣？不後悔又怎樣？」豐息反問。

「不管你後悔也好，不後悔也罷，反正這輩子你已被我綁住了！」風夕指了指至今還繫在兩人腰間的白綾。

豐息一笑，俯首靠近她，「女人，別以為我不知道妳和玉無緣的那一局『棋』！」

風夕聞言，抬手抱住他，「你知道又如何，還不是乖乖跳入？」

「哈哈……」豐息輕笑，攬她入懷，輕輕咬住她白生生的耳垂，呢喃道，「普天之下，萬物如塵，唯汝是吾心頭之珠，滲吾之骨，融吾之血，割捨不得。」

「嘻嘻，我要把這句話刻在風氏族譜上。」

「是豐氏。」

「不都一樣麼。」

一黑一白兩騎漸行漸遠，嬉笑的話語漸遠漸消。

蒼茫山上，暮色沉沉，秋九霜和皇雨費了九牛二虎之力終於爬上山頂，卻只見皇朝一人臨崖而立，負手仰望蒼穹。

「主上，該下山了。」秋九霜喚道。

皇朝卻恍若未聞，佇立於崖邊，任山風吹拂著衣袂。

皇雨與秋九霜對視一眼，不再說話，只是站在他身後。

良久之後，才聽到皇朝開口道：「他竟然說，若贏得天下而失去心愛之人，那也不過是個『孤家寡人』。玉宇瓊樓之上的皇座，萬里如畫的錦繡山河，都比不上懷抱愛侶，千山萬水的雙宿雙飛。他竟然就這樣將半壁天下拱手讓人，就這樣揮手而去！你們說他到底是聰明還是愚蠢？」

兩人一聽不禁一震，實想不到本以為是一場激烈的龍爭虎鬥，竟然是這樣的收局。

皇朝轉身，走至那石刻棋盤前。

棋盤上的棋子依然如故，未曾動分毫，只是石壁上卻又增刻了兩句話。

且視天下如塵芥，攜手天涯笑天家。

「蒼茫殘局虛席待，一朝雲會奪至尊。」皇朝念著石壁左邊原已刻著的兩句話，心情沒有慷慨激昂，而是帶著幾分迷茫與失意，「明明是奪至尊，可那傢伙卻是『且視天下如塵芥，攜手天涯笑天家』，這個人人夢寐以求的天下竟然如此簡單可棄。」

垂首攤掌，手心上是兩枚玄令，那是王者象徵的玄樞。

皇雨與秋九霜相視一眼，隱約間明瞭幾分。

「你們明日隨我走一趟康城。」皇朝聲音已恢復冷靜。

「需帶多少人？」秋九霜問道。

「不必。」皇朝卻道。

「主上……」秋九霜欲阻。

「我若連這點膽量都無，又何配為風雲騎、墨羽騎之主！」皇朝揮手斷然道。

『喬謹、文聲、棄殊，冀王其人胸襟闊朗更勝於我，實為一代英主，必不會虧待你們。

你們若念我這些年待你們之情誼，那便不要白擔了墨羽騎大將之名，好好領著他們，守著他們。從今以後忘記舊主，一心跟隨冀王，打出一個太平天下，以不負你們一身本領志向，也不負我這一番苦心。我此番離去，必不再歸來。或天下人譏笑我膽怯，又或日後於史書留在話柄，但我終不悔。』

康城城樓上，喬謹抬首仰望蒼穹，夜幕如墨，星光爍爍，不期然地想起那雙墨黑無瑕的眼眸，似乎偶爾在他極為開懷時，那雙幽沉的眸子便會閃現如此星芒。

康城慌亂的大軍在他與齊恕的合力之下總算安撫下來，而黥城有棄殊、程知去了，以棄殊的精明、程知的豪氣，想來也已無事。只是……此生可還有機會再見到那令他們俯首臣服的兩人？

『不論哪一樣才是最重要的，我成全他。』

青王，這便是你的成全嗎？

若主上選江山，你以國相贈，助其得到天下。這是成全其志？

若主上選您，則失山河帝位，但得萬世仁名，並有您一生相伴。這是成全其心？

喬謹合眸握拳，默念於心：『主上，請放心，喬謹必不負所托！』

而康城另一位大將齊恕卻沒喬謹大將軍城樓賞星的閒情，他此時正站在院門前，有些頭痛著到底要不要進去。

『唉，還不去找喬將軍兩人擠一擠吧。』最終他嘆一口氣，打算去找喬謹搭窩睡一宿，可腳剛抬起，門卻嘎吱一聲開了。

「將軍，您回來了呀！快進門呀，我已做好飯了，就等將軍回來。」一聲嬌媚的呼喚，門裡走出一個明媚女子，滿臉溫柔甜蜜的笑容，可不正是青王的女官五媚嘛。

「我……我……」

「有什麼話也先進來再說呀，外面黑漆漆的，又冷，我已給你溫好一壺酒了，快喝一杯驅驅寒意。」

齊恕還來不及推辭，已被五媚一把挽進了門內，迎面而來的是一室的溫暖及飄香的酒菜。

默默嘆一口氣，想起了主上臨走前的話──『齊恕，五媚如同我的妹妹，本應為她找個好夫家，但此刻已身不由己。所謂君有事，臣服其勞，所以你便代我為她找個良人吧。』

唉，這哪裡是要他找「良人」，主上分明就是要他做「良人」！

同樣的夜晚，蒼舒城中的冀、幽軍民則是一片歡躍，而皇朝卻靜坐於書房中，出神地看著牆上一幅煙波圖。

門口傳來輕輕叩門聲，然後不待他出聲，門便被輕輕推開。

能隨意進出他房間的當世只有一人。

皇朝轉頭，果見一襲皎潔如月的白衣飄然進來。

「還在想嗎？還未能想通嗎？」玉無緣在皇朝對面坐下。

「我想通了，只是無法理解。」皇朝輕輕搖首，「他那樣的人本不應有如此行為，卻為何偏偏如此行之？」

「情之所鍾，生死可棄。」玉無緣淡然道，「你若同有如此行為，自是能理解，但你若理解，那這天下便不是你的。」

「情之所鍾嗎？」皇朝喃喃輕念，眼中有一瞬間的迷茫與柔和。

「嗯。」玉無緣點頭，「他能如此，你我只能羨慕。」

「羨慕嗎？或許也有。」皇朝淡淡一笑道，「將這江山玉座視如塵芥的瀟灑，千古以來也只他一人，所以啊，這天下之爭算你我贏了，但另一方面，你我卻輸他。」

「何須言輸贏，但無悔意便為真英雄。」玉無緣凝眸看著皇朝。

「昔年師父預言我乃蒼茫山頂之人，可他定料想不到會是這樣一個結局。」皇朝有些悵然道。

「當年，天老、地老雖觀星象得天啟，但是……他們下山太早。」玉無緣淡笑道，「所以他們未能見到最後的奇異天像。」

「哦？」

「王星相峙，異星沖霄。光炫九州，刹然而隱。」玉無緣仰首，目光似穿透那屋頂，直視茫茫星空。

「這顆異星便是青王。」皇朝頓悟，「只是……」劍眉微揚，奇異地看著玉無緣，「當年你才多大？」

「十歲。」玉無緣老實地答道。

「十歲？」皇朝驚憾，然後又笑起來，「果然呀……天人玉家的人！」

玉無緣一笑而對。

片刻後，皇朝端正神容，道：「明日我與皇雨、九霜三人去康城，不帶一兵一卒，你可有異議？」

「康城可放心地去。」玉無緣看著皇朝，目光柔和，微微一頓後又道，「明日我不送你，你也無須送我。」

砰！皇朝猛然起身，撞翻身前的矮几，叮叮噹噹，几上的壺、杯、玉雕便全墜落於地，可他此刻顧不得這些，只是本能地伸手抓住玉無緣的手，厲聲道：「無緣，什麼叫『無須送我』？」

「你我相識以來，未曾見你如此慌亂過。」玉無緣卻撥開他的手，彎腰將矮几扶起，將地上的東西一一撿起。

「無緣……」皇朝看著玉無緣平靜地收拾著東西，胸膛裡一顆心上下跳動，這麼惶然的感覺此生第一次。

「皇朝。」玉無緣收拾好東西抬首看著他，看著他那雙不再平靜犀利的金眸，心頭不禁也是一番感動一番嘆息，抬手按在他的肩上，「皇朝，記住你的身分，萬事於前，應巋然不動才是。」

皇朝此時卻已無法做到巋然不動，目光緊鎖著玉無緣，「你我相識也近十年，我敬你為師，視你為友，雖非朝夕相伴，但偶爾相聚，偶爾書信相傳，你我情誼我自信不輸『生死之交』四字，每有事時，你必至我身旁……我以為你我會一生如此……難道……難道你也要離我而去嗎？」

似乎無法直視金眸中那灼熱的赤子情懷，玉無緣微微轉首，目光卻落在了牆上那幅煙波圖上，看著那朦朧的山湖霧靄，剎那間他的眸中浮起迷濛的水霧，可眨眼間卻又消逝無痕。

「我們玉家人被世人稱為天人，代代被讚仁義無私，可只有我們玉家人自己才知道我們無心無情。」玉無緣的聲音縹緲如煙，臉上的神情也如霧靄模糊，「我沒有親人，能得你這一番情誼也不枉此生，若是可以，我也願親眼看你登基為帝，看你整治出一個太平盛世，與你知己一生，只是……我已命不由己，我的時間已到盡頭。」

「什麼意思？」皇朝目射異光，緊扣住玉無緣的手。

「天人玉家何以未能天人永壽。」玉無緣回首看著皇朝，臉上是嘲弄的笑，「當日在幽王都之時豐息曾如此問我。」

「天人玉家何以未能天人永壽？」皇朝驚愕地重複。

「哈哈……」玉無緣笑了，笑得淒然，笑得悲哀，將雙手攤於皇朝面前，「皇朝，你看看我的手，我已壽數將盡。」

皇朝低頭看著手中緊扣的那一雙手，那一刻，腦中轟然巨響，一片空白。

許久後，才回過神來，看清那一雙手，心頭懊惱、悔恨、心痛、恐懼等等交夾在一起，一時間，胸膛裡激流奔湧般混亂，又空空然似什麼也沒有。

那雙手是白玉雕成，那樣的完美，沒有一絲瑕疵，可就是這一份完美才令人恐懼！人的手再如何保養，再如何的白淨細嫩，也決不會真的化成玉，總是有柔軟的皮膚、溫暖的熱血，可眼下這雙手……當然沒有石化為玉，可那與玉已無甚差別，冰涼的，透明的，握在手中，感覺不出那是手！

還有讓他更震驚的，那雙手……掌心的紋路竟是那樣的淡，淡得幾乎看不見，那樣的短，短得什麼都來不及展開便已結束。

人的一生，生老病死，榮辱成敗，盡在其中，可他的……莫若說一切都短都無！

為什麼？為什麼他從來不知道？為什麼他從未發現？他說他敬他為師、視他為友，可他為何竟未發現他的雙手已生變化，未發現他掌心的祕密？

「無緣……」皇朝抬眸看著面前的人，此刻才發現他那張臉竟也如玉瑩亮，可眉宇間的神氣卻已衰竭，那雙永遠平和的眸子中此刻是濃濃的倦色，為何他未發現？皇朝手在抖，聲音也在抖，「無緣……我不配為你之友！」

「傻瓜。」玉無緣將手抽出，拍拍他的肩膀，「這又不是你的錯，這是我們玉家自己造的罪孽。」

「罪孽？難道當年……久羅……」皇朝猛然醒悟，心頭一沉，「可是那不是玉家的錯，威烈帝與七王又何曾無錯，可為何承受的卻是玉家？這不公平，我……」

玉無緣一擺手，阻止他再說，「七王之後應都知道當年的悲劇，只是知道玉家人承受血咒的……當年在場的只有雍昭王豐極，想來他將此事傳與了後人。當年那場悲劇雖起於鳳王，卻結於玉家，由玉家承擔所有的罪孽，是玉家人心甘情願的事。六百多年來，我們玉家雖未有一代能活過三十歲，但無一人怨極七王，一代一代都是毫無怨悔地走至命終。」

「我們七王之後，安享榮華，竟不知這些都是玉家人代代以命換得的！」皇朝笑，笑得悲痛，「可是都這麼多年了，難道玉家都不能解開血咒嗎？」

「久羅王族的血咒是無法解開的。」玉無緣淡然一笑，「久羅全族的毀滅只以一個玉家相抵，其實是我們賺到了。所以……日後你為皇帝時，必要好好待久羅族人，以償還我們祖先當年造下的罪孽。」

「我為皇帝……我為皇帝之時還有什麼是不能做的！無緣，你留在我身邊，我必尋盡天下靈藥，必訪盡天下能人，必可為玉家解去血咒！無緣，你信我！」皇朝急切地道。

玉無緣平靜地看著皇朝，看著他一臉的焦灼，忽然覺得全身一鬆，似乎覺得一切都可就此放下，再無牽掛。

即算性命即將終了又如何，即算終生無親無愛又如何，不是還有眼前這個朋友嗎？不是還有他這一份赤子情誼嗎？玉家人對於人生所求，都很少很少，所以有這些，足夠了。

「皇朝，威烈帝當年又何曾不是想盡辦法，六百多年來玉家人又何曾不是用盡心思，只是啊……」玉無緣一笑，笑得雲淡風輕，笑得灑脫從容，「玉家人是很信天命的，當年先祖明明知道鳳王會引發血禍造成悲劇，明明知道玉家將遭受劫難，但他卻沒有在與鳳王相遇時殺掉她，而是讓一切應驗命運。他當年的理由，可能是亂世不可少一名英才，可能是為了威烈帝，又可能是為著他們的師徒情誼……而我玉無緣，雖無力改變玉家的命運，但我卻不想再依命而行，我要讓玉家的命運，就此終結。」

「無緣！」皇朝全身一震，心頭劇痛。他怎可如此輕鬆如此淡然地笑著說，世人仰慕的天人玉家從此將絕跡於世……

「鳥倦知返，狐死首丘。」玉無緣握住皇朝的手，「皇朝，獸猶如此，況乎人。玉家的人從來不會死在外面，我們……都會回家去。」

皇朝緊緊地抓住手中的那雙手，就怕一鬆，眼前的人就會消失，可是他即算如此緊抓，他就不會離開嗎？他的身邊，註定不會有旁人嗎？

「我走後，你……」玉無緣輕輕一嘆，「只是，寂寞……是帝王，是英雄必隨的。」

二月四日。

皇朝領皇雨、秋九霜三騎入康城，喬謹、齊恕恭迎。

那一日，皇朝立於城樓，獨對下方十萬大軍，那一身凜然無畏的大氣，那睥睨間雄視天下的霸氣，令雍、青大軍心折。

可那雄昂霸氣中已有一絲孤寂如影相隨。

那一日，在遠離康城百里外的鬱山腳下，風夕和豐息騎著馬正漫悠悠晃蕩著，忽從山道上傳來馬車駛過的聲音，片刻後便見一隊車馬向他們行來。

待走近一看，領頭的不正是鍾離、鍾園兄弟嗎？

風夕正詫異，卻見鍾離、鍾園向前，向豐息一躬身道：「主上，已全按您的吩咐辦妥了。」

「嗯，不錯。」豐息滿意地點點頭。

「黑狐狸，你搞什麼鬼？這些是幹嘛的？」風夕疑惑地看著那一隊車馬，長長的隊伍，少說也不下五十輛。

「不過都是些我日常用的東西罷了。」豐息淡然道。

「日常用的東西？」風夕瞪目。日常用的東西需要五十輛馬車來裝？目光轉向鍾離，眼神示意速速招來。

鍾離十分識趣，下馬躬身向她彙報，「回稟夫人，這五十車除了二十車是金銀外，其餘三十車確實全是公子日常用物。十車是公子的衣裳冠帶，十車是公子素來喜看的書籍，五車是公子平日喜歡的古玩玉器，三車是公子日常的飲食器皿，一車是公子素日用過的琴笛樂器，還有一輛空車乃供您與公子休息所用。」

鍾離那邊才一說完，風夕已是目光定定地看著豐息，還未及說話，那邊鍾園一揮手，便有數十人走近，「這些都是侍候公子的人。」轉頭對那些人道，「妳們快來見過夫人。」

話音一落，那些人便一個個上前，在風夕馬前躬身行禮，依次報上名來。

「夫人，我是專為公子縫衣的千真。」

「夫人，我是專為公子製茶的藏香。」

「夫人，我是專為公子釀酒的掬泉。」

「夫人，我是專為公子養蘭的青池。」

或許太過驚奇，風夕沒有發現這些人對她的稱呼。

當那些人全部自我介紹完畢後，風夕仰天長嘆，「我上輩子造了什麼孽，今生竟認識這麼個怪物。」

可豐息卻還嫌不夠似的道：「此去旅途不便，只得這麼些人侍候，等妳我尋得地方定居之後，再多收些僕人吧。」

「啊？」風夕此時已是啞口無言。

而其他人則是悄悄打量著眼前這令他們主上拋江山棄玉座的女子。

半晌後風夕才回過神來，看看那長長的車隊，道：「你帶這麼多東西招搖上路，就不怕有搶劫的？」

「搶劫？」豐息眉一揚，「我倒想知道這天下有誰敢來搶我的東西？便是皇朝他也得掂量掂量。」

正在此時，一陣琴音從山頭飄來，清幽如泉，淡雅如風，令人聞之忘俗。

「這是……」

風夕凝神細聽，這琴音聽來耳熟，且如此飄然灑逸，決非常人能彈。

「這是那一晚……」片刻後，她猛然醒悟，這不就是那一晚在天支山上玉無緣隨心隨手所彈的無名琴曲嗎？頓時，她掉轉馬頭，迎向鬱山。

琴音此刻也越來越近，越來越清晰，似乎彈琴者已走下山來。

山下一行人都靜靜地聽著這清如天籟的琴音，一時間都心魂俱醉。只有豐息平靜淡然，看一眼欣喜於形的風夕，略略一皺眉頭，但也未說什麼。

終於，一個皎潔如月的人飄然而現，似閒庭漫步般悠閒走來，卻是轉眼就至身前，一張古樸的琴懸空於他的指下，長指輕拂，清雅的琴音便流水般輕瀉。

當一曲終了之時，玉無緣抬首，一臉安詳靜謐的淺笑。

「聞說有喜事，特來相賀。」他目光柔和地看向風夕，「那晚天支山上所彈之曲，我將之取名〈傾泠月〉，這張無名琴也隨了曲名，一起相贈，以賀你們新婚之喜。」

風夕看看玉無緣，又看看他托在手中的琴與琴譜，下馬上前，伸手，接禮，抬眸綻顏一笑，如風之輕，如水之柔，「多謝！」

玉無緣一笑回之，「這〈傾泠月〉中記我一生所學，閒暇之時，或能消遣一二。」

「嗯。」風夕點頭，凝眸專注地看著玉無緣，「此一別，或再會無期，保重！」

此生無緣，唯願你一生無憂無痛。

「保重！」玉無緣亦深深看她一眼。

此生無緣，唯願妳一生自在舒心。

目光越過風夕，與豐息遙遙對視一眼，彼此微微一笑，化去所有恩怨情仇，從此以後，相忘江湖。

兩人頷首一禮，就此拜別。

目送玉無緣的背影消失，風夕回頭：「我們該上路了。」

豐息點頭，兩人並肩行去，長長的車隊隔著一段距離跟隨在身後。

從今天起，開始他們新的旅途，天涯海角，且行且歌。

而一座山坡上，有兩道纖細的人影遙遙目送他們離去。

玉無緣走出半里後，倚著一棵樹坐下，閉目調息，半晌後才睜眸起身，遙望身後，已無跡影，從今以後，真真是再會無期。

無聲地嘆息一聲，然後將所有的紅塵往事就此拋卻。

「玉公子？」一道冷凝的聲音似有些猶疑地喚道。

玉無緣轉身，便見一個冷若冰霜的佳人和一個滿臉甜笑的少女立在一丈外。

真是快要到盡頭了，有人如此接近都不能發現。他面上卻浮起溫和的微笑：「是鳳姑娘，好久不見。」

「想不到竟還能見到玉公子。」鳳棲梧冷豔的臉上也不禁綻出一絲笑容。

一旁笑兒則是滿眼驚奇地打量著玉無緣，雖隨公子江湖行走，卻是第一次見這位列天下第一的人，果是世間無雙，只是……何以氣色如此衰竭？

玉無緣看著笑兒頷首一笑算是招呼，轉頭又看向鳳棲梧，「姑娘是來送行嗎？」

「嗯。」鳳棲梧點頭，抬眸望向早已無人影的地方，有些微悵然地道，「只是想送一送。」

「姑娘想通了。」玉無緣讚賞地看著她，果是蕙質蘭心之人。

「棲梧愚昧，直至青王受傷時才想通。」鳳棲梧略有些自嘲地笑笑，「窮其一生，棲梧之於他不過一個模糊的影子，又何苦為難別人，為難自己，何不放開一切，輕鬆自在。」

「好個輕鬆自在。」玉無緣點頭，「姑娘以後有何打算？」

鳳棲梧回頭看一眼笑兒，道：「棲梧本是飄萍，到哪便是哪。蒙公子憐惜，令笑兒相伴，豈能讓她隨我受那風塵之苦。所以想尋個清靜之所，兩人安安穩穩地度過餘生。」

「哦。」玉無緣目光掃向笑兒，但見她雖滿臉甜笑，卻目蘊精芒，自是有一身武功的，所以豐息才會放心鳳棲梧。只是兩個纖弱女子，漂泊江湖總是不合，去那異地，也難謀生，終輕輕一嘆，道，「姑娘既只是想尋個幽居之所，那便隨無緣去吧。」

「嗯？」鳳棲梧疑惑地看著他。

「我將玉家的居地送給姑娘吧。」玉無緣目光輕渺地望向天際。

「啊，那如何使得？」鳳棲梧聞言趕忙推辭。

「姑娘無須顧忌。」玉無緣看著鳳棲梧淡然道，只是那目光卻穿越了鳳棲梧落向另一個虛空，「我已不久於人世，玉家將再無後人，幾間草屋，姑娘住了正不浪費。」

「什麼？」鳳棲梧一震，瞪目看著眼前如玉似神的人，怎麼也不敢相信他剛才所言。

笑兒則知玉無緣所言不假，看著這才第一次見面的人如此輕描淡寫地說著自己的生死，心頭不知為何竟是一片淒然。

玉無緣依然一派平靜，「姑娘的人生還長，以後招個稱心的人，平平淡淡，安安樂樂地過一生，未嘗不是美事。」

說罷，移眸九天，抿唇長嘯。

那一聲清嘯直入九霄，那一聲清嘯聲傳百里。

那一聲清嘯哀哀而竭，那一聲清嘯嫋嫋而逝。

遠遠的半空中，有白影飄然而來，待近了才看清，那是四個白衣人抬著一乘白色軟轎御風而來。

「終於……要回家了。」

輕輕闔上雙眸，天與地就此隔絕。

放鬆全部身心，所有束縛與堅持就此散絕……

身輕飄飄的，魂也輕飄飄的，一切都遙遙遠去。

「玉公子！」朦朧中隱有急切的呼喚。

無須呼喚啊，亦無須悲傷。

有的人生無可戀，死為歸宿。

尾聲

四月，皇朝登基為帝，國號「皇」，年號「昔澤」，封華純然為后。

同日，皇朝頒下詔命，復久羅族號，允久羅族人重歸故里。

四月十日，皇朝發詔天下，頒布《皇朝初典》，並融玄極與七枚玄樞鑄成一柄絕世寶劍，賜名龍淵。

四月中旬，皇朝命巧匠，以世所罕見的鳳血玉雕刻一方棋盤，再以蒼山白玉、九崙墨玉為棋子，親手布下一局棋，存於昱龍閣裡。

曾有幸目睹棋局的臣子們都讚曰：「那是絕世之局！棋局之妙非在布局之妙，亦非落子之險，而是敵我雙方皆未隕一子，黑白棋子深入彼此腹地，最後黑白相融，共存於盤，乃一局絕世仁棋！」

新的王朝開始邁開它的第一步，天下的百姓以期待的目光看著，看著皇城玉座上的新帝，看著他昭明殿上齊聚各州賢才的文臣武將，看他們如何整治一個太平盛世。

蒼茫山頂，有兩位老人正立於巨石前，看著那盤棋，看著添上的那兩句話。

「是我輸了。」黑袍的老者輕嘆道。

「不算。」白袍老者搖頭，「重江山者得江山，重愛侶者得愛侶，各得其所，誰也沒輸。」

黑袍老者聞言，看著巨石上的兩行字，「『且視天下如塵芥，攜手天涯笑天家。』哈哈哈……不錯、不錯！不愧是老夫的徒兒，江山可捨，皇位可拋，笑傲帝室仙家，他只求他所要的，哈哈哈哈……這等氣概，普天有幾人！」

「然。」白袍老者頷首微笑，「我的徒兒寧擔被後世譏笑『讓』得天下，也未曾毀去這兩句話，這等胸懷亦是普天難有！」

兩人相視一眼，然後仰首大笑。

遙遠的南方，一座高山下，兩道人影佇立。

「這就是久羅山嗎？」六韻仰首望著眼前的蒼鬱青山。

「嗯。」久微目光迷濛，「六百多年了，終於回來了。」

「恭喜公子回家。」六韻側首看著久微，柔柔一笑。

久微唇角勾起，一朵微笑浮上他清絕紅塵的容顏，「回家了。」笑容未息，淚已流下。

六百多年已過，青山依舊，人卻已不是從前的人。

等候了六百多年，他回到了這裡，他的祖先們念念不忘的故鄉。

——且試天下（下）完

高寶書版集團
gobooks.com.tw

YE 004
且試天下（下）

作　　者　傾泠月
責任編輯　高如玫
封面設計　林政嘉
內頁排版　賴姵均
企　　劃　鍾惠鈞

發 行 人　朱凱蕾
出　　版　英屬維京群島商高寶國際有限公司台灣分公司
　　　　　Global Group Holdings, Ltd.
地　　址　台北市內湖區洲子街88號3樓
網　　址　gobooks.com.tw
電　　話　(02) 27992788
電　　郵　readers@gobooks.com.tw（讀者服務部）
傳　　真　出版部　(02) 27990909　行銷部 (02) 27993088
郵政劃撥　19394552
戶　　名　英屬維京群島商高寶國際有限公司台灣分公司
發　　行　英屬維京群島商高寶國際有限公司台灣分公司
初版日期　2022年01月

國家圖書館出版品預行編目(CIP)資料

且試天下（下）/傾泠月著. -- 初版. -- 臺北市：英屬維京群島商高寶國際有限公司臺灣分公司, 2022.01
面；　公分. --
ISBN 978-986-506-277-4（第3冊：平裝）
ISBN 978-986-506-279-8（全套：平裝）
857.7　　110017616